항상 행복하시길 바라오며
소중한 마음을 담아 드립니다.

____________________ 님께

목균자(현숙) 드림

더도 덜도 말고
지금처럼

더도 덜도 말고 지금처럼
목균자 자전에세이

초판 인쇄 | 2010년 04월 30일
초판 발행 | 2010년 05월 02일

지은이 | 목균자
펴낸이 | 신현운
펴낸곳 | **연인M&B**
디자인 | 이희정
기 획 | 여인화
등 록 | 2000년 3월 7일 제2-3037호
주 소 | 143-874 서울특별시 광진구 자양동 680-25호(2층)
전 화 | (02)455-3987 팩스 | (02)3437-5975
홈주소 | www.yeoninmb.co.kr
이메일 | yeonin7@hanmail.net

값 12,000원

ⓒ 목균자 2010 Printed in Korea

ISBN 978-89-6253-054-4 03810

목균자 자전에세이

더도 덜도 말고 지금처럼

연인M&B

인생 60고갯마루에 섰습니다.

그동안 살아온 저의 삶이 평탄치만은 않았지만 그래도 지금 와서 생각하면 많은 날들을 슬기롭게 잘 보냈다고 생각됩니다. 슬플 때나 기쁠 때나 항상 장문의 일기를 써놓은 게 계기가 되어 수필가로 입문했습니다.

제 글이 평범한 소재일 수는 있겠지만 젊은 나이에 홀로 되어 어린 삼 남매를 안고 힘든 고비를 넘기며 어둡고 긴 터널을 지나왔기에 감회가 남다릅니다.

남보다 열심히 살다 보니 눈부신 햇살이 기다리고 있었습니다. 평범하게 행복을 누리며 살아온 사람보다 더 큰 행복감에 젖어 감사한 마음을 진술하게 쓴다는 것이 자칫 자랑거리로 오해받을까 봐 걱정도 되지만 타산지석(他山之石)으로 삼길 바라는 마음입니다.

외손자 외손녀들에게 홀로된 딸 대신 엄한 가정교육을 맡아주셨던 지금은 천상에 계신 친정어머니와 우애가 돈독한 사 남매가 늘 곁에서 지켜주었기에 오늘이 있는 것이라 믿습니다.

어린 나이에 아버지를 여의고 편모슬하에서도 구김살 없이 잘 자라서 단란한 가정을 이루고 사회의 역군(役軍)이 되어 엄마에게 보람과 행복을 안겨주는 자식들에게 고마움을 전합니다.

수필집을 내라는 문우들의 독려(督勵)에 힘을 얻어 졸작이나마 그동안 발표했던 작품들과 몇 권의 일기장에서 발췌한 글을 모았습니다. 많이 부족하지만 잊지 않고 수필집을 챙겨 보내준 문우들께 답례하고자 용기를 내봅니다.

이 책이 나오도록 힘을 주시고 아낌없이 도와주신 문우님들께 진심으로 감사드립니다.

2010. 4

잠실 트리지움에서

목균자

| 차례 |

1

부끄러운 선심

고향

　고향을 떠나 사는 사람들에겐 누구나 잊혀지지 않는 추억 하나쯤은 가지고 있을 것이다. 나도 예외는 아니다.

　내 고향은 경춘선(京春線) 가평에서 춘천 쪽으로 6Km를 가다 보면 경기도와 강원도가 강을 사이에 두고 갈라지는 곳, 철로도 외길로 놓여 있어 간이역에서 내려야 하는 작은 마을이다.

　굽이굽이 산길 따라 수정 같이 맑은 북한강이 흐르고 마을 앞 강가에는 사람을 건네주는 노 젓는 큰 나룻배 한 척과 저녁에 그물을 놓았다가 새벽에 걷어 모래무지, 메기, 쏘가리를 잡는 고깃배가 굵은 밧줄에 묶여 있으며, 강변엔 버들강아지, 갈대, 물쑥, 삘기, 패랭이꽃, 민들레, 들국화가 계절 따라 곱게 피어나고, 우람한 황소와 온순한 암소가 풀 뜯는 한없이 평화로운 곳이 내 고향의 전경이다.

　동짓달 할아버지 생신날이면 십 리 밖 도치꼴 사람들과 이십 리길

뱅골 동네 먼 곳에서도 잊지 않고 찾아오시는 어른들과 내가 다니던 오 리길 서천(西川)초등학교 선생님들, 그곳 역장님, 어른, 아이, 동네 사람들이 모여 온 마을이 한 가족처럼 지냈다.

봄이면 강변에 버들강아지 꺾어 피리 만들고, 뾰족이 솟은 삘기, 찔레순 꺾어먹고 들에 대바구니 들고나가 소리쟁이, 원추리, 비비추, 고들빼기, 씀바귀, 달래, 냉이, 꽃다지 나물 캐고, 동네 처녀들 함께 종다래끼 메고 산에 올라가 취나물, 고사리, 고비, 삽추싹, 두릅 뜯으며 추억을 만들었다.

여름이면 목화송이, 까마중, 오디, 버찌, 산딸기, 뱀딸기, 보리밭의 깜부기, 옥수숫대 꺾어 먹었고, 마을 옆 큰 냇가엔 낮에는 남자들이 일하다 땀 닦으며 쉬고 밤에는 여자들이 미역을 감았다.

가을이면 밤나무 밑에 알밤 줍고, 논두렁에 메뚜기 잡고, 건넌골 산에 올라가 머루 다래 개암 따고, 송이버섯 싸리버섯 밤버섯 뜯고, 조상골 옹달샘 도랑에서 가재 잡고, 논 웅덩이에 물 퍼내고 삼태기에 진흙 떠서 미꾸리 잡고, 꽁꽁 얼어붙은 북한강에 썰매 타고 놀던 어릴 적 추억을 잊을 수 없다.

그뿐이 아니다. 부엌에 붙은 위광은 찹쌀엿이랑 조청과 꿀을 묻힌 약과와 쌀 강냉이를 입힌 산자, 깨강정, 콩엿 등 과줄을 두는 곳이었는데, 할머니를 졸라 꺼내 먹던 그 맛을 지금도 기억하고 있다.

대문 옆 아래광은 할아버지가 몰이꾼 2, 30명씩 데리고 가서 사냥해 온 산돼지며 노루 꿩이 가득했고, 할아버지가 몰이꾼(겨울이면 한가한 동네 남자들이 모두 함께 사냥을 함)들과 산에서 돌아오시는 날이면 동네 아낙네들이 모두 와서 음식을 장만하느라 잔칫집 같았다.

　잡아온 짐승을 다루는 칠성아범의 솜씨가 빠르고 정확해 구경을 하는 아이들은 신이 났다. 그때는 산과 들과 강이 어우러진 먹을 것들의 보고(寶庫)나 다름없었으며 누구 하나 간섭할 리 없는 우리들의 것이었다.

　달 밝은 밤이면 친구들 모여 강강술래, 수건돌리기, 꼭두각시놀이에 밤 가는 줄 몰랐고, 호롱불 밑 화롯가에서는 할머니의 덕담(德談) 섞인 옛날이야기에 울고 웃었다. 그믐밤이면 크고 작은 별들이 와르르 쏟아질 듯 온 밤하늘을 뒤덮고 빛을 뿜내며 줄을 긋고 떨어지는 별똥별을 하룻밤에 몇 개씩 볼 수 있었다.

　언제부터인가 아름답던 강산과 계절 따라 찾아온 철새들의 지저귀는 정겹던 모습이 사라졌다. "배 건너 줘요." 소리치면 "예, 갑니다." 대답하던 추억 속의 나룻배는 간 곳이 없고, 깨끗하고 조용했던 마을 어귀엔 대형 음식점을 짓는다고 한참 공사 중이다.

　나 어릴 적 뛰놀던 고향 산천을 누가 몽땅 훔쳐간 것 같다. 아직도 그곳에 눌러 사는 가게 집 주인에게 물어보니 옛 친구들은 모두 타관으로 시집가서 없다고 한다.

　오랜만에 고향에 와 보니 개발이란 이름 아래 내 고향이 사라지고 있다. 산 그림자를 품고 유유히 흐르던 강 한가운데는 수십 개의 다리 기둥이 심어졌고, 차들은 그 위로 쉿소리를 내며 달린다.

　평화롭던 옛 고향은 무엇에 쫓고 쫓기는 듯 바쁘게 움직인다. 높고 푸르던 산등성이는 불도저의 굉음과 함께 무참히 잘려 나가고, 그 넓은 옥답들이 흙으로 메워지는 아픔을 감수하면서 새로 나기 위한 산고(産苦)를 겪고 있다. 수년 사이 몰라보게 발전한 내 고향을 보면서 격세지감을 느꼈다. 상전벽해가 이를 두고 한 말인가 보다.

어느덧 하루해가 서산을 넘으려 한다. 고향을 찾아간다는 설렘으로 간밤을 설친 피로가 한꺼번에 내려앉는 듯했다. 두 눈을 감아 본다. 눈에 보이는 고향 산천은 옛날과 같지 않아 실망했지만 어릴 적 깔깔대고 웃으며 뛰놀던 소리가 환청으로 들린다.

어디선가 떡갈나무 타는 구수한 냄새가 난다. 고향의 냄새다. 코끝을 세워 고향의 냄새를 마음껏 마셨다. 그렇다! 산업개발이 아무리 내 고향 모든 것을 바꿔놓는다 해도 가슴속 깊이 새겨져 있는 내 고향은 그 누구도 빼앗아갈 수 없다. 내 고향은 먼 곳에 있는 것이 아니었다. 내 가슴속에도, 떡갈나무 타는 냄새 속에도, 추억 속에서도 오랫동안 그렇게 변하지 않고 있었던 것이다.

동경국제전시장의 '강원관'을 보면서

일본 동경국제전시장(도쿄 빅사이트홀)에서 개최된 '韓日交流祭 KOREA SUPER EXPO 2000'에 조선왕조궁중복식제전발표회의 일원으로 참석했을 때 '강원관'을 찾았다.

강원도가 고향이어서 더욱 반갑고 남다른 감회에 젖어 이곳저곳을 꼼꼼히 살펴보았다. 강원관을 찾는 손님에게 한국가요가 담긴 CD와 강원도를 상징하는 캐릭터 밤비가 새겨진 메모지 수첩을 나누어 주는 모습에서 내 고향의 후한 인심을 보는 듯했다.

우리나라 어느 곳에서도 볼 수 없는 웅장하고 잘생긴 산줄기와 맑고 깨끗한 물, 동족상쟁이란 분단의 역사현장까지 몰려 있는 곳이 강원도다. 동쪽으로 울창하고 아름다운 명산과 정 동쪽에 자리한 동해 바다와 정동의 해돋이, 충절과 보은의 고장 강릉 경포대, 세계 최대인 삼척의 석회동굴 환선굴과 동해의 무릉도원을 비롯하여 수많은 폭포, 동굴, 약수, 온천, 스키장 등 최고의 비경과 자연으로 이루어진 크고 작은 관광자원의 보고가 여러 곳에 산재해 있다. 거기다 사계절이 바뀔 때마다 볼 수 있는 비경은 황홀할 지경이다.

정동의 일출도 장관이고 항상 변함없는 맑고 깨끗한 동해바다, 붉게 타오르는 설악의 단풍, 겨울 명산에 송이송이 매달린 눈꽃들을 보려고 얼마나 많은 관광객이 모이는가. 설악에 흰 눈이 덮였을 때 스키장에서 언 몸을 노천탕에서 피로를 풀며 눈 쌓인 산봉우리를 바라보는 상쾌함도 내 고향 강원도에서만 누릴 수 있는 자연의 특혜다.

지난겨울 대만의 단체관광객이 워터피아에서 사우나며 온천욕을 즐기는 것을 보았다. 이 천혜의 자연을 다 활용하지 못하는 것 같아 안타깝다. 입장료가 비싼 곳은 외국인 관광객을 안내하는 가이드가 기피하기 때문이다.

북쪽으로는 또 어떤가. 예로부터 고구려, 백제, 신라 삼국의 국경이 되어 격전지로 알려진 임진강, 오늘날에도 남북이 대치한 한탄강, 삼팔선, 땅굴, 비무장지대를 비롯하여 동족상쟁의 가슴 아픈 분단의 역사의 현장이 얼마나 많은가. 이 많은 관광자원은 우리 강원도가 아니면 볼 수 없는 자원이다.

강원도는 내가 자란 고향만이 아니라, 내가 지금까지 살아오는 동안 나의 중년의 삶을 충족시켜 주고 보람 있게 해 준 특별함이 있기 때문에 나는 내 고향 강원도를 더욱 사랑한다.

재경춘천여고동창회에서 이사로 3년, 부회장으로 3년, 감사로 3년, 9년을 지내오면서 재경춘천시민회, 도민회에 관심과 사랑을 갖고 모든 행사에 빠짐없이 재경춘천여고회장단으로 참석하고 속초 엑스포, 평창 동계올림픽 유치, 평화의 댐 등 강원도의 큰 행사뿐 아니라 춘천시 지암리에 있는 '나눔의 동산(무의탁 노인, 정박아 등 50명)' 과 결연을 맺고 정기적으로 이사들이 찾아가는 등 크든 작은 일이든 내 고향 강원도의 발전을 위해서라면 한 곳도 빠짐없이 먼 길을 찾아다니면서 애향심을 길렀기에 애정이 남달랐는지 모르겠다.

나에게는 이때를 전후해서 15년이 가장 싱싱한 황금기가 아니었나 싶다. 항상 바쁘지만 즐거웠고 삶에 보람과 행복을 느꼈다. 내가 살아오는 동안 계절 따라 바뀌는 많은 정장에 높은 구두를 제일 많이 입고 신었던 때이기도 하다.

매년 경복궁에서 조선왕조친잠례보존회 주최로 재현행사의 모델과 스태프로 참여하고, 많은 모임, 1년이면 3, 4회 장거리 해외여행까지 정말 즐겁고 보람찬 날들의 연속이었다.

이번 일본 전시장의 '강원관' 홍보는 아쉬움이 많았다. 각 도마다 엇비슷한 것들을 전시해서 강원도의 특징이 선명히 부각되지 못했고, 특산품이라고 전시해 놓은 것도 어디 가나 비슷했다.

우리 강원도는 특산물인 송이, 감자, 옥수수, 메밀, 청정해역에서 나오는 김, 다시마, 멸치 등을 이용한 상품을 개발하여야 할 것이다. 그리고 상품도 중요하지만 꿀병 하나, 작은 포장지 하나에도 시대에 걸맞게 전통적이면서도 현대인의 취향에 맞도록 재창조되고 세련된 디자인이라야 소비자의 눈을 끌 수 있다.

우리 일행들은 강원관에서 새로 선보인 캐릭터를 함께 보면서 정말 순수한 강원도를 잘 표현했다고 찬사를 보냈지만, 항상 내 고향 강원도를 가슴에 품고 사는 한 사람으로서 기대가 큰 만큼 아쉬움도 많았다.

강원도는 어느 곳에 가나 자연적인 관광자원이 풍부하니 특정지역이 아닌 강원도 전체 관광명소를 지역별로 하나도 빠짐없이 영상화해서 상영하고, 그에 대한 안내책자(가이드 북)를 알아보기 쉽고도 상세하게 기후와 복장, 교통(버스, 택시, 정기 관광버스), 그 고장의 특산물, 이벤트 축제, 쇼핑과 식사, 환전, 매너와 습관, 전화번호 등에 대한 설명을 최소한 3개 국어(영어, 일어, 중국어)로 표기해서 입장객에게 나누어 주었더라면 좋지 않았을까.

이제 60년 숙원인 통일의 물고를 우리 강원도민이 트게 되었다. 금강산 개발과 개성공단에도 우리 남한의 많은 기업이 들어가 상품을 생산하고, 금강산 관광도 바다에 유람선으로만 한정되어 있던 것이 이제는 육로로 평양까지 갈 수 있게 되었다. 끊겼던 선로도 새로 놓아 신의주까지 갈 수 있으니 통일을 목전에 두고 있다는 희망을 갖게 된다. 남북통일의 그날이 오면 우리 강원도는 우리나라의 심장이 되고 산업 경제 교통의 중심지가 될 것이다.

우리 강원도민은 그날을 위해 더 좋은 환경과 후한 인심으로 많은 사람을 사랑으로 품을 줄 아는 강한 힘을 길러야 할 것이다.

경순왕릉 참배기

 1월 23일, 일요일. '한배달' 서적답사 회원들이 경순왕릉을 참배하러 가는 날이다. 새벽부터 서둘러 '한배달' 사무실에 도착했다. 〈민족사적 대순례〉라고 써 붙인 대형버스가 기다리고 있었다.

 버스는 정각 8시에 인사동을 출발하여 경기도 파주(파평)에 있는 신라 경순왕릉을 향하여 꽁꽁 얼어붙은 시골길로 조심스럽게 달렸다. 간밤에 내린 눈으로 산과 들은 은세계를 이루었고 나뭇가지마다 탐스럽게 피어 있는 눈꽃송이는 보는 이로 하여금 탄성을 지르게 하였다. 날씨도 맑게 개어 눈이 부시도록 깨끗하고 풍요롭게 보여 마치 우리들이 가는 길을 축복해 주는 것 같았다.

 우리 일행이 마지막 마지노선이 있는 금파 삼거리에 도착한 것은 10시 30분, 그곳에서부터는 군부대의 주둔지로 되어 있어 일반인의 통행이 어려운 곳이라 00사단에서 우리를 안내하기 위하여 담당자가 나와 있었다.

금파 삼거리는 우측으로 늘로리(길게 뻗친 여울)라는 마을과 좌측으로 장파리라는 곳이 있는데, 장파리 쪽으로 40분 정도 가다 보니 길 왼쪽으로 '남방한계선'이라는, 붉은색으로 쓴 대형 표지판이 둑 위에 세워져 있다.

표지판을 보는 순간, 가슴속 깊은 곳에 고여 있던 눈물이 왈칵 쏟아진다. 남들은 내가 왜 창밖만 내다보며 눈물 흘리는지, 눈물을 주체 못하고 이따금씩 흐느끼고 있는지조차 알지 못했다.

많은 사람이 그랬지만 나에게도 분단의 큰 상처가 있었기 때문이다. 6·25 당시 중학교 교장으로 계시던 아버님이 납치를 당하셨다. 그 후 홀로된 서른한 살의 젊은 어머니는 오랜 세월 교편생활을 하며 어린 사 남매를 키우셨다. 분단의 세월은 우리 가족에게도 큰 시련일 수밖에 없었다.

아픈 상처 덩어리를 마음속에 묻은 채 얼마나 오랜 세월을 기다려야 했나. 아버지를 기다린 반백 년, 어머니는 돌아가시기 전 3년은 함께 살 수 있다고 한 어느 점쟁이의 말을 믿고 그토록 통일을 염원하며 기다리다 끝내 아버지를 뵙지 못하고 떠나셨다. 80세로 세상을 떠나시기 전까지 아버지를 그토록 애타게 찾으셨는데…… 잊을 수 없는 지난날들이 주마등처럼 스쳐 지나갔다.

차는 계속 달렸다. 얼마를 가다 보니 왼쪽 깊은 협곡(峽谷) 아래로 꽁꽁 얼어붙은 사미천이 보이고 그 위로 철로 된 다리가 '민통선'이라는 대형 철 구조물로 된 큰 글씨를 머리에 두르고 놓여 있다. 바로 이곳이 경기도 연천군 장단면으로 우리 국민이 자유로이 드나들 수 없는 '민통선' 이었다. 이 안에 사는 주민은 통행이 자유롭지 못하고 여러 가지 통제를 받고 있다는 것을 눈으로 확인할 수 있었다.

일행은 이 다리를 통과하여 북쪽의 장단면 마을을 지났는데 이곳 주민은 300여 가구에 1,000명이 살고 있으며 평균 9,000여 평의 땅을 소유(크게는 몇 만 평을 소유한 사람도 있단다)하고 있는 부농(富農)이라 한다. 지붕을 가지각색으로 깨끗이 도색한 조용한 마을이었는데, 추워서 그랬는지 낮 12시가 다 되어 주민이 활동할 시간인데도 한 사람도 볼 수가 없었으며, 어느 집 헛간 앞에 흰둥이 한 마리가 쪼그리고 앉아 있었지만 짖지도 않았다. 이따금 집 앞에 세워둔 소형 자가용, 트럭, 짚단을 실은 경운기가 보였고, 정미소, 초등학교, 자작리 마을회관, 그리고 교회가 하나 있었는데 여기서조차 단 한 사람도 볼 수가 없었다.

임진강이 굽이쳐 돌아가는 고랑포를 지났다. 6 · 25 이전에는 이 고랑포에 은행을 비롯한 많은 편의시설이 들어선 상당한 규모의 항구였다고 한다. 이곳을 조금 지나 삼거리에 이르니 이곳 초소에서 나온 현지 사병들이 기다리고 있었다. 우리 일행은 방한복을 두둑이 입고 총대를 멘 사병들의 안내를 받아 차에서 내려 산으로 한참을 걸어 올라갔다.

마침내 도착한 곳이 '新羅敬順王之陵' 이라고 비문이 쓰인 초라한 능이었다. 경순왕릉은 경기도 연천군 백학면 고랑포리에 있는 신라 마지막 임금의 능이며 사적 244호로 지정면적 3,969m이고 무덤의 지름이 7m, 높이가 3m이다. 무덤의 외형은 둥근 봉토분(圓形封土墳), 밑 둘레에는 판석(板石)을 돌렸고 능 주위로는 곡장(曲墻)이 돌려져 있다. 능 앞에는 혼유석(魂遊石)이 놓여 있고, 석물로는 장명등(長明燈), 망주석(望柱石) 2개가 있다.

경순왕은 신라 46대 문성왕의 6대손이며 이찬 효종의 아들로서 성은 김이요 이름은 부(傅)이다. 927년부터 935년까지 9년 동안 재위하였고 견훤에 의해 옹립(擁立)되었으며 왕건에게 나라를 넘겨주고 경주(신라)의 사심관이 되었다. 낙랑공주를 아내로 맞고, 마의태자의 아버지이기도 한 비운의 신라 마지막 왕이다.

이 능은 신라왕 가운데 경주지역을 벗어나 유일하게 경기도에 남아 있는 왕릉이다. 978년(경종 3년)에 죽었는데 능은 오랫동안 잊혀 오다 조선시대에 묘비 뒷면에 새겨진 '王新羅第五十六王陵唐天成二年戊子代景王而立淸泰二年末遜國于高麗宋太平興國戊寅麗景宗三年四月四日薨諡敬順以王禮于長湍古付南八里癸坐之原至行純德英謨毅烈聖上二十三年丁卯月日改立' 이라는 내용의 비문에 의하여 경순왕의 무덤임이 확인되었고 1747년(영조 23년)에 비를 세운 것을 알 수 있었다.(참고문헌: 삼국사기, 삼국유사, 고려사)

넓지도 않은 능 주변엔 잘 자란 소나무 한 그루 없고 능 주위를 둘러싼 담 너머로 잡초들만 무성한데 능지기 하나 없는 능 위로 무심한 까치둥지 하나가 무덤을 내려다보고 있어 더욱 쓸쓸해 보였다. 능 오른쪽으로 단청한 지 얼마 안 되어 보이는 비각 속에 비문도 없는 화강암 비석이 있고, 그 옆으로 문창호가 다 찢겨지고 자물쇠가 채워진 낡고 퇴색된 작은 마루방 세 칸이 전부였다.

우리 일행은 제단 위에 주, 과, 포를 차려놓고 두세 줄 겹겹이 서서 회장의 구호에 따라 배— 하면 엎드려 절하고, 흥— 하면 일어나며 (남자는 왼손이 위로, 여자는 오른손이 위로 하고) 4배를 하였다.

의식이 모두 끝나고 돌아서서 사방을 둘러보니, 앞으로는 임진강이 끝없이 굽이쳐 흐르고 멀리 보이는 높지 않은 산들이 흐르는 강줄기를 피하여 병풍처럼 능을 둘러싸고 있다. 몇 년 전까지만 하여도 '민통선' 안에 있어 성묘도 하지 못했다 한다. 참배를 마치고 내려오는 길, 어쩐지 왕릉 너머로, 임진강 건너 저편에 아버지의 얼굴이 보이는 것 같아서 돌아설 수가 없었다.

분단의 비극을 안고 말없이 흐르고 있는 임진강은 고구려, 백제, 신라 삼국의 국경이 되어 격전지로 알려졌으며, 예로부터 이 강을 역사가 만들어 놓은 한이 많은 강이라 하여 한탄강이라고도 했고, 오늘날에도 남과 북이 대치한 분단의 현장이 되었다.

한 나라의 군주가 나라를 빼앗기고 유랑하다 이곳에 묻힌 한과 동족의 피맺힌 한, 생사조차 모르는 채 살고 있는 수많은 이산가족들의 한을 품고 한탄강은 지금도 무심히 흐르고 있다.

역사적 분단의 현장을 찾아보고 피부로 느낄 수 없었던 동족상잔의 비극의 현장이 무엇을 말하는가 새삼 생각하며 통일의 뜻을 되새기게 되었고, 이곳을 돌아 나오는 마음이 무겁기만 하였다.

동창

중학교 동창회를 한다는 연락을 받고 모임에 나갔다. 보납산(寶納山)이 아늑히 품고 있는 마을의 제법 큰 횟집에서 45명이 모였다.

40년, 많은 세월이 지난 뒤라 너나 할 것 없이 너무 변해서 첫눈에 알아볼 수가 없었다. 옛 모습을 찾느라 눈여겨보며 성명을 대고 자리에 둘러앉아서도 한참 후에야 그 모습들이 조금씩 나왔다. J의 훤한 이마 밑으로 바둑이 눈썹이 옛 모습이고, 하루 종일 지나도 말 한마디 없던 C는 지금도 여전했고, 여학생들을 꽤나 괴롭히던 Y는 그사이 세상을 떠났단다.

읍장, 면장, 이장, 경찰관, 선생, 교장, 사업가(건축업, 목욕탕, 예식장), 농사짓는 친구부터 서울에서 내려간 교수, 시인, 은행, 체신국, 철도청, 회사 등에서 저마다 윗자리에 앉아 사회활동을 하고 있는 친구까지 다양한 직업을 가진 남자 동창들을 보니 그간 얼마나 근실하게 살아왔는가를 한눈에 보아도 알 수 있었다.

그동안 쌓인 이야기가 얼마나 많고 또 얼마나 반가운지 서로들 제 목청 높이기에 여념이 없었다. 수십 년 만에 만났어도 남자 친구들이야 '야, 쟈'로 말을 놓지만 나는 존댓말을 썼다. "참 오랜만이에요, 정말 반가워요." 내 말이 떨어지기가 무섭게 대대장을 하던 K가 소리친다. "야, 넌 무슨 말을 그렇게 하니 옛날로 돌아가자. 그게 더 정답고 좋잖니?" 모두들 그게 좋다고 했다. 그때부턴 얘, 쟤로 말을 놓았다.

아하, 이것이 정말 동창이구나. 역시 동창이기에 강산이 몇 번 변하고 머리가 희끗희끗 반백이 다 되어 만났어도 가능한 일이었다.

우리는 6·25를 유년기에 보냈다. 작은 마을이라 초등학교 중학교 고등학교가 남녀공학으로 하나씩밖에 없었다. 나는 중학교까지 이곳에서 다녔다. 그때는 10리, 20리 길을 굽이굽이 산길 따라 걸어 다녔고, 나룻배를 타고 강을 건너 통학하는 학생도 많았다. 나는 철둑길로 북한강 철교를 건너 20리 길을 걸어 다녔다.

친구들과 어울려 버들강아지 꺾어 피리 만들고, 꽃반지 만들어 끼워주고, 뽕나무에 매달리어 오디 따먹고 새까만 입 마주 보며 깔깔대던 시절, 남학생들 앞에서 머리끄덩이 당기며 싸우고, 여학생을 몹시 괴롭히는 남학생과 치고받고 싸워 직원실 모퉁이에 손들고 꿇어앉아 선생님들의 따가운 눈총과 웃음을 사기도 했다.

눈 쌓인 겨울이면 전 교생 남자들은 토끼 사냥을 갔었고, 여학생들은 가사 선생님의 지시 하에 사냥에서 돌아올 선생님과 친구들에게 줄 팥죽을 쑤었다. 옥수수수염이 붉게 타고 백일홍 꽃잎도 지쳐 늘어지는 몹시 더운 여름날에는 단축수업을 하고 전 교생이 북한강에서 수영을 했다. 남자들은 거의가 헤엄쳐 강을 건넜지만 여자들은 고작 스커트 자락을 움켜쥔 채로 무릎까지만 물에 담그고 놀았다. 짓궂은 남학생들의 물장난에 교복이 흠뻑 젖기도 하고 이끼 낀 돌을 잘못 밟았다가 강물 속으로 풍덩 빠지기도 했지만 그럴수록 괴성을 지르고 손뼉을 치며 더 즐거워했다.

중학교 2학년 2학기 수업이 시작될 무렵이었다. 갑자기 발생한 내 신체 변화에 당황하여 어쩔 줄 몰라 했고 한편 두렵고 무서워 떨기까지 했다. 공부는커녕 선생님의 시선을 피하여 책상 위에 머리를 묻은 채 울었다. 선생님은 짝인 L이 나를 괴롭힌 줄 알고 무조건 야단하며 회초리로 치셨다. 그는 죄 없이 호된 꾸지람과 매를 맞았지만 나는 아무 말도 할 수가 없었다. 변명 한마디 안 하고 기사도 정신을 발휘해 준 친구에게 너무 미안해서 더 울었다.

그날이 바로 여자만이 누릴 수 있는 증표를 처음 맞는 날이었다. 두려움 속에 오전 수업을 마치고 운동장으로 나갔다. 그때가 서울 동대문운동장에서 열리는 전국체육대회(육상연맹회장 이기붕)의 육상선수로 맹연습 중이었는데 하필이면 그때 일이 터진 것이다. 나의 괴로움을 알 리 없는 육상부 주장의 바통 세례를 못 견뎌 초를 다투어 뛰고 또 뛰었다. 그로인해 체육실에 보관되어 있는 유니폼이 모두 버려진 것을 아무도 눈치 채지 못했다.

지금 그 옛날 친구를 보는 순간 그 일이 생각나서 계면쩍은 웃음이 나왔다. 40년이나 꼭꼭 감춰두었던 쑥스럽고 부끄러운 이 이야기를, 이제는 말할 수 있을 것 같다. 요담 번 동창회 때는 그에게 들려줘야지.

그 후 해마다 봄이면 동창회를 가졌다. 여러 곳에서 모교가 있는 가평으로 모였다. 북한강변에서, 맑은 시냇물이 흐르는 개울가에서, 숲과 바위와 물이 어우러진 계곡에서 모였고, 끝나면 근처 친구 집으로 몰려가 한바탕 소란을 피우기도 하였다.

동창은 여자보다는 남자가 더 많았고, 시집가서 없는 여자 친구를 대신하듯 서울에서 내려가는 동창들은 내외가 함께 참석했다. 남자 동창들의 마음은 하나같이 너그럽고 따뜻하다. 만나는 순간부터 헤어질 때까지 좋은 자리, 좋은 것, 맛있는 것은 '레이디퍼스트'라며 먼저 챙겨준다. 이처럼 아무 조건 없이 아껴주는 남자가 또 있을까? 항상 훈훈한 동기간 같고 영원히 미워할 리 없는, 더 가깝지도 멀지도 않은 사이, 변함없는 친구로 남는 것이 동창이다. 이성간에 사랑함도 아니고 헤어짐에 아쉬움 또한 없다. 말 한마디에도 격이 없고 편안하다.

"나 그전에 너 좋아했는데 너 그거 몰랐지." 나 때문에 매를 맞았던 L이 말했다. 모두들 한바탕 웃어댔다. 여러 친구들 앞에서도 지난 세월이라고 거침없이 말한다. 농담이라도 싫지 않다. 코 흘릴 적 친구들이 좋아했으면 얼마나 좋아했을까마는 그런 농담을 해도 밉거나 주책없게 느껴지지 않는다.

"목련은 어렸을 때 참 예뻤는데 어떻게 그렇게 변했니? 길에서 만나면 못 알아보겠다." O가 말했다. 나 어릴 때 예쁘다는 소릴 들은 적이 없다. 그만큼 늙었다는 소리고 나이가 들으니 볼품이 없어졌다는 소리니 그 말도 옛날 코 흘릴 적 동창이 아니면 누가 그렇게 말할 수 있을까?

만날 적마다 잊었던 추억을 쉽게 끄집어내어 안반 위에 올려놓고 떡메로 마구 처대도 아파하기는커녕 모두들 즐겁게 큰소리로 웃어댄다. 남녀관계란 언젠가는 헤어지는 뼈저린 아픔이 있겠지만 동창만은 그렇지 않다. 영원하다.

우리는 옛 우정이 있어서 허물이 없이 모두 한마음으로 애경사에도 함께하니 만날 때마다 학창 시절이 다시 온 듯 반갑다. 우리가 사는 목적이 어찌 부부나 자식관계 뿐이겠는가. 사회에 나와선 학연도 있으니 동창 또한 예외일 수는 없을 것이다.

그렇게 만나기를 또 여러 해가 지났다. 이제 동창들은 하나 둘씩 정년을 맞게 되고 위풍당당했던 어깨와 목소리에 무게가 실려 보인다. 화제도 손자 손녀의 재롱을 말하는 친구가 늘고 있어 어쩔 수 없이 젊은 사람에게 밀려나는 황혼 길에 접어들고 있음을 실감한다. 나 역시 동창들의 대열에 끼어 인생을 재음미해 본다.

부끄러운 선심(善心)

꼭 20년 전 어느 토요일 오후, 시청 앞에서 버스를 기다리고 있었다. 그때 내 옆 사람 앞에는 머리가 덥수룩하고 금세라도 무릎이 나올 것 같은 낡은 바지에 빛이 바랜 헌 티셔츠, 다 닳아빠진 검은색 운동화를 신고 양쪽 팔을 목발에 의지하고 서 있는 30세쯤 되어 보이는 장애인 남자가 있었다. 그는 많은 사람들 틈에 끼어 어렵게 움직여 보지만 버스를 몇 대째 타지 못하고 있었다.

한참 동안 갈 곳을 잊은 채 그를 보고 있자니 불쌍한 생각이 들었다. '저 불편한 몸으로 이 많은 사람들 틈에 끼어 어떻게 버스를 탈 수 있을까.' 얼른 핸드백을 열고 들여다보았다. 만 원짜리 2장과 잔돈이 몇 장 보였다. 그중에서 만 원짜리 한 장을 꺼냈다. 순간 초등학교 2학년인 막내 얼굴이 불쑥 떠올랐다. 학용품, 준비물 등 한 달 용돈 오천 원이 적다고 투덜대며 계단 청소, 아빠 구두닦이, 심부름을 하여 2, 3천 원씩 더 받아가는 아들, 이 돈이면 아들이 무척 좋아할 텐데…… 아까운 생각에 잠시 머뭇거렸다.

그러나 아들은 내 보호 속에 있으니 저 어려운 사람을 도와주어야지 생각하며 그에게 슬며시 다가가서 눈으로 인사하고 지폐를 그의 손에 쥐어주었다. 그리곤 그가 무안해할까 봐 얼른 내 자리로 돌아왔다. 그는 그게 무엇인가 보는 듯하더니 불편한 몸으로 목발까지 짚고 와서는 눈웃음과 함께 고개를 숙여 인사하고, 그 돈을 도로 내게 주면서 머리를 좌우로 흔들어 안 받겠다는 표정을 지어 보였다. 그 얼굴은 아직까지 내가 보지 못했던 아주 순수하고 아름다운 미소였고 그 미소 속에는 고맙다는 인사가 다분히 들어 있었다.

나는 얼결에 돈을 받아 쥐고는 부끄럽고 미안해 몸 둘 바를 몰랐다. 얼굴은 화끈 대고 가슴은 둥둥, 도둑질을 하다가 들켰다 해도 이보다는 덜 황당할 것 같았다. 그렇다. 나는 그의 자존심을 도둑질했으니 당연히 그럴 수밖에 없었다.

그는 너그러웠다. 버스 몇 대를 놓치고서야 어렵게 버스에 오르면서도 뒤돌아보며 다시 한 번 고개 숙여 인사를 하는 게 아닌가. 나도 그의 행동이 무얼 말하는지 알 것 같아 고개 숙여 미소로 답례를 했다.

'호의는 고맙지만 도움은 받지 않습니다. 가난하고 몸은 불구지만 남에게 의지하지 않고 꿋꿋하고 당당하게 살아갑니다.' 하는 확신이 서려 있는 그런 미소였다. 잠깐 사이지만 말 한마디 없이 눈으로, 표정으로, 미소로 우리는 정다운 대화를 했다.

그토록 의지가 굳고 선비같이 착한 사람에게 단지 남루한 옷차림과 불구의 몸임을 동정하고 보잘것없는 지폐 한 장으로 원하지도 않은, 부질없는 선심으로 그의 마음을 아프게 하였으니 얼마나 큰 잘못을 저질렀던 것일까. 생각할수록 부끄럽고 미안하다. 만약 그때 땡그랑 동전 몇 개를 주었으면 어쩔 뻔했나. 그 당시 쌀 1가마에 7만 원이었고 만 원은 적은 돈이 아니었기에 덜 무시한 것으로 위안을 삼으려 했다.

그 후 그에게 속죄하는 마음으로 불쌍한 사람 돕는 일을 작은 일이라도 하루에 한 가지씩 하려고 애썼고, 또 그런 상처를 주게 될까 봐 아주 조심스럽게 행하고 있다.

전철 1호선을 타고 시청역으로 가는 길이었다. 전철을 타다 보면 구걸하는 사람을 하루에도 몇 번씩 볼 수 있다. 오늘도 예외는 아니었다. 많은 사람들 틈을 비집고 모양도 멀쩡한 스무 살은 되어 보이는 건장한 청년이 이 사람 저 사람을 툭툭 치며 손을 내민다. 차림새도 깨끗하고 허여멀거니 인물도 좋다. 말 한마디 않고 거친 몸짓으로 구걸하는 청년에게 돈 주는 사람은 없고 눈살을 찌푸리며 몸을 피한다. 앞에 앉아 있던 아주머니가 한마디 한다.

"아니 멀쩡한 사람이 왜 구걸을 해, 일을 해서 돈을 벌지."

나는 얼른 지폐 한 장을 꺼내주었다. 20년 전 돈을 되돌려 주었던 그 사람이 문득 생각난다. 세월이 약이었나. 이제는 피식 웃음까지 나온다.

지금까지 구걸하는 사람을 많이 보았지만, 당당함은 있을지라도 남의 잘못을 성자와 같은 미소로 용서할 줄 아는 그런 사람은 다신 찾아볼 수 없었다. 지금 그는 어디서 무엇을 하고 있을까. 내가 20년이 지나도 못 잊듯이 그도 만 원짜리를 쥐어주었던 한 여인을 생각하고 허탈한 웃음을 짓고 있는 것은 아닐는지, 이런 사람 또 만날까 봐 두려워 출입을 삼가고 집안에만 있는 것은 아닐는지, 성치도 않은 사람의 의지를 꺾은 것은 아닐지, 잘못 생각한 부끄러운 작은 선심이 이렇듯 큰 아픔이 되어 돌아온다는 것을 알지 못했다.

그러나 건강한 사람보다 더 건강한, 의지하려 하지 않는 굳은 정신과 잘못된 남의 호의를 미소로 받아들일 줄 알았던 그의 사람됨으로 볼 때, 지금쯤 어디선가 행복하게 살고 있으리라.

가장 듣기 좋은 말

어느 모임에 갔다가 처음으로 후덕해 보인다는 말을 들었다. 나이 먹은 탓일까, 옷을 그렇게 입고 다녀서 그럴까. 아무튼 듣기 좋다. 어느 백화점 주차장에서도 주차비를 내려는데 "웃는 모습이 너무 아름다우십니다." 한다. 주차비를 말하면서는 아예 똑바로 한참을 바라본다. 조금은 멋쩍다. 그럴 때마다 "고맙습니다." 인사말을 꼭 한다. 과일을 사러 상점에 들렀더니 "어쩜 그렇게 인상이 좋으십니까." 하고 주인아주머니가 말한다.

그 어떤 말보다 후덕하다는 말이 가장 듣기 좋다. 후덕이란 '어질고 덕이 두터운 사람'을 말한다. 사람이 살아가는데 그 이상 더 좋은 말이 있을까. 그래서 나도 그런 사람을 보면 기분이 좋아지고 존경심이 절로 나온다.

오늘은 딸이 사준 마 상의를 품 넓게 입고 미장원에서 머리를 다듬

32

었더니 내가 봐도 부잣집 맏며느리 같이 보였다. 여자는 옷에 따라 머리 손질과 화장 솜씨에 따라 인상이 바뀌고 표정도 바뀐다.

고운 한복을 입고 우아해 보이려고 7센티 높은 가죽 고무신을 신고 나서면 머리부터 발끝까지 곧고 품위 있는 고운 자세가 나오고, 청바지와 티셔츠 차림에 단화를 신으면 걸음걸이도 젊은이들처럼 가뿐가뿐해진다.

"목련만 보면 나까지 기분이 좋아져. 싱싱한 배 맛이야." 동창이 모인 자리에서나 후배들과 이웃들이 인상이 좋다고들 한다. 장터나 길에서 만난 아주머니들도 인상이 좋다며 파 한 뿌리라도 더 주려고 한다.

예전에 소포를 부치러 우체국에 갔더니 어느 분이 "아주머닌 왜 이곳에 사세요. 이런 곳에 사실 분이 아닌 것 같은데…."라 했다. 7, 80년대의 A시는 좀 그랬다. 살아오면서 참 많이 들어온 소리다.

학창 시절에 친구들은 나를 두고 '미녀는 아니지만 애교는 100퍼센트~' 〈노란셔츠의 사나이〉의 가사에 바꿔 부르기도 했다. 내 아이들도 내가 잠자는 모습을 보고 "엄만 왜 자면서도 웃어?" 했다. 나도 모를 일이다.

패션쇼를 하러 일본에 갔을 때 출입증을 쓰고 있는데 대원군 역을 맡은 어느 단체 다도회 회장이 등 뒤에서 내 생년월일을 보고 잘못 쓴 것 아니냐며 놀란다. 얼굴이 빨개졌다. 나를 꽤 젊게 보았나 보다.

여행을 하려고 김포공항에서 수속을 하다가 깜박 신분증을 놓고 갔다. "아가씨, 아가씨, 신분증이요." 하며 남자가 건네주었다. 아가씨

는커녕 아주머니도 끝나는 나이에 뒷모습만 보고 그렇게 불러댔다. 그 사람이 실망할까 봐 고개도 못 들고 고맙다며 머리 숙여 인사한 뒤 신분증을 받아들고 도망치듯 그 자리를 빠져나왔다.

그뿐인가. 최근에도 문화센터에서 노래교실과 건강강좌를 같이 배우고 있는 분이 차를 한잔하면서 “무슨 띠세요?” 한다. “뱀띠요.” 했더니 “아, 그럼 한 살 위시네.” 하며 말을 놓으려 한다. 내가 보기엔 그가 많이 젊어 보이는데 이상하다 싶어 “몇 년생이신데요?” 하고 물어보니 11년 아래였다. 화장발에 나이가 감춰지고 청바지를 즐겨 입으니 그렇게 젊어 보였나 보다. 여자가 젊어 보이는 것은 화장발, 옷차림, 성격의 영향이 큰 것 같다.

그런데 어느 날부터인가 용모에 자신이 없어졌다. 길을 가거나 지하철 안에서 유리창에 얼핏 비친 내 얼굴이 낯설게 보이기 시작했다. 어느 땐 좀 괜찮아 보이기도 하지만 대부분의 경우 내 모습이 싫어 고개를 돌린다. 동그란 얼굴 때문에 작아 보이는 이마, 처진 볼, 생기 없는 눈동자, 방울 코가 못났다 싶어 고개를 돌리다가 “아니야, 저건 내가 아니지.” 싶어 곧바로 표정을 고친다. 쑥 내민 입을 얌전히 들여밀고 눈꼬리를 조금 추켜올리며 입은 오므렸다 다시 입꼬리를 살짝 올려 미소를 짓는다. 표정이 살아난다. 봐 줄만하다.

미장원에 파마하러 가면 큰 거울에 비친 내가 정말 보기 싫다. 화장 안한 얼굴은 추하다. 왜 저렇게 미워졌을까. 왜 화장한 얼굴과 안 한 얼굴이 저렇게 차이가 날까. 또 눈을 돌리게 된다.

화장기 없는 얼굴은 환자 같다. 잠든 내 얼굴을 보고 딸이 “엄마, 양

미간을 왜 그렇게 찌푸려요. 그러니까 주름이 생기지요." 하며 전과 반대 소리를 한다. 몇 년이나 지났다고…….

차창 밖으로 보이는 나이든 사람들의 인상을 살피니 거의가 찡그리고 있다. 세월이 그렇게 만들었을까. 나만이라도 안 그래야지 하고 얼른 내 인상을 바꾸어 본다. 스마일, 스마일, 나는 행복하다, 스마일.

내가 봐도 나는 인물이 없다. 세련미도 없다. 멋을 부릴 줄도 잘 모른다. 더구나 나이가 들면서 더 그렇다. 머리는 숱이 많고 얼굴은 코끝에 컴퍼스를 대고 한 바퀴 돌려 봐도 빈자리가 없을 둥근 달덩어리요. 눈은 작고, 코는 약간 들창코, 입은 나온 편이다.

나를 갓 낳았을 적에 아버지는 나를 보고 뱁새눈, 들창코, 메기 아가리라고 놀리셨단다. 내가 커서 9살, 아버지가 납치를 당하실 때까지 가끔 놀리셨던 기억이 난다. 지금은 그 정도는 아니다. 아주 못생겼다는 것을 귀엽다고 그렇게 표현하셨을 거라고 믿는다.

내가 살아오는 동안 젊었을 때는 어려움도 많았고, 생활도 넉넉하지는 않았지만, 인상 좋다는 소리를 들은 걸 보면 인상은 타고난 성품이 만들어 내는 것 같다. 모든 일에 긍정적인 편이다. 아무리 잘사는 사람을 보아도 부럽지 않고, 나보다 못사는 사람은 동정이 가고, 남에게 크게 베풀지는 못하지만 내가 좀 손해를 보더라도 양보하는 마음, 궂은일은 내가 먼저하고, 남보다는 조금이라도 내가 더 주고 싶은 마음, 좋은 일을 한 사람에게는 꼭 칭찬해 주는 마음으로 노려하며 살다 보니 인생이 즐겁고 편안하다.

거기에 남들이 자주 들려주는 찬사가 기쁘고 즐거우니 행복하다.

행복하니까 미소가 절로 나오고, 미소를 잘 지으니까 좋은 일이 생기고 어디서나 평판이 좋으니 미소 하나가 내 삶을 즐겁고 행복하게 만들어 주는 것 같다. 그러고 보면 나도 모르는 사이에 남들이 나를 인상 좋은 사람으로 만들어 주었나 보다.

이제 나이가 들면서는 용서와 감사할 줄 안다. 유머감각이 생겨서 어설프게나마 남을 조금은 웃길 줄도 알고 남에게서 웃음을 얻기도 한다. 용서를 하면 내 마음이 편해지고 과거로부터 치유가 되는 것도 알았다.

친구는 나보고 성격이 냉정하지 못하고 물에 물 탄 듯 술에 술 탄 듯 맺고 끊지를 못한다고 말한 적이 있다. 좋은 게 좋은 것 아닌가. 그것도 어찌 보면 나의 장점이자 단점일 수 있다. 못난 얼굴에 인상마저 나쁘고 독했으면 어쩔 뻔했나.

나이가 드니 옷도 넉넉하게 편한 옷을 입을 때가 많다. 건강을 위해 끊임없이 운동은 하지만 나잇살에 배가 나오니 후덕해 보인다고 하는 것이 아닐까. 꾸밈없이 보여주는 게 인상이다. '후덕하고 인자해 보인다.'는 말은 많이 듣고 싶기도 하지만 가장 듣기 좋은 말이기도 하다.

형님의 그림자를 좇으며

어느 날 문득 내가 형님의 그림자를 밟으며 좇아가고 있다는 걸 깨달았다. 형님이 왜 그렇게 빨리 가시는지 영문도 모르고 숨 가쁘게 따라가다 보니까 어느덧 내가 노인 소리를 듣는 나이가 된 것이다.

문화센터 문예창작반에서 만난 형님의 첫인상은 아주 온유하고 우아한 분위기를 풍겼다. 형님은 회장답게 후배를 아끼는 자상함과 말을 많이 아끼는 분이어서 반 분위기도 화기애애했다. 그런 분위기에서 형님과 몇 년을 함께 공부했다. 중년이 되어 인생을 재충전하기 위해서 이곳저곳 다니며 배우는 재미에 등단에는 관심이 없었는데 형님이 이끌어 주시어 등단도 했다.

그때부터 시나브로 정이 들었던 형님과 '선생님' 이란 호칭을 벗어버리고 형님, 아우 하는 사이가 되었다. 형님은 친동생처럼 유독 나를 챙겨주셨다. 형님 덕분에 다른 모임에도 함께 참여해 형님이 물려

주고 간 자리에서 열심히 일하고 있다.

'조선왕조친잠례보존회'에서 화려한 궁중복을 입고 모델이 되어 패션쇼를 할 때, 왕비도 되어 보고, 상궁도 되어 보고, 내외명부 등을 해 보며 보람 있는 시간을 보냈다. 지금은 모델이 아닌 다른 직책을 맡고 있으면서 바쁘게 일하고 있다.

그동안 여러 가지를 하면서 바쁘고 즐겁게 살아왔다. 어린 삼 남매 키워놓고 공허한 마음에 무료한 삶이 될까 봐 많은 것을 배우며 바쁘게 살아온 것이 욕심이었는지 2, 3년 전부터는 몸이 감당을 못해 이젠 쉬고 싶은 마음뿐이다.

어느 날부터인가 형님이 변한다고 생각했다. 뵐 적마다 명동에서 맞추어 입던 멋진 투피스가 바지로 변했고, 5센티 굽의 가죽 구두가 편한 단화로 바뀌었다. 형님이 좀 다른 모습을 잠시 보여주는가 싶더니 도도하고 멋지셨던 모습이 편한 복장에 평범한 아주머니, 할머니로 변해갔다. 형님의 멋진 의상과 높은 구두 위로 보이는 쭉 뻗은 유난히 하얀 종아리가 영원할 줄 알았는데……

언젠가 "형님, 긴 스커트를 입으셨네요." 형님의 눈치를 보며 조심스럽게 물었더니 "응, 이제 높은 구두에 정장 투피스는 못 입겠어." 했다. 형님이 벌써 그러실 나이가 되었나 싶으니 속상했다. 나야 원래 청바지에 편한 신발 신고 뛰어다녔지만 형님은 정말 고고하고 품위가 몸에 배인 분이었는데 마음이 아팠다.

그런데 지금 내가 자신도 모르는 사이 형님의 그림자를 숨 가쁘게 좇아가고 있다. 나도 장소에 따라 모임에 따라 7센티의 높은 구두에 이름 있는 디자이너의 옷들을 얼마만큼은 갖고 있으며 몇 번 안 입고 걸려 있는 옷들로 장롱이 꽉 차 있다. 구두도 옷 색깔과 길이에 따라 높고 낮은 구두가 신발장 안에 가득 차 있지만, 이제는 이 옷 저 옷 이 구두 저 구두를 입어 보고 신어 보다가도 막상 나갈 때는 편한 옷에 단화나 운동화 차림이다.

이젠 많은 모임에도 지치고 이곳저곳 쫓아다니며 배우는 것도 힘겨워 하나씩 둘씩 줄이고 있다. 내 생활에 활력소가 되었던 몇 개의 모임에서 하는 일마저 힘겨움을 느낀다.

가끔씩 내가 벌려놓은 일들로 지쳐 "형님, 이젠 저도 그만둘까 봐요." 하고 푸념하면 "목련, 목련을 필요로 해서 오라고 할 때 가서 도와줘." 하신다. 형님은 나보다 여섯 살이 위인데 나이가 많다는 이유로 고문이 되었고, 모임에서는 막내인 나만 불러댄다.

내 나이도 어언 형님들이 물러나셨을 그쯤 되어가고 있다. 아직은 나를 필요로 하는 곳이 있고 나를 불러주는 사람이 있으니 감사한 일이다. 형님이 하신 말씀의 뜻이 이것이었나 싶으니 이제야 이해가 된다.

인생은 물 흐르듯 그렇게 흘러가나 보다. 형님의 그림자를 안 밟으려 해도 꼭 따라가며 밟고 있다. 내가 힘겹게 따라가면 형님은 항상 그만큼의 거리에서 앞서가고 계신다. 빨리 가지 말고 전처럼 멋진 모습으로 내 곁에 오래 머물러 주길 원해도 형님은 조금씩 변해가는 모습의 그림자를 남기며 빨리 따라오라 하신다.

가족의 꽃

어제, 40개월 된 손자 녀석이 처음으로 외박을 한 날이다. 저의 엄마가 낮에는 직장에 나가고, 밤이면 대학원에 다닌다. 그래서 대학원 시험기간이라면 온 가족이 긴장한다. 며느리 시험에 다른 것은 도와줄 수 없지만 조용히 공부할 수 있도록 해 주어야 하니까 시험 때마다 엄마가 공부할 수 있도록 아기를 데리고 나가거나 며느리가 나가서 공부한다.

이번은 마지막 시험이란다. 몹시도 춥던 작년 겨울, 아기는 어리고 직장과 그 힘든 중에도 며느리는 열심히 공부하더니 전 과목 1등을 했단다. 장학금도 받고 무엇이든 척척 해내는 장한 며느리다. 무엇보다도 결혼하자마자 첫 손자를 내게 안겨준 아주 예쁜 며느리다. 이번 졸업을 앞둔 마지막 시험이어서 아기를 데리고 왔을 때 나는 허리가 아파 이웃 동에 사는 제 고모가 데리고 갔다.

처음에는 할머니랑 놀겠다고 안 가려 했지만 고모랑 고종사촌 누나가 장난감 사러 가자고 달래서 데리고 갔다. 저의 고모 내외는 두 딸들이 장성하여 중학교, 고등학교에 다니는 중이라 어린 조카만 보면 저의 집으로 데리고 가고 싶어 하고, 오면 줄 거라고 책이랑 장난감을 사서 두었다 주기도 한다.

저의 작은고모는 다 커서 공부에 여념이 없는 딸들을 대신해 어린 조카를 데리고 다니며 대리 만족을 한단다. 조카를 데리고 다니면서 사진도 찍어주고 저의 엄마 아빠가 바빠서 못해 주는 것을 대신해 주려 한다. 아들이 중 3인 분당에 사는 저의 큰고모도 공부하는 중이라 자주는 못 오지만 막내 조카를 너무 예뻐해 손자는 우리 가족의 꽃이 되었다.

손자가 유모의 손에 커서 그런지 남의 기분을 잘 알아 비위도 잘 맞춰주고 말썽도 안 부리며 예쁜 짓만 하니 누구나 예뻐할 수밖에 없다. 사랑도 미움도 저 할 탓이라더니 이미 다 커버린 자식들 뒤로 늦게 태어난 어린 손자가 온 가족들의 웃음이요, 재롱거리이다. 그중에서도 친할머니를 꽤나 좋아한다. "너 언제 올래?" 하면 "토요일이요." 갈 때도 "토요일에 또 올게요." 한다.

딸은 가끔 조카를 저의 집으로 데려가고 싶어 하지만, 저의 엄마 아빠는 저희들도 평소엔 볼 수가 없으니 토요일, 일요일이라도 봐야 한다며 안 된단다.

오늘은 저의 엄마 시험 중이라 고모가 와서 데려갔다. 퇴근한 고모부가 데리고 토이저러스(장난감 가게)에 가서 렉서스 무선자동차를 사주고 저를 귀여워해 주는 누나들까지 둘이나 있으니 그곳에서 자고 오겠다고 전화했다. 아직 한 번도 외박을 한 적이 없는 터라 자다가 울면 어쩌나 걱정된다. 아직은 어린아이가 아닌가. 밤이 늦으면 할머니, 엄마 찾아오겠지 하며 기다리고 있었다.

밤 11시, 고모한테서 조용히 문자가 왔다. 고모가 자리에 누워 책을 읽어주니 잠이 들었단다. 참 어이가 없다고 표현해야 하나. 이때나 저때나 엄마를 찾고 울면 견디다 못해 고모가 아이를 데리고 오겠지 싶어 기다렸는데 허탈했다. 물론 아이 엄마는 밤이 새도록 공부를 해야 하고 나는 쉬어야 한다는 아들 성화에 일찍 침대에 누웠지만, 그래도 어쩐지 아이의 첫 외박이 달갑지만은 않았다. 그 소식에 서로 얼굴을 마주보며 뜻 모를 웃음을 지었다. 한편으로는 벌써 커서 집을 떠나 잘 수 있다는 안도감에 마음이 놓이기도 했다.

그뿐이 아니다. 고모부는 손자아이가 07:30분에 일어나자 길 막히기 전에 떠난다며 누나들 학원 보내고 가평에 있는 남이섬으로 사진 촬영을 갔다고 전화가 왔다. 저녁 무렵에야 돌아온 손자는 기차 두 번, 배 두 번 탔다고 신이 나서 떠들었다. 손자가 아주 예쁘게 물든 단풍잎, 은행잎, 또 다른 예쁜 나뭇잎들을 많이 주워와 할머니 선물이라고 손에 쥐어준다.

"엄마껀, 아빠껀." 하며 제 엄마 아빠가 손을 내밀지만 "안 돼 이건 할머니 선물이야." 한다. 정말 누가 시킨 것도 아닌데 잘 보아주지도 않는 할미를 그렇게 좋아한다. 우리 가족의 꽃인 손자가 귀엽다. 정말 사랑스럽다.

밤이 되어 아들네 가족은 집으로 돌아갔다.

차창 밖으로 손목을 까닥까닥 안녕하면서 "토요일에 올게요." 하며 떠나는 손자를 보니 울컥 눈물이 솟는다. 그 예쁜 내 손자를 남의 손에 기르게 한 미안함과 불쌍한 마음의 눈물이다.

할머니 선물이라고 주워온 단풍잎들을 두꺼운 책갈피 속에 차곡차곡 몇 장씩 넣는다. 다음에 올 때는 다 마른 단풍잎을 손자 손잡고 문방구에 가서 코팅하여 예쁜 책갈피를 만들어 줘야지.

저의 집으로 떠나면서 차창 밖으로 흔들어대던 우리 가족의 꽃인 손자의 작은 손이 자꾸 눈앞에 어른거린다.

2

보청기 사던 날

아버지를 추억하다

아버지는 경기도 안산시 양상동 목씨 집성촌에서 좌의정을 지내신 목내선(睦來善) 씨 25대손 종가 큰아들로 태어났으나 조실부모하여 서울 정자옥(백화점)에 근무하는 작은아버지 댁에서 장성하셨다.

중동중학교를 나와 일본 도쿄의 고마자와(駒澤)대학교 지역과(지리 역사과)를 졸업했는데 졸업생 중 외국인은 한국인 아버지 1명과 중국인 1명뿐이었다. 당시 최고의 학부를 졸업한 아버지는 주로 서울에서 활동했는데 지인 중에는 저명한 인사들이 많았다.

어머니는 고향인 경기도 가평에서 마흔네 칸 내시의 집을 살 정도로 부유한 집안에서 부모님 사랑을 듬뿍 받으며 자랐다. 어머니가 여상 다닐 때 보기도 귀한 금시계를 차고 다니고 큰이모 역시 은시계를 차고 여상을 다녔는데 자매는 시계 때문에 자주 싸웠다고 했다. 어머니는 하녀가 유모, 수모, 침모, 어린 손떼기 갓난이까지 4명이었고 결

혼할 때는 갓난이를 식모로 데리고 와서 갓난이가 시집갈 때까지 함께 살았다.

어머니가 가평에서 서울여상을 다닐 때 기숙사에 들어가지 않고 지인의 소개로 몰락한 선비의 집에 하숙을 했는데, 마침 아버지가 그곳에서 중동중학교를 다니고 있었다. 집안 어른들이 학교에 다니는 두 분을 지켜보고 있다가 배필로 정해 줘서 조선일보(전 국회의사당)에서 여운형 씨 주례로 결혼식을 올렸다.

아버지에 대한 확실한 기억은 아버지가 춘천중학교 교감으로 계실 때로 내가 4, 5살쯤이다. 지금은 돌아가시고 안 계시지만 그 당시 춘천중학교 서정권 교장선생님(가수 서유석 씨의 아버지이고, 어머니인 이철경 사모님은 춘천여중 교사로 재직하면서 현재까지 이어오는 춘천여중고 교가를 작곡하셨다.)과 춘천시내 경치 좋고 아담한 사택에서 몇 년을 함께 살았다.

그때 서 교장선생님 딸과 중앙유치원에 같이 다녔고 그해, 봉의초등학교 1학년 때 서 교장선생님은 서울로, 우리 아버지는 지금의 구파발 근처 삼송리에 있는 고양중학교 교장으로 발령받았는데 그때 아버지 나이가 27세로 최연소 교장이셨다.

아버지는 성품이 곧고 얌전하여 '새색시' 라는 별명을 갖고 계셨다. 내가 신도초등학교 가는 길에서 고양중학교 학생들을 만나면 나를 보고 '새색시' 라고 놀렸다.

아버지는 학교에만 계시는 것이 아니고 서울로 출장을 자주 가셨다. 해질녘이면 아버지가 돌아오는 길목에서 기다렸다가 아버지를 반겼는데 출장에서 돌아오는 길엔 항상 아버지의 손에 인삼이 그려진 진생캐러멜이 들려져 있었다. 아버지보다 그 캐러멜이 더 좋았던 기억이다.

일찍 혼자되신 엄마는 굶어도 남을 도와주는 아버지, 그리고 친구와 술을 좋아하여 월급봉투가 항상 빈 봉투여서 엄마와 자주 다투는 것을 보았다. 엄마가 시집올 때 데리고 온 갓난이는 커서 군인과 결혼하여 나갔다.

오랜 세월이 흘렀는데도 또렷하게 기억되는 아버지의 사랑은 지금 생각해도 마음이 훈훈해 온다. 조실부모한 아버지는 첫딸을 누구보다도 더 끔찍이 사랑했다. 태어나면서부터 아버지의 사랑을 독차지해서 젊고 예쁜 엄마가 맏딸을 시샘했는지도 모르겠다.

일곱 살이 되던 해 백일쯤 된 동생을 업고 친구들이랑 나가서 놀다가 힘이 들어, 아버지가 출장가고 안 계신 교장실 안락의자에 자는 동생을 비스듬히 앉히고 포대기와 띠로 칭칭 감아 떨어지지 않게 매어 놓고 실컷 놀았다. 해가 져서야 깜빡 잊고 있던 동생이 생각나서 가 보니 아이가 없어졌다. 이제 엄마한테 맞아 죽겠구나 싶어 이곳저곳을 찾아다녔지만 못 찾고 문 앞에 쪼그리고 앉아 울고 있었다.

엄마가 나오더니 싸릿가지를 내 나이만큼 해 오라고 했다. 가늘고 긴 것으로 내 나이만큼 꺾어 가지고 들어갔다. 엄마는 종아리에 붉은 매 자국이 나도록 치기 시작했다. 옆에서 아무 말 없이 앉아 있던 아버지가 엄마의 회초리를 뺏어 들었다.

'아 이제는 살았구나.' 싶어 안심했는데 "종아리 대!" 소리치는 아버지 고함 소리에 깜짝 놀랐지만 설마하며 종아리를 대는 순간 한 차례 내리치셨다. 왜 그렇게 원통하고 아픈지 엄마에게 10대를 맞는다 해도 이보다는 덜 아플 것 같았다. 배신당한 것이 분해서 엉엉 소리 내어 울었다. 아버지는 그때까지 한 번도 매를 든 적이 없었기 때문이었다.

아버지는 슬그머니 회초리를 들고 나가셨다. 그때는 아버지가 한 대 치고 회초리를 빼앗아 가지고 나간 이유를 모르고 서럽고 원통해서 울기만 했다. 엄마에게 많이 맞는 것보다 한 대로 끝내려는 아버지의 깊은 사랑을 알지 못했던 것이다.

아기는 교장실에서 울어대는 소리를 듣고 교감선생님이 집으로 데려다 주었다고 한다. 지금까지 그 매는 아프다 못해 아리다. 그게 처음이자 마지막인 아버지의 매였으니까.

내가 4학년이 되자마자 6·25 사변이 일어났다. 서울에서 교장 49명이 교육을 받는다고 중절모에 가죽가방 하나 간단히 들고 가족들의 배웅을 받으며 떠나셨는데 그 길이 아버지와 영원한 이별이 되었다.

그때 배밀이하는 여동생, 클로버 꽃으로 목걸이, 팔지를 걸고 내 손을 잡고 아장아장 걸어가던 세 살짜리 남동생, 큰외삼촌을 따라 외갓집에 간 다섯 살짜리 남동생, 이 어린 자식들을 남겨둔 채로 아버지는 영영 돌아오지 못하셨다.

그때는 누구나 다 힘들게 보냈지만 아버지가 안 계신 우리 가족은 동란을 너무 힘들게 보냈다. 일이라곤 해 본 적이 없는 엄마가 업고, 이고 걸어서 피난민 대열에 끼어 도강도 하셨고, 아버지가 안 계신 종갓집 큰며느리의 시집살이는 고달프기만 했다.

서울이 수복되자마자 엄마는 가평 친정으로 자식들을 데리고 내려왔다. 이곳은 아직도 밖의 일을 도와주는 행낭아범, 갓난할멈(부엌할머니), 영순이 아줌마 등 일하는 분들이 있어 엄마는 학교에 나가며 아버지를 기다렸다. 우리 가족은 아버지의 빈자리를 메우며 외갓집에서 지냈다.

내가 대학에 들어갈 때 아버지와 함께 역사 지리학을 연구하셨던 노도양 교수님과 중동고등학교 방성환 교장선생님, 서울고등학교 서정권 교장선생님 세 분이 내 등록금을 모아주셨다. 아버지와 헤어진 지 수십 년이 지났는데도 엄마를 찾아와 도와주셨던 고마우신 분들을 잊을 수가 없다.

그리고 아버지의 뒤를 이어 중동고등학교에 다니는 내 동생과 나는 연희동 잔디정원이 넓고 아름다운 고택인 서 교장선생님 댁에서 학교 다니며 몇 년을 지냈다.

대학교를 졸업하고 서 교장선생님이 계신 학교에서 근무하기도 했다. 친구가 간 지 수십 년이 지나도 그 친구의 자식들을 보살펴 주셨던 고마우신 분들께 감사한 마음을 말로 형용키 어렵다. 아마 우리 아버지가 그 반대 입장이었더라도 꼭 그리하셨을 것으로 믿는다.

도둑맞은 아버지의 유품

요즘은 사진을 넣어 아기에게 생애의 시작을 만들어 주는 엄마가 많지만, 거의 70년 전에 아버지가 딸에 대한 육아일기를 썼다면 놀라운 일이 아닐 수 없다. 그랬다. 그 옛날 나의 아버지가 나에 대한 육아일기를 써서 남기셨다.

책으로 남겨주려 했는지 두꺼운 진회색 표지에 세로 줄이 쳐진 노트라기보다는 책에 가까운 육아일기다. 몇 년 몇 시에 어디에서 출생했는지부터 처음 아빠와 눈을 맞추며 방긋방긋 웃던 날, 처음 옹알이를 시작한 날, 배밀이하던 날, 엎디어 기던 날, 처음 이가 나던 날, 도리도리 짝짜꿍을 따라하던 날, 엄마 젖을 떼던 날에 보채던 이야기, 엄마 아빠를 처음 부르던 날, 걸음마를 시작하던 날, 100일 날 머리가 검고 길어 이용원에서 머리를 깎는 데 하도 울어 다 못 깎고 돌아와 엉덩이를 한 대 때려주고 다시 갔더니 어린 아기가 어찌나 꾀가 많은

지 울지 않고 잘 깎더라는 이야기, 순간순간을 하나도 빼놓지 않고 써 놓으셨다.

난 아버지가 육아일기를 쓰신 것도 몰랐다. 연년이 아기를 낳은 엄마는 아는지 모르는지 말씀해 주지 않으셨다. 6·25 사변이 일어나고 아버지가 납치당하신 후 모두 피난을 해야 했기 때문에 아버지 서재의 책들을 모두 박스에 담아 다락에 올려놓던 중에 발견했다. 역사 지리학 책을 내려고 준비 중이던 아버지 원고가 얼마나 많았던지 엄마는 물건들을 꼭꼭 싸매며 아버지 생각에 울었고, 그때 육아일기도 발견한 것이다.

나의 대한 육아일기가 재미있고 신기하여 그걸 읽느라 며칠째 책 정리하는 엄마를 도와주지 않았다가 엄마에게 야단을 맞고서야 내려놓고 아버지의 책들과 꼭꼭 묶어 다락에 올려놓았다.

아버지가 곧 돌아오실 거라고 교장사택 안방 다락에 꼭꼭 싸둔 그 많은 아버지의 책들과 빛을 보지 못한 아버지의 쓰다 남은 글들, 내 육아일기, 앨범들은 그곳에서 모두 없어졌다. 그나마 내 어릴 때 사진 몇 장은 외갓집 사진첩에서 갖고 왔다.

첫 아이를 임신하고 태동을 느꼈을 때부터 아버지의 육아일기를 떠올리며 쓰기 시작했는데 결국은 끝을 보지 못하고 아버지만 못한 딸로 남았다. 친구들에게 그 시절에도 육아일기를 쓰신 아버지의 자식사랑 이야기를 자주 했었지만 막상 나는 바쁘다는 핑계로 쓰다 말았다.

그뿐이 아니다. 아버지는 옛날 지폐(조선은행)도 모으셨고, 일본 유학 시절에 모으신 전차표, 우표, 기차표 등도 많이 스크랩하여 할아버지 댁에 두신 것을, 내가 고등학교 다닐 때 할아버지께서 "너의 아버지 거다, 가져라." 시며 주셨다. 수십 년 동안 잘 보관했다. 그리고 옛날 돈은 내가 여행을 다닐 때마다 여행한 나라 돈을 모아 같이 거실에 진열해 놓았다. 집에 손님들이 그것을 보고 자신들이 갖고 있는 옛날 돈을 보태주신 분도 계셨다.

2001년 10월, 서울 논현동에 사는 막내 동생 남편이 아프다는 소식을 듣고 갔다가 혼자만 두고 올 수 없어 자고 왔다. 그날 밤, 아래층 학원에 집을 잘 봐달라고 밤 8시에 전화로 부탁한 것이 화근이었다. 다음날 밤에 돌아와 보니 온 집안은 차마 눈 뜨고는 볼 수 없을 정도로 난장판이 되어 있었고, 결국 도둑은 나의 귀중한 물건들은 다 갖고 가 버렸다.

아들이 여행할 때 쓰라고 내 생일 선물로 사준 한 번도 안 쓴 캠코더, 패물, 각 나라 지폐, 현금 등 그런 것들이야 또 장만하면 되겠지만 아버지의 손때가 묻은 조선시대의 지폐 등 유품을 생각하면 지금까지도 가슴이 아프다.

아버지의 유품을 도둑맞은 충격이 가시기도 전에 큰집에서 혼자 지내는 것이 위험하다는 자식들의 권유에 못 이겨 25년을 살아온 상가 건물을 세놓고 작은딸이 분양받은 새 아파트로 이사를 했다.

결국 나는 아버지의 작은 유품 하나 지키지 못한 못난 딸이 되고 말았다.

보청기 사던 날

중학교 교장이셨던 아버지가 6·25 때 납치를 당하셨다. 그때 겨우 31세 된 엄마는 초등학교 4학년인 나와 내 밑으로 배밀이하는 막내 여동생까지 사 남매를 책임지게 되셨다. 엄마는 몸이 허약하여 늘 "약을 콩 쥐 먹듯 하신다."는 자식들의 핀잔을 들으면서도 오랜 세월 동안 아버지의 뒤를 이어 교육계에 몸담으셨다. 우리 사 남매는 그런 엄마 덕분에 큰 어려움 없이 성장기를 보냈다.

청상이 되어 사 남매를 키우느라 애쓰셨던 엄마가 오는 세월을 거스르지 못하고 어느덧 파파할머니가 되셨다. 평생 주름지지 않을 것 같은 고운 얼굴에 잔주름이 지고 귀까지 어두워 자식들의 마음을 아프게 했다.

연세 드신 분에게 보청기가 얼마나 효과가 있는지 모르지만 안타까운 마음에서 여든 되신 친정엄마에게 보청기를 맞춰 드렸다. 엄마는 귓속형 보청기가 외관상 안 보여서 좋고 아주 잘 들린다며 무척 좋아하셨다. 약국에 들러 상비약 몇 가지를 사갖고 시골집까지 모셔다 드리는 길에서 엄마가 "고맙다. 차에 휘발유나 사 넣으렴." 하시며 지폐를 듬뿍 내 손에 쥐어주셨다.

비싼 보청기가 부담스러우셨던 것일까. "엄만, 내 나이가 몇 살이유?" 하며 사양했지만 연세가 드신 엄마에겐 언제나 난 어린 딸인가보다. 하는 수 없이 받아 쥔 돈을 어떻게 쓸 것인지, 엄마에게 필요한 게 뭘까, 산모퉁이를 돌고 논둑길을 지나오면서도 줄곧 그 생각만 했다.

시골길을 벗어나 상점이 쭉 늘어선 번화한 시내로 들어섰다. 언뜻 윈도우에 비친 예쁜 원피스가 눈에 띄었다. 레이스가 곱게 달린 분홍색 원피스였다. '저걸 사드려? 하지만 너무 젊은 색상(?)인데…….' 이것저것 골랐으나 마땅한 것이 없었다. 그때 얼른 떠오른 것은 시집 간 딸의 얼굴이었다. '그래, 딸의 옷이나 사자.' 엄마가 주신 돈으로 결국 딸의 옷을 샀다.

몇 번을 거절해도 소용이 없어 받은 돈으로 내 딸을 위해 쓰고 보니 엄마에게 미안한 마음이 들었다. 안 받으려는 딸의 소매를 잡고 억지로 손에 쥐어주시던 엄마는 주는 기쁨에 무척 흡족한 표정이었다. 감사하게 받는 것도 엄마를 위한 일이라 생각되어 받았다. 새삼스럽게 엄마의 따뜻한 마음이 가슴속 깊이 전해 오니 왈칵 눈물이 솟는다.

엄마의 돈으로 엄마를 위해 쓰지 않고 내 딸의 옷을 산 것이 마음에 걸리지만, 나는 엄마의 딸이고 또 딸의 엄마이기에 그런 거라고 마음

을 달래 본다. 뭔가를 해 드릴 수 있는 엄마가 내 곁에 계시고 또 내가 받아 누릴 수 있으니 얼마나 행복한 일인가.

일찍 혼자되신 엄마는 애비 없는 후레자식 소리를 들으면 안 된다며 어린 우리 사 남매에게 매우 엄격하셨다. 한 아이가 잘못해도 "너는 왜 형에게 덤비느냐, 형이 돼서 아우를 사랑하지 않고 왜 싸우느냐, 너희들은 왜 싸우는 것을 보고만 있었느냐……." 하시며 사 남매가 모두 무릎 꿇고 앉아 벌을 받고 회초리로 피멍이 들도록 맞았다.

우리는 벌을 받지 않기 위해 똘똘 뭉쳐 서로 감싸주었다. 매라도 맞은 날에는 붉게 부풀어 오른 종아리를 서로 어루만져 주며 울었다. 누가 잘못했 건 원망하는 일도 없었다. 맞아서 아픈 것보다 나보다는 동생이, 형이, 누나가 더 아플 것을 생각하며 울었다. 엄마가 없는 뒤 뜰로 가서 "엄만, 계모인가 봐……." 그 한마디가 억울하게 맞은, 엄마에게 대항하는 제일 큰 반항이었다. 정말로 잘못했을 땐 엄마를 속상하게 한 것이 미안해서 용서해 달라고 매달려 울 때도 있었다. 차례로 종아리를 맞을 때에는 싸릿가지 매마다 "아으 아으." 똑같은 소리를 지르며 같이 울었다.

엄마는 때론 함께 우시기도 했고, 때론 우리들이 하는 꼴을 보고 고개 돌려 웃음을 참기도 하셨다. 그때는 엄마가 우리를 매로 치고 고개 돌리신 이유는 알지 못했는데 내가 엄마가 되고서도 한참 후에야 알았다.

그런저런 이유로 우리 사 남매의 동기애는 남달랐고, 두 살 위의 형이라도 나무라면 무릎 꿇고 앉아 빌었다. 막내가 쉰이 된 지금까지도 엄마에겐 응석 섞어 반말을 해도 형제간엔 존댓말을 쓴다. 모두 엄마의 남다른 교육 방법의 영향이다.

엄마는 내가 어쩌다 해가 저물어 집에 오면 전화로 쩌렁쩌렁 야단치신다. "엄만 내가 어린애유?" 자식들 앞에서 야단맞고 머쓱해진 딸에게 "넌 네 딸이 늦게 들어오면 걱정 안 되냐?"라며 버럭 큰소리로 나무라신다. 변명 따윈 안 통하는 우리 엄마 때문에 온종일 좋았던 마음이 때로는 언짢아지기도 한다.

때때로 같이 늙어가는 자식들의 모든 것을 아직도 당신 몫으로만 아시니 조금은 부담스럽고 속상할 때도 있다. '엄만, 아이들 앞에서만이라도 체면 좀 지켜주시지…….' 마음속으로 꿍얼거리면서도 "잘못했어요. 이젠 안 나갈게 응? 엄마 안녕히 주무세요. 내일 또 전화할게요." 응석 섞어 너스레를 떨어 화를 풀어 드려야 마음이 놓인다.

나도 엄마만큼은 아니어도 자식들을 엄히 다스리는 편인데 그런 자식들 앞에서 야단맞는 내 모습을 보이는 게 정말 싫다. 우리 집의 귀가 시간은 밤 10시 30분으로 정해져 있다. 서울에서 안양까지 내려오는 시간을 감안해서다. 그것도 1개월에 2, 3회, 행선지를 꼭 밝히고…….

나도 예외는 아니다. 자식들과 똑같이 지킨다. 그러나 여든 되신 우리 엄만 그 시간도 안 봐주신다. 당시엔 자식들 앞에서 무안을 주는 것이 싫고 노여웠지만 이제와 생각하니 엄마의 한없는 자식사랑이었다는 걸 깨닫는다.

내 아이들은 내가 외할머니를 꼭 닮아간다고 한다. 효(孝)와 동기애를 함께 얻을 수 있는 친정엄마의 교육 방법이 나도 모르는 사이 흡수되고 있었나 보다. 엄마의 연세에는 아랑곳하지 않고 힘들면 기대고 투정도 부린다. 이날까지도 우리 사 남매는 모든 일을 엄마와 의논하고 의지하며 살고 있다.

엄마는 지금도 자식들 일이라면 앓고 누워 계시다가도 벌떡 일어나며 목소리에 힘이 실리신다. 자식 일을 낙으로 삼고 보람을 느끼시기에 우리는 그것이 효도인 줄 알고 더 기대게 된다.

그뿐 아니다. 엄마는 손자 손녀에게도 엄한 훈장님이다. 아이들을 당신 앞에 무릎 꿇게 하고 두 시간씩 정좌하고 앉아서 우리가 하지 못하는 효에 대해 훈계하신다. 잘못했을 때 회초리를 드는 것도 엄마 몫이다. 그 시간이 좀 길어 걱정은 되지만 우리 사 남매는 가장 보람 있는 시간으로 조용히 문 밖에서 기다린다. 그땐 응석받이 막내도 숙연해지고 잘 참아낸다. 시간이 지나면 자상한 할머니가 되어 필요한 것을 묻고 적지 않은 용돈을 나누어 줘 부모 위에 군림하는 엄마다. 엄마의 할아버지 할머니가 그러셨듯이 교육을 책임지고 계시면서 손자 손녀에게 줄 용돈 주머니를 항상 차고 있어야 한다고 믿는다.

아직도 잔소리하는 엄마지만 엄마가 곁에 계시고 기댈 엄마가 계시기에 머리가 백발이 되고 할머니가 돼도 어린 딸로 남아 '엄마, 엄마…….' 라 부르며 어리광을 부릴 것이다.

호랑이보다 더 무섭고, 사감 선생님보다 더 냉정하고 엄한 그러면서도 자식 일이라면 물불 가리지 않고 앞장서서 바람막이가 되어주며 무슨 일이든 보듬어 감싸주는 엄마에겐 지천명이 넘은 나는 아직도 어린 딸이다.

"엄마, 오래오래 사세요. 나 어릴 때처럼 나이만큼 싸릿가지 꺾어 오라 하여 종아리를 치서도 좋습니다. 이젠 보청기까지 새로 끼셨으니 세상 일 더 잘 들으시고 엄하고 무섭게 꾸짖어 주세요. 엄마 꾸중 듣는 행복함을 오래오래 갖도록 해 주세요. 엄마, 사랑해요."

불효부모(不孝父母) 사후회(死後悔)

98년 9월 3일, 아직은 여름 끝자락으로 더위가 붙어 있다. 문화센터에서 한문을 배우는 중에 핸드폰이 울린다. 얼른 밖으로 나가 전화를 받았다. 다른 날은 수업시간에 핸드폰은 꺼놓는데 오늘은 동생 전화를 기다리느라고 진동으로 해놓았다.

여동생의 황급하고도 떨리는 목소리가 들린다. "언니, 엄마가 암이래." 어제저녁 노인대학에서 연락이 와서 모셔왔다고 한다. 엄마는 치매증세가 약간 있어 큰아들이 서울로 모셔와 치료를 받는 중이었고, 올케는 날마다 노인대학에 모시고 다니면서 종이접기 등 즐거운 시간을 만들어 드리려고 애쓰고 있었다.

그런데 어제 오후, 엄마는 가깝게 사는 작은딸이 보고 싶으셨는지 작은딸에게 전화해서 모시고 왔는데, 주중에 두 번이나 하혈을 하셨다고 한다. "아니 80노인이 무슨 하혈, 그러면 아침에 병원으로 모시고 가 봐라. 무슨 일이 있으면 핸드폰으로 연락하고." 그렇게 동생과 통화했었다.

별로 큰 병이 없으셨던 엄마지만 항상 잔병은 많이 앓아오신 터라 대수롭지 않게 생각하고 있었다. 그날도 엄마는 아침도 잘 드시고 막내딸과 기분 좋게 걸어서 병원엘 가셨는데 암이라니 믿을 수가 없었다.

"응, 내가 바로 갈게 병원에서 기다리고 있어." 나는 황급히 택시를 타고 병원으로 갔다. 동생과 엄마가 대기실에서 기다리고 있었다. 엄마는 큰딸이 온다는 것만 좋아서 왜 기다리고 있는지도 모르고 나를 보자 환희 웃으면서 "너 왔구나, 빨리도 왔다." 며 손을 잡으신다.

나는 엄마가 눈치 못 채게 "엄마, 괜찮아? 엄마, 우리 엄마가 어디가 아프신지 원장님께 물어보고 올게요." 하고서 원장을 만났다. 참 기가 막힌다는 말이 바로 이런 경우였다. 이미 장까지 전이된 상태가 육안으로도 보이니 큰 대학병원으로 모시고 가란다. 만약 수술 않고는 얼마를 더 사실 수 있느냐고 물으니 사람마다 다르기는 하지만 이 정도면 길어야 7개월, 보통은 2, 3개월 사실 수 있다고 한다.

그날부터 사 남매는 울고불고 네가 모시니 내가 모시니 하며 마지막 몇 개월을 서로 모시겠다고 법석이 나고 전이가 의심되는 곳을 모두 검사하는 데만 1개월이 걸렸다. 아직까지는 통증은 못 느끼셨는데 검사를 받으면서부터 못 견뎌 하셨고, 그럴 때마다 엄마를 수없이 찾으며 아파하셨다.

엄마 손을 잡고 수도 없이 울었다. 10월 9일 추석을 병원에서 보내고 간병인과 함께 우리 집으로 모셔왔다. 엄마가 나를 도와주심인지 병원에서 퇴원할 때 준 약을 잡수셨는데 통증도 없고 하혈도 없이 30여 일을 보냈다.

통증은 없으신데 치매가 점점 심해져 밤잠을 안 자고 방문마다 두드리며 온밤을 설쳐 가족들과 밤을 같이 보내는 동생들은 밤새 절절매다가 결국은 인천에 있는 치매병원으로 모시게 되었다.

그날이 11월 13일, 우리 집에 오신 지 한 달 4일이 되는 날인데 치매가 더욱 심해지셨다. 그곳이 싫다는 엄마를 두고 돌아서는 자식들은 가슴이 미어지는 아픔을 안고 눈물로 돌아서야만 했다. 결국 8일간 계시다가 삼성의료원 응급실에서 3일을, 19층 독실에서 1개월을 계시다가 병원 측의 권유에 못 이겨 하는 수 없이 산소 호흡기를 떼고 따뜻한 물로 깨끗이 목욕시켜 뱅갈 엄마의 집으로 모셔왔다.

꼬박 1개월을 링거로만 사시던 엄마, 집에 오는 날 대변을 보니 곧 가실 때가 되었다는 간호사의 말 뒤로 엿새를 더 사셨다. 엄마는 온 가족이 모인 가운데 마지막 힘을 모아 인사불성에서 깨어나 "엄마, 엄마." 하며 애타게 부르는 아들딸을 보고 어린아이처럼 밝게 웃더니 조용히 눈을 감으셨다.

엄마가 살아 계시는 동안 잘못해 드린 일, 섭섭해하셨을 일들만 생각이 나서 견딜 수가 없었다. 엄마의 그늘이 얼마나 큰지를 생각하게 되고 혼자서 사 남매의 가족들까지 일일이 챙기시던 엄마였는데도 자식들은 불평을 많이 했다.

젊어서 혼자되어 남편의 사랑을 받지 못하고 오로지 자식들만을 위해 살다 가신 엄마, 말기 암으로 여러 곳에 전이되었을 정도면 얼마나 아프셨을까. 조금만 아프서도 약을 콩 쥐 먹듯 하신다고 핀잔을 주며 복용하는 약 때문에 합병증이 생겨 악화된다며 모두 뺏고 감춰버렸으니 얼마나 답답하고 괴로우셨을까. 엄마가 당하셨을 고통을 생각하면 가슴이 미어진다.

어느 땐가 우리 집에 오셨을 때 목욕을 시켜 드리다 보니 아랫배 주위에 케토톱을 작게 오려서 댓 군데 붙이셨고 냉이 심하다고 생리대를 대고 계셨다. 선산을 지킨다고 새 집을 지어 큰 집에 덩그마니 혼자 계셔서 밤에는 두 아들들이 번갈아 자 드렸지만 낮에는 거의 혼자 계셨다.

일주일에 한두 번 찾아뵙는 게 전부였던 내가 어느 날, 현관문을 열고 들어서면서 엄마를 불렀지만 인기척이 없었다. 거실에도 목욕탕에도 안 계셔 안방을 열고 들어가 보니 너무 아파서 전화도 할 수가 없었다며 옆으로 두 팔을 뻗고 누운 채로 일어나지도 못하셨다. 얼른 모시고 안양병원에 다녀갔지만 속에서부터 깊은 병이 들어 그런 것도 모르고 일반내과에서 간단한 치료를 받고 기력이 없어 그러신가 하고 링거만 맞고 오셨다.

그 후 가끔씩 전화로 "얘, 나 몸이 아파." 하셨다. 생전에 잔병치레가 많아 상비약을 넉넉히 사다 드리곤 했다. 며칠 안 가 그 약이 다 떨어지면 또 사 오라고 연락이 왔다. 자식들은 약을 사다 드리면서 엄마의 아픔은 모르고 무슨 약을 벌써 다 드셨느냐며 잔소리를 많이 했다.

이렇게 가실 줄 알았다면 조금이라도 더 잘해 드릴 수 있었을 텐데, 불효부모(不孝父母) 사후회(死後悔)라더니 나를 두고 한 말인가 보다.

엄마를 그리며

쉰이 넘은 늙은 고아 사 남매가 오랜만에 다 모여 엄마를 그리며 지 난날들을 얘기한다. 잘한 일보다 잘못했던 일을 떠올리며 후회한다. 유독 내 가슴이 아팠던 것은 가깝게 살면서 엄마가 제일 편히 말할 수 있는 상대가 맏딸인 나였다는 것이다.

아이들 모두 시집장가 보내고 나랑 살면 안 되겠느냐고 하신 엄마 에게 "그럼 내 인생이 너무 불쌍해. 엄마, 혼자 아비 없는 아이들 키 우느라 이제 겨우 힘든 일 끝나고 내 생활을 갖고 취미생활하며 즐겁 게 사는데 엄마가 계신 시골에서 어떻게 살어." 했던 것이 가슴 절이 도록 후회스럽다.

그뿐이랴 좀 독선적이고 마음먹은 일은 무엇이든 앞장서서 해내는 통에 아들들은 아들대로 갑자기 힘들 때가 많았고 그러다 보면 짜증 부릴 때도 있었다. 딸들은 딸들 대로 아무리 연세가 높아도 엄마이기에 어리광을 부리고 투정할 때도 있었으니 엄마 한 몸이 여러 자식들의 먹이사슬이 되었다는 것이 너무 가슴 아프다.

우리 사 남매는 "부모가 살아계실 제 효도하려 하였더니 이미 가셨다."는 말을 뼈저리게 실감하고 있다. 엄마가 아무것도 모르는 채 병상에 누워 계실 때 점점 쇠진해 가는 손발을 잡고 주물러 드리고 씻겨 드리면서 왜 진작 이렇게 엄마 가까이서 보살펴 드리지 못했나 울고불고 후회했으나 아무 소용이 없었다.

동생이 소일거리하시라고 암탉, 수탉 사다 드렸더니 잘 길러 둥우리에 낳은 알을 모았다가 신문지에 줄줄이 싸주며 흐뭇해하시던 우리 엄마, 자식들에게 무엇이든지 싸주려고 항상 바쁘게 사셨다.

6·25사변 때의 일이다. 아버지는 중학교 교장으로 계시다가 납치당해 안 계시고 다섯 살인 큰 남동생은 마침 외갓집에 다니러 가고 없었다. 멀리 산 너머엔 전투기들이 포탄을 쏟아내고 붉은 섬광은 그 큰 산등성이를 삼키려는 듯 빨갛게 타올랐다. 피난민들이 길을 메우고 밀려왔다. 우리도 피난을 가야 한다며 쌀을 볶아 미숫가루 만들고 보따리를 쌌다.

아버지를 마냥 기다릴 수만은 없다고 생각하신 엄마는 우리도 아버지가 찾아올 수 있도록 증조부님이 계신 목 씨의 집성촌인 양산리(지금의 안산에 있는 마을)로 피난을 떠났다.

어머니는 1919년 5월 25일생으로 서울여상을 나오고 이천석지기의 부잣집 맏딸로 자라 생전에 험한 일 한번 안 해 본 분이었으나 아빠도 안 계신 난시엔 어쩔 수가 없었다. 어린 삼 남매를 데리고 최대한 크게 싼 보따리를 머리에 이고 양손에 들고 등에는 세 살짜리 남동생을 업고, 나도 배밀이하는 여동생을 업고 양손에 기저귀 등 엄마가 쥐어 준 보따리 들고 피난민 대열에 끼어 며칠을 밤낮없이 걸었다.

한강을 건너야 했다. 헌데 우리가 도착하기 전에 이미 철교는 끊어졌고 낮에는 배도 건널 수 없고 밤에만 총성을 피해 도강을 해야 한다고 했다. 그날따라 비가 많이 내렸다. 피난민들은 어느 작은집에 모두 끼어 앉아 밤이 되기를 기다렸다.

밤이 깊었을 때 한 남자가 오더니 일인당 얼마씩 뱃삯을 받고 배 터로 조용히 나오란다. 말이 조용히지 서로 앞 다투어 타려고 밀치고 떠밀고 하며 말이 아니었다. 배가 부둣가도 아닌 물 안쪽에 서 있는 것이 어스름하게 보였다. 피난민들은 머리에 이고 지고 들고 뛰어 서로 배에 오르느라고 야단법석이었다.

엄마와 나도 이리 밀리고 저리 밀리며 배 가까이 갔으나 힘센 사람에 밀려 거의 마지막쯤 되었다. 엄마가 먼저 힘들게 배에 올라탔다. 배는 내가 오르기도 전에 떠나기 시작했다. 엄마가 탄 배가 저만큼 어둠 속으로 밀려가는 것을 보고 눈앞이 캄캄하고 겁이 났다. "엄마, 엄마~" 짐 든 두 손을 최대한 높이 저으며 울부짖었다. 엄마도 그제야 딸이 타지 못한 것을 보고 내 이름을 소리쳐 부르다가 사정없이 배에서 뛰어내렸다. 어둠 속에서도 엄마가 물을 가르며 온몸이 흠뻑 젖은 채로 나오는 게 보였다. 엄마도 얼마나 놀라셨는지 몇 날을 고생하며 힘들게 이고 들고 왔던 짐을 배에 놓고 몸만 뛰어내렸다. 놀란 나는 엄마를 만난 뒤에도 한참을 울었다. 결국 우리는 다음날 밤 도강했다.

그때 엄마가 죽음을 무릅쓰고 뛰어내리지 않았다면 어떻게 되었을까. 우리 사 남매가 이산가족이 되지 않고 아무 탈 없이 엄마 곁에서 오순도순 행복하게 살 수 있었던 것은 엄마의 자식사랑에 대한 무한한 힘이었다.

엄마의 희생이 없었다면 오늘의 내가 있었을까. 우리 사 남매가 이렇게 잘살 수 있었을까. 우리들이 잘살고 있는 것은 하늘에서 우리를 지켜주고 계시는 엄마 덕분일 것이다.

편애(偏愛)

　작은사위가 병원 개업을 한다. 나는 넉넉하지 못한 집에 시집와서 젊음을 바쁘게 보냈고, 생활이 안정된 다음에도 지난날을 생각하며 마음 놓고 돈 한번 써 보지 못했지만 내 자식이 개업을 한다니 가만히 있을 순 없다. 무척이나 어려웠던 그때를 생각하며 '힘들 때 단 얼마라도 도와주어야지.' 결심하는 순간, 큰사위가 눈앞에 떠오른다.

　나도 자식을 셋이나 둔 엄마다. 아빠 엄마를 꼭 닮은 귀엽고 사랑스런 내 아이들, 나는 내 아이들에겐 절대로 편애를 하지 않겠다고 다짐했다. 아이들이 성장하면서 몸이 튼튼한 아이와 약한 아이, 맏이와 막내, 아들과 딸, 성적이 좋은 아이는 좀 더 욕심을 내어 이것저것 가르치게 되고, 몸이 약한 아이는 마음을 더 써서 보살피게 되고, 막내는 아들이라 강하게 키우려고 여러모로 신경을 쓰게 되니 부모가 주는 사랑은 어느 자식 하나 소홀함 없이 똑같은데 자식들이 생각하기에도 그렇게 느껴질까.

두 딸을 연이어 시집보냈다. 모두 연애결혼이지만 큰딸이 많은 예물을 받고 별장 같은 큰 저택에서 잘사는 것을 보면서는 아직 군의관이라 성물 반지 하나씩 주고받으며 결혼한 작은딸 표정을 눈여겨보았고, 작은사위가 제대 후 병원에서 과장으로 있을 땐 "동생이 저보다 3년이나 어린데 사모님 소리를 듣는다."고 말하는 큰딸을 눈여겨보았다. 신랑의 재산과 직업이 다르다 보니 비교하게 될까 봐 이 딸 저 딸 눈치를 살피게 되고, 어설픈 덕담과 유머로 웃어넘길 때가 한두 번이 아니었다.

결혼 몇 년이 지난 지금 큰사위는 아기용품 수입상이라 시간을 잘 활용하여 휴가도 해외로 다녀오고, 회사 일로 유럽이나 미주지역을 다닐 때도 아들 하나만 낳아 기르면서 세 식구가 함께 다닌다.

작은사위는 일주일에 5일 반을 병원에서 벗어나지 못하지만 그들대로 토요일 오후부터 일요일을 한 주도 거르지 않고 어디로든 여행을 다니고 추석과 구정 연휴엔 해외여행하며 여가를 즐겁게 보내는 자식들 모습에서 어미는 행복을 느낀다.

그러면서도 때때로 우산 장수와 나막신 장수의 어미가 되기도 한다. 큰사위, 작은사위, 큰딸, 작은딸, 손자 손녀에게 옷 한 가지를 사주면서도 세심한 주의를 한다. 나는 똑같은 사랑을 주려고 작은 일 하나에도 신경 쓰고 있는데, 자식들은 과연 우리 부모는 편애하지 않는다고 생각할까. 나 또한 우리 부모님께 편애한다고 불만을 가져 본 적은 없는가. 분명 나도 있었다.

우리 친정어머니도 옛 어른이시라 많은 재산은 아들에게만 나누어 주셨다. 맏딸인 나는 친정의 모든 대소사나 궂은일은 다 내 몫으로 무슨 일이 있을 때마다 나만 불러대셨으니 나라고 어찌 편애한다는 생각을 안 했겠는가.

부모가 자식을 사랑함에 편애가 있을 수 있을까. 부모로서는 이런 물음에 하나 같이 "열 손가락 깨물어서 안 아픈 손가락 어디 있느냐." 고 말할 것이다. 그 말은 틀림없이 맞는 말이다. 치우치는 사랑도 사랑이다. 자식을 낳아서 기르는 데는 모두 똑같이 아끼고 사랑하면서도 정신이나 물질 면에서 자식의 성격 취미 소질 등 각자의 특성에 따라 똑같이 할 수가 없고, 그를 보고 느끼는 아이들로선 때로는 '편애한다' 말할 것이다.

그렇게 보면 편애 아닌 사랑이 어디 있을 것인가. 그렇다고 편애가 두려워서 자식들에게 똑같은 관심과 사랑을 줄 수 있는 것은 아니다. 부모들은 거의가 정당한 사랑(편애)을 하고 있다고 생각한다.

이제 작은사위가 개업함에 있어 큰사위가 떠올려지는 것도 그들 나름대로 편애를 느끼게 될까 봐서다. 부모가 주는 정신적인 사랑도 중요하지만 때로는 아주 작은 물질이라도 자식들은 편애를 느낄 수 있고, 부모의 작은 부주의가 부모는 물론 형제 간의 동기애도 끊을 수 있다는 것을 주위에서 많이 보아왔기에 고심하지 않을 수 없다.

자식이 여럿이기에 누구 하나라도 편애를 느끼지 않도록 하려는 것이다. 때로는 내가 지나치게 편애에 신경을 쓰고 있는 것은 아닌가 생각도 해 본다. 우리가 자랄 때처럼 궁색한 시대는 아니지만 그래도 엄마로서 자식들 마음에 부담을 주지 않는 것만으로도 성공한 삶이라 생각하며 행복한 고민을 해 본다.

부모가 주는 무조건적인 사랑과 희생적인 사랑 틈에 옥에 티처럼 끼어 불편한 관계(사랑)를 만들며, 사랑과 함께 공존하는 것이 편애가 아닌가 생각한다.

조선왕조 궁중복식 쇼

2000년 11월 하순, 김포공항에 모인 우리 단원들은 상기돼 있었다. 도쿄 국제전시장 EVENT STAGE에서 열릴 한일교류제(韓日交流祭) 인 'KOREA SUPER EXPO 2000' 참가를 위해서였다.

우리는 그곳에서 전통한복과 조선왕조 궁중복식 패션쇼를 하기로 돼 있었다. 외국 관광을 여러 번 다녀 봤지만 이번 여행은 국위선양 의 사명을 띤 나들이여서 더욱 설렌다. 특히 일본 공연은 얽히고설킨 역사적인 관계로 다른 어떤 나라에서의 공연보다 마음이 많이 쓰였 다. 조선왕조를 쓰러뜨린 당사국에 가서 패망한 내 조상의 궁중복을 선보인다는 것은 많은 것을 생각하게 했다.

우리가 현지에 도착한 것은 행사 3일 전이었다. 무대를 꾸미고, 수 십 개의 대형 박스에 담아온 구겨진 옷들을 곱게 다림질하여 속옷부 터 겉옷까지 배역에 맞게 이름 붙여 순서대로 행거에 걸어놓았다. 임

금님이 대례 때 쓰는 면류관과 평상시에 쓰는 왕관, 왕비가 쓸 대수(장식이 화려한 큰머리)로부터 떠구지, 내외명부가 쓸 어여머리, 왕과 왕비가 대례 때 손에 들고 다니는 옥규(玉珪: 옥으로 만든 홀), 왕비나 내외명부 머리에 꽂는 떨잠, 그리고 당혜(唐鞋)에 이르기까지 궁중의상에 필요한 수많은 소품들도 일일이 이름 써서 정리해 놓았다.

공연은 11월 30일부터 12월 4일까지 오전 10시~12시, 오후 2시~4시까지 하루 2차례 5일 동안 성황리에 진행되었다. 궁중의상 가짓수가 많아 1인 2역을 하거나, 코디 분장, 의상 보, 소품, 메이크업 등 일부 스태프들까지 모델로 출연해야 했다. 나도 왕비와 대축(大祝: 왕비를 모시는 정5품 상의(尙儀), 두 역을 맡았다.

왕비가 되어 무대에 오를 때는 만백성을 사랑하는 국모의 마음으로 왕실의 숭엄함과 권위를 상징하는 홍원삼을 입는다. 음양오행설에 기초하여 지어진 이 옷은, 옷의 미학이나 기능은 물론 옷에 담긴 상징성과 철학까지를 착용하는 이가 담아내야 한다. 마음을 가다듬고 사각사각 스란치마 끌리는 소리 들으며 양팔을 활짝 벌려 홍원삼의 화려함을 한껏 자랑하게 되는 것이다.

도쿄의 국제전시장 빅 사이트 홀. 객석은 만원이고 좌석 뒤쪽으로도 두 겹 세 겹 서 있는 관객들이 비디오를 찍고 카메라 앵글을 맞추며 막이 오르기를 기다리고 있었다. '조선인은 미개하다' 는 인식, '일본문화가 한국문화보다 월등하다' 고 교육 받아온 저들이 한국의 화려하고도 장엄한 궁중복을 촬영하여 가족이나 이웃들과 함께 보면 생각이 조금 변할 수 있을까.

드디어 도쿄의 국제전시장 빅 사이트 홀에 막이 올랐다.

첫날 첫 공연 1부가 시작되었다. 무대에 조명이 비춰지며 궁중음악이 나오자 관례(冠禮: 남자 성인의식), 계례(笄禮: 여자 성인의식) 때 입는 옷과 조선시대의 복식, 옛 옷에 현대를 접목시킨 고상하면서도 우아한 옷들을 입은 모델들이 먼저 선을 보이고 들어갔다.

잠시 꺼졌던 무대에 다시 조명이 들어오며 2부가 시작되었다. 대축이 된 나는 궁중음악에 맞춰 남치마 연두저고리에 녹원삼을 입고 머리에는 떠구지를 쓰고 앞장서 나왔다. 팔을 벌렸다, 접었다, 뒤로 돌아섰다, 다시 앞으로 돌며 우리 궁중의상을 최대한 잘 보이도록 이리저리 펼쳐 보인다. 뒤따라 나온 내명부와 외명부가 여섯 발자국 간격으로 무대 위에서 가지각색의 화려한 의상을 마음껏 자랑한다.

맨 뒤로 왕비가 친잠례(親蠶禮) 때 입는 국의(鞠衣)를 입고 머리에는 화려한 떨잠이 장식된 떠구지를 쓰고 손에는 옥규를 들고 시녀들을 거느리며 입장했다. 출연진들이 무대를 돌아 나갈 때는 직책이 높은 순서대로 퇴장한다. 모델들이 다른 옷으로 갈아입는 동안 3부가 진행된다.

3부는 혼례식 풍경이다. 양쪽 문에서 한복에 전복 띠 복건을 쓴 남자아이와 분홍치마 노랑저고리 꽃신을 신은 여자아이가 청사초롱을 들고 흥겹게 뛰어나온다. 잠시 후 옥색 두루마기, 흰 두루마기를 입은 양가 아버지와 자수를 예쁘게 수놓은 검은색 조바위를 쓰고 남색 치마에 자주색 금박당의를 입은 신랑 신부 어머니가, 그 뒤를 이어 중치막을 입고 두건을 쓴 함진아비가 술이 취한 분장을 하고 해학적인 몸가짐으로, 그 뒤에 기러기아비가, 또 그 뒤에 도포 갓 띠 태사혜(太史鞋)를 신은 주례가 나온다.

마지막에는 활옷, 족두리, 홍치마, 노랑저고리, 대대(大帶), 도투락 댕기(혼례 때 뒤에 드린 긴 댕기), 앞 댕기를 곱게 차려입은 신부와 단학흉배 수놓인 청단령포를 입고 사모관대 쓰고 목화를 신은 신랑이 사선(紗扇: 모래를 발라 만든 부채)으로 얼굴을 가리고 좌우 문으로 나온다. 그리고는 무대 위의 모든 출연자들이 중앙으로 모여 초례청 연기를 하는데, 신방에서 옷 벗기는 장면까지 보여주고 조명등이 흐려지며 무대는 깜깜해진다.

다음은 4부, 오늘의 하이라이트다. 조명이 밝아지고 궁중음악이 장내에 울려 퍼지면 시녀들이 먼저 무대 양끝에 나와 선다. 뒤를 이어

내명부와 외명부 내외가 차례로 양쪽 무대 위로 올라와 중앙에 모였다가 배역에 맞는 궁중의상을 펼쳐 보이며 무대 위를 한 바퀴 돌아 양쪽으로 정렬한다.

그리고 나면 강사포(絳紗袍: 임금님이 신하들로부터 하례를 받을 때 입던 붉은빛의 예복)에 원유관(遠遊冠: 임금이 조하에 나올 때 강사포에 갖추어 쓰던 관)을 쓰고 옥대를 두르고 적석(赤舃: 임금이 정복을 입을 때 신는 신)을 신은 왕과, 저고리 2작에 남색 대란치마(금박을 넓게 수놓은 치마), 그 위에 자주색 대란치마를, 또 전행 웃치마(세 갈래로 갈라진 남색 금박 주름치마)를 겹겹이 입고, 맨 위에 홍원삼을 입고 대대를 두르고 떨잠이 장식된 떠구지를 쓴 왕비가 나란히 걸어 나와 무대 중앙에 선다. 그리고는 왕과 왕비가 각각 이리저리 옷을 펼쳐 보이며 의연한 동작으로 화려한 궁중복식을 자랑하는 것이다.

맨 뒤로 홍일산을 받쳐 든 시녀들을 거느리고 대관복(戴冠服) 12장복에 옥대를 매고 면류관을 쓰고 옥규(玉珪)를 손에 들고 홍석을 신은 황제와, 12등 적의에 옥대를 두르고 대수(대관식 때 황후가 머리에 얹은 큰머리)를 쓰고, 옥규를 들고 청석을 신은 화려한 복식의 황후가 나와 선다.

궁중의상의 전통복식에서 느껴지는 한국의 상징적인 색과 선의 아름다움을 살려 앞뒤 옆을 보여주면서 장엄하고 화려한 궁중복식 쇼는 끝난다. 두 시간 동안 숨죽여 관람하던 관중은 우레와 같은 박수를 보내고, 끊일 줄 모르고 터지는 박수에 총 출연진들이 다시 무대로 나와 답례하며 피날레를 장식했다.

이곳에서의 공연은 연일·매회 성황이었다. 이 공연을 위해 전문모델 10명을 포함한 39명의 모델과 16명의 스태프들이 그동안 얼마나 고생했던가. 2개월간 매주 토, 일요일마다 경복궁 후원이나 종로구청 대강당에서 궁중의상을 입어 보며 치밀한 교육과 고된 연습을 했다. 모델들은 연출가의 당부를 상기하며 제각기 자기가 입는 옷의 주인이 되어 그 인격을 표현하려고 노력했다. 틈틈이 거울 앞에서 여러 가지 표정을 지어 보거나 걸음걸이 연습도 했다. 웃음 띤 얼굴에는 기품이 서려야 하고, 자태는 당당하면서도 오만하지 않아야 하며, 걸음걸이는 조용하면서도 위엄이 있어야 한다. 수없이 거듭되는 연습으로 자칫 지루할 것을 염려한 연출가는 리허설 때마다 조금씩 변화를 갖도록 지시했다.

궁중의상은 배역에 따라 쓰고 입고 드는 가짓수가 너무 많아 일일이 다 열거하기 힘들다. 이 글에서 몇 가지만을 소개했지만 일반인들에게 익숙하지 않은 용어여서 이해가 잘 안 되는 부분도 있을 것이다. 우리가 한 일이 나라를 크게 빛낸 것은 아니다. 그러나 조선왕조를 쓰러뜨린 당사국에 가서 최초로 우리 궁중복식을 유감없이 보여주는 '한국궁중복식제전'을 성공리에 마치고 왔다는 것만으로도 자부심과 감회가 깊다.

우리 단체는 서울시에 비영리단체로 등록되어 있는, '한국衣생활문화원 조선왕조친잠례(親蠶禮)보존회' 다.

친잠례란 중전이 친히 내외명부를 거느리고 양잠의 본을 보여 비단

생산에 힘썼던 궁중의례를 말한다. 양잠은 삼국시대, 고려시대를 거쳐 조선왕조 대대로 친잠례를 거행하여 백성의 의복생활을 풍요롭게 했으며 영조 때 정순왕후가 경복궁 옛터에 제단과 친잠단을 쌓고 왕비가 직접 작헌과 채상을 하므로 하례받는 조현례까지 거행했다고 한다.

해마다 10월에서 11월초 사이에 경복궁에서 친잠례 재현행사를 한다.

행사내용은

1. 선잠의(先蠶儀): 궁중 풍잠기원 제례의식

2. 채상의(採桑儀): 왕비가 몸소 뽕을 따고 누에 치는 의식

3. 반상례(頒賞禮): 왕후께서 잠모들에게 상을 내리는 의식

4. 수견의(受繭儀): 수확한 누에고치를 왕후께 바치는 의식으로 약 3시간에 걸쳐 진행된다.

스태프진을 비롯한 모든 단원들은 가족 같은 유대관계를 맺고 힘들고 고된 여정이었지만 헤어지기 아쉬운 마음으로 다음을 기약하며 귀국길에 올랐다.

한 줄로 서기 계도 봉사와 그 후의 변화

한 줄로 서기 계도 봉사

2002 월드컵 봉사자로 교육을 받고 1999년 5월 29일 한강 둔치에서 발대식을 가진 후, 봉사자가 입을 로고가 새겨진 초록색 모자와 조끼를 받았다.

그 후 잠실체육관에서 입장객들의 질서유지를 위해 안내 등 몇 번의 봉사활동을 했다. 그리고 11월말까지 월, 수, 금 아침 08~09시까지 에스컬레이터 한 줄로 서기 계도하는 봉사를 시작했다. 5호선 S역에 배치되어 봉사자 복장으로 역무실에 비치되어 있는 휘장과 피켓을 들고 역장님 지시대로 상행 에스컬레이터 옆에 서서 한 줄로 바로 타는지 지켜보았다.

그런데 언제 계도를 시작했는지 이용객의 70% 정도는 이미 알고 시행하고 있었다. 노인과 계단을 오르기가 힘든 사람, 바쁘지 않은 사람들은 오른쪽에 한 줄로 서고, 바쁜 사람이나 젊은 사람들은 왼쪽 공간을 이용해 빠르게 오르내리니 출근시간인데도 혼잡하지 않고 질서 있게 오르내리는 모습이 보기에도 좋았다.

대부분의 전철역은 에스컬레이터 계단마다 두 줄로 나란히 서서 천천히 오르내린다. 바쁜 사람은 조금이라도 먼저 가려고 해 문전은 복잡하지만 비집고 올라갈 틈이 없으니 느린 에스컬레이터 속도대로 갈 수밖에 없다. 초분을 다투며 시간에 쫓기는 직장인이나 학생들의 마음은 얼마나 초조하겠는가.

봉사 첫날, 맡은 역할을 끝낸 뒤 보고 느낀 것을 역장님에게 말하니 이곳은 1997년 3월 20일에 처음 시작했으나 지지부진하다가 올해 6월부터 다시 시작했고, 지금은 자원봉사자들의 도움으로 질서가 잡혀 아주 잘되고 있다고 했다.

그런데 왜 다른 복잡한 환승역에는 계도를 안 하느냐고 했더니, 이곳을 비롯해 몇 군데만 먼저 시범적으로 시험해 보고 있는 중이란다. 에스컬레이터 한 줄 서기 운동은 질서가 있으니 보기도 좋고 직장인이나 학생들같이 바쁜 사람들은 빨라서 좋았다. 빠른 시일 안에 전 구간에서 실시하면 좋겠다는 생각이 들었다.

우리가 이곳에서 일을 시작하기 전 역장님은 몇 가지 주의를 주었다. 무조건 좋은 인상으로 피켓만 들고 있으라며 누가 뭐라 해도 대들지 말고 무슨 일이 있으면 역무실로 데리고 오란다.

여자가 재수 없게 아침부터 뭐라 한다고 싸우는 사람, 봉사활동하는 학생의 멱살을 잡고 역무실까지 끌고 오는 사람, 별의별 일이 다 있었단다. 오늘도 그랬다. 08시 40분경 마침 역 직원이 나와 함께 서 있는데 30도 안 돼 보이는 청년이 내려와서 뭐라고 따진다. 바쁜 출근시간에 무언가 불만이 있어 따지는 것은 그 나름대로 무슨 이유가 있겠지만 대개는 자존심을 상하게 해서 벌어지는 싸움이라고 한다. 그래서 우리한테 무조건 피켓을 들고 서 있기만 하라는 것이다.

안내서엔 "왼쪽 칸은 걸어가는 곳입니다. 오른쪽으로 비켜 서 주세요." 상냥하고 공손한 어조로 말하라고 쓰여 있는데도 여러 번 당한 역장님은 무조건 피켓만 들고 서 있으란다. 몇몇 남성들의 횡포 때문에 새벽부터 가족들 뒷바라지도 바쁜 중에 시간을 쪼개어 나온 우리 여성 봉사자들의 마음이 무겁다.

봉사한다는 사람이 부끄러움을 많이 타서 피켓 들고 서서 많은 사람 대하기가 쑥스럽다. 사위의 연배쯤 되는 사람 앞에서는 더욱 그렇다. 내 나이 또래의 봉사자들은 모두 당당하게 서 있는데 나는 왜 죄지은 사람처럼 고개를 바로 할 수 없는 것일까. 개인 성격 탓일 게다.

오랜 시간 동안 벽 쪽으로만 시선을 두고 있자니 발은 저리고 한 시간이 한나절같이 길게 느껴진다. 혹시 아는 사람이라도 만나면 어쩌나. 집에서 살림이나 하지 뭐가 잘났다고 일찍부터 짤짤거리고 나와 있담. 또 결혼하고 학교에 다니느라 바쁜 큰딸아이가 "엄만 그러려면 우리 아들 좀 봐주지." 하는 것 같다.

봉사가 거의 일이 끝나갈 무렵, 검은색 바지 정장에 큰 가죽가방을 든 40대 중반쯤으로 보이는 여성이 올라오고 있었다. 눈이 마주치는 순간 누가 먼저인지 모르게 미소 지으며 고개를 숙여 인사했다. 순간이나마 그에겐 부끄러움도 없고 당당했다.

"서울시에서 나오셨습니까? 수고하십니다."

"예, 감사합니다."

나도 밝은 미소로 답례했다. 밝은 미소, 오가는 인사 한마디에 조금 전과는 달리 자신감이 생기고 힘이 솟는다. 그래서 봉사자들은 그 힘든 일들을 마다하지 않고 하는가 보다.

그 후의 변화

에스컬레이터 한 줄로 서기 운동 계도 후 10년이 되어간다. 그 사이 많은 변화가 있었다. 한 줄로 서기 운동으로 질서가 잡혀 지하철을 이용하는 승객은 물론 에스컬레이터를 이용하는 분들의 몸에 배고 생활화되기까지는 꽤 오랜 시간이 걸렸다.

그런데 문제점이 발견되었단다. 한쪽만 이용하다 보니 기계에 무리가 생겨 고장이 잦아 잘못하면 더 큰 사고를 유발할 수 있다는 것이다.

그런 이유로 쇼핑몰이나 백화점 같은 곳에선 지켜야 될지 안 지켜도 될지 옥신각신했고, 반은 그렇게 하고 반은 안 지키며 지금까지 왔다. 하지만 지하철 구간에서는 한 줄로 서기 운동이 정말 잘 지켜져 보기에도 좋고 에스컬레이터를 이용하는 사람이라면 서 있는 사람이든 급해서 빨리 오르고 내려가야 할 사람이든 편리한 제도라고 공감했다.

정말 이제야 잘 지켜지는구나 싶었는데 에스컬레이터 이용법이 바뛰었다. 에스컬레이터가 하중을 당해내지 못해 고장이 잦다고 두 줄로 나란히 서서 사용하라는 것이다.

지금은 봉사자가 없고 에스컬레이터 주변에 나란히 서서 타라는 포스터가 붙어 있다. 에스컬레이터 바로 앞엔 노란 발모양의 스티커가 오른쪽, 왼쪽 나란히 있어 그 위에 서기만 하면 된다.

두 줄 스티커가 붙은 지 꽤 오래되었지만 그걸 지키는 사람보다 예전의 습관대로 타는 사람들이 더 많다. 나도 친구와 둘이서 갈 때 나란히 서 보지만 빨리 올라가려고 바싹 뒤따라오는 사람들 때문에 오른쪽으로 비켜서다 보니 아예 오른쪽으로 서서 가게 된다. 바쁜 사람은 먼저 갈 수 있었던 한 줄로 서기가 훨씬 좋다 하더라도 고장의 원인이 된다면 빨리 바꿔야 하는데 습관적으로 한쪽으로만 이용하게 된다.

요즘은 우측통행 운동을 하고 있다. 좌측통행으로 수십 년을 살아온 탓에 낯설고 아직은 몹시 불편하다.

서울 송파구 석촌호수길 산책로에는 '송파가 앞서 갑니다. 우측보행' 이라는 표어의 깃발이 죽 걸려 있다. 그리고 그곳에서 운동하는 시민은 언제부터인가 오른쪽 방향으로 돌았다.

3년 전 내가 처음으로 이사 와서 걷기 시작했을 때는 정말 어색해서 자꾸 왼쪽 방향으로 걷고 싶어지고 사람 행렬 따라 오른쪽으로 걷는 것이 왠지 불편함을 느꼈다. 어쩌다 왼쪽으로 걸어 보려고 해도 오른쪽으로 걷는 보행자와 정면으로 얼굴을 마주하게 되니 쑥스러워 자연히 오른쪽으로 같이 걸었다. 얼마 되지 않아 나도 오른쪽으로 걷

기운동을 즐기게 되었다.

이제 송파뿐이 아닌 우리나라 전체가 오른쪽 보행으로 법이 바뀌었지만 시작 단계여서 그런지 어디서나 잘 지켜지지 않는 것을 볼 수 있다. 하지만 그것도 곧 질서가 잡힐 것으로 본다.

살다 보면 법이 바뀌는 일이 많다. 모두가 다 지내 보고 시행착오를 발견한다. 몇 십 년을 지켜온 법이라도 편리하고 더 좋은 방향으로 타당성을 고려해 바꾼 것이니 새로운 법규에 적응하도록 노력해야겠다.

3

엄마보다 나은 딸

큰딸의 졸업식

100일만 더 사셨으면 큰딸 졸업식을 보았을 것을, 아침부터 눈물이 나서 견딜 수가 없었어요. 졸업식은 오후 2시. 오전에는 세무서로 대서소로 동회로 다니느라 무척 바빴구요. 오후에 혜리와 학교에 도착하니 큰아빠와 재진 도련님 그리고 차 형님이 벌써 와 계셨어요.

여보, 그동안 살아오면서 동기간이 넉넉지 못하게 살다 보니 힘겨울 때가 많았었는데 큰일을 당하고 보니 그래도 내 동기간밖에 없구나 싶네요. 시댁 식구들은 자신들밖에 모르는 고루한 분인 줄 알았는데, 직장에서 조카 졸업이라고 몇 시간씩 시간 내어 오신 것을 보고 다시 생각하게 되었지요.

여보, 당신이 뿌린 씨앗들을 나 혼자에게만 떠맡기고 가신 게 아니라 당신의 부모 형제에게까지 맡기고 가셨다는 생각도 듭니다. 더구나 아주버님은 어미 없는 자기 딸이 초등학교를 졸업하는데 그곳에 가지 않고 우리 딸의 졸업식을 보러 와주셔서 좀 미안했어요.

엄마 없는 조카가 오전에 졸업을 했다는군요. 진즉 알았더라면 엄마 대신 꽃다발과 작은 선물이라도 하나 해 줄 걸 항상 뒤늦은 생각이 후회하게 만듭니다. 어제는 차경호가 졸업이라서 그곳에 다녀왔구요. 오늘은 오전에 바빠서 졸업식엔 겨우 참석했다우. 은하한테는 미처 생각을 못했으니 선물을 준비하여 곧 찾아가 볼 것입니다.

오늘 차 형님께 감사합니다. 바쁜 중에도 큰아이 졸업식에 참석해주고 백화점에 가서 갈비와 냉면을 사주고 집에까지 데려다 주셨습니다. 차 박사와 경호는 7711차로 강릉에 가셨는데 형님만 떨어져서 우리를 위해 시간을 내주신 겁니다.

당신만 계셨다면 얼마나 즐거웠을까요. 당신만 살아계셨다면 온 집안의 불을 끈 채 무서운 듯 추은 듯 그 이상한 기분으로 모두 안방에서 생활하지는 않았을 것입니다. 허전하고 무서워 네 식구가 모두 제 방을 두고 안방에서 서로 의지하며 같이 자고 있습니다.

당신이 살아계신 그날들은 현장일로 강릉에서나 후포에서 몇 달을 오지 않아도 이렇게 등이 오싹하는 오한을 느껴 본 적은 없고, 아이들도 각자 제 방에서 생활했습니다. 무엇을 잊은 듯 또 무엇을 해야 하는데 안절부절못함 같은 이런 마음은 예전엔 단 한 번도 느껴 본 적이 없습니다.

지금 당신이 차가운 땅속에 계셔서 그런지 제 몸 전체를 감싸고 있는 모든 것이 모두 차갑고 어깨가 눌리고 등골이 서늘해지는 이상한 한기를 느끼고 있으니 이 모두 당신이 제 곁을 떠나면서 생긴 이상한

병인가 봅니다. 먹은 것마저 소화를 못 시켜 끼니마다 정로환과 베스타제 태전위산으로 소화를 돕고 있답니다.

　우리 착한 딸의 졸업식인 오늘, 기쁨 저편에서 이렇게 옥죄이는 가슴으로 하늘에서 내려다보고 계실 당신을 생각하고 있습니다. 부디 우리 큰딸의 졸업을 축하해 주고 딸이 뜻하는 대로 꿈을 이루도록 당신이 도와주세요.

나의 분신들

오늘은 아이들이 시험 보는 토요일이다. 큰아이가 빈혈이 있는지 요즘 들어 얼굴이 노랗게 떠 있고, 아들은 아침밥을 안 먹는 게 버릇이 되어서 날마다 야단을 맞고야 반 공기를 먹고 학교에 갔다.

눈은 쌍꺼풀이 지고 머리는 까칠하고 먹는 것은 잘 먹이는 편인데 아이들이 왜 이토록 건강이 좋지 않을까? 고민하다가 토요일, 일요일 이틀 동안 닭을 두 마리 사다가 볶아주고 끓여주고 실컷 먹여줘야지 싶어 큰 닭으로 두 마리 6,000원에 사다가 닭볶음탕을 해놓고 아들을 깨웠다.

낮잠을 자는지 누나들이 밥 먹기를 권하지만 짜증만 낸다. 야단을 쳐서 밥상 앞에 앉혔다. 누나들은 앞 다투어 오랜만에 해 준 닭고기를 맛있게 먹는데 아들은 쳐다보지도 않고 밥알만 세고 있다.

이 세상에서 가장 듣기 좋은 소리는 자식들의 웃음소리와 자식 목으로 음식 넘어가는 소리라 했는데 아들아이의 밥 먹는 모습을 보니 속이 뒤집힌다. 어미가 되어 아이가 왜 그러는지 이해하려 들지 않고 싫은 소리하며 한바탕 소동을 벌였다.

후에 알게 되었지만 아들이 낮잠을 자다가 잠이 덜 깨 밥맛이 없었던 모양인데 그것도 모르고 어미의 욕심으로 억지를 부리며 혼냈으니 어린 아들의 마음이 어땠을까.

시간이 지나자 언제 그랬냐는 듯이 우리는 둘러앉아 닭고기를 주거니 받거니 하며 저녁을 맛있게 먹었다. 내가 계모였다면 분위기가 그리 쉽게 바뀌지는 않았을 것이다. 그래서 엄마와 자식 간이 좋은 것인가 보다.

밤에 약수터에 갔을 때 무거운 물통을 이제 초등학교 5학년인 아들이 들겠다고 뺏어간다. 엄마를 돕고자 여러모로 애쓰는 효자 아들이다. 그런데 내가 왜 근래 없이 아이에게 신경질을 부렸을까? 나 한 사람이 참지 못하고 성깔을 부리면 세 아이들의 마음이 다친다는 것을 왜 몰랐을까. 의지할 곳이 이 어미밖에 없는 것을 어디다 마음을 붙이라고.

내가 살아가는 힘의 원천은 나의 분신인 세 아이들이 아닌가. 나 한 사람의 불행이면 얼마나 좋을까. 천금보다 더 귀한 내 자식들이 무슨 죄가 있다고 어미처럼 불행을 겪어야 하나. 얼마 동안이나 엄마 품에서만 사는 불쌍한 아이들이 되어야 하나. 자꾸자꾸 눈물이 나온다.

옆에서 자고 있는 아들을 끌어안고 뺨에 뽀뽀도 해 주고 비벼도 본다. 내 하나밖에 없는 어린 아들에게 왜 참지 못하고 짜증을 냈을까.

어디에서 어디까지 참아야 하며 언제까지 보살펴 주어야 하나. 기력이 없다. 착하기만한 내 아이들이 얼마나 가슴속으로 떨며 슬퍼했을까. 모든 게 내 잘못이다. 다시는 같은 일이 반복되지 않도록 더 노력해야겠다.(1982년 5월 19일 남편이 가신 지 6개월)

봄나들이

아이들과 자연농원 가다

춥지도 덥지도 않은 쾌청한 봄날이다. 봄나들이하기에 적절한 날씨다. 일찍 일어나 김밥을 싸고 음료수와 과일을 준비하여 9시가 되기를 기다렸다. 모처럼 아이들과 봄나들이 가기 위해 동생한테 차를 부탁했기 때문이다. 아들은 시간도 안 되었는데 창문을 열고 내다보기에 바쁘다.

예정대로 9시에 차가 도착했고 우리 가족은 자연농원으로 향했다. 오랜만에 떠나는 봄나들이에 기뻐하는 삼 남매 모습이 화창한 봄날처럼 밝아 보기에도 좋았다. 시설이 잘된 자연농원에서 사진도 찍고 준비해 간 점심도 먹으며 재미있는 시간을 보냈다.

몇 년 전인가, 남편이 살았을 때 엄마 모시고 우리 삼 남매와 함께 온 적이 있는데 그때는 지금처럼 예쁜 튤립도, 아이들이 좋아하는 놀이기구들도 많지 않았다. 그래서 오전엔 자연농원에서 오후엔 민속촌에서 음식을 먹으며 놀았던 기억이 떠오른다.

남편의 100일제가 끝난 후 기분 전환시켜 주려고 아이들을 데리고 민속촌에 가서 요술의 집에도 가고, 장터에도 가서 동동주와 빈대떡도 먹고 길가에서 군밤도 사주었다. 돌아오는 길엔 수원에서 갈비도 한 대씩 먹고 왔지만 오늘은 자연농원에서 하루를 즐겼다.

동생은 신세를 지지 않으려는 내 마음과는 달리 아이들의 기분에 맞춰 놀이터로 가서 번개차, 후름라이트, 사파리, 비행의자, 요술의 집 등을 탔고, 집으로 오는 길엔 멧돼지 고기도 먹었다. 아이들이 몹시 즐거워하니 그 모습을 바라보는 나도 두 배로 기쁘다. 온종일 슬픔과 걱정을 잊어버리고 즐거운 한때를 보냈다.

절에 다녀 유관순기념관에 가다

새벽부터 서둘러 6시 30분차로 수원에 있는 남편의 위패를 모신 절에 갔다. 4월 8일 부처님 오신 날이라 많은 사람들이 오기 시작했다. 일찍 불공을 드리고, 유관순 열사의 생가를 보기 위해 길을 나섰다.

차편이 불편해 길을 묻고 물으며 병천엘 찾아갔다. 유관순기념관, 봉화대, 매봉교회와 유관순 생가를 돌아보았다. 유관순 생가는 교통편이 불편해서인지 사람들의 발걸음이 뜸했으나 아주 깨끗하게 정돈을 잘해 놓았다.

1919년경에는 얼마나 깊은 산골이었을까. 차도 없이 짚신이나 고무신을 신고 다녔을 곳, 이 깊은 산골에서 여성의 몸으로 어떻게 이화

학당에 다닐 생각을 했을까. 집도 몇 채 없었을 것 같은 이 작은 마을에서 만세를 부르던 애국자들의 함성이 들리는 듯하고, 봉화대에 불을 밝혀 독립운동하던 그 모습들이 생생하게 그려진다.

기념관 유관순 열사의 영정 앞에 분향하고 묵념하면서 내 삼 남매에게도 당신과 같은 뜻을 심어주십사 기도하였고, 봉화대에도 올라가서 한눈에 바라보이는 6개 마을을 내려다보았다. 봉화대에 불을 밝혀 6개 마을에 알리고 같은 시간에 맞춰 일제히 만세를 부르며 독립운동에 불씨를 댕겼던 3·1운동의 정신을 새삼 기리게 되었다.

어찌 유관순뿐인가. 애국자의 희생 뒤에는 말없이 지켜보고 성원해 준 혈육이 있었다. 유관순을 열사로 키워낸 부모가 계셨으니 그분들도 더 큰 애국자요, 나라를 가슴에 품고 자식을 가슴에 묻은 장한 어머니다. 그 어머니가 최 씨다. 나도 내 아이들을 키우며 최 씨의 장한 뜻을 본받으리라.

모녀의 정(情)

　내일은 시집간 큰딸이 하와이 신혼여행에서 돌아오는 날이다. 온종일 큰올케와 음식장만하고 대청소를 하다 보니 피곤하여 저녁 식사 후 아들 방에서 잠깐 쉬려던 것이 잠이 들었다가 문소리에 깜짝 놀라 깼다.

　작은딸은 내가 피곤하여 자는데 깰까 봐 살그머니 현관문을 닫고 2층 저희 방으로 올라가는 길이었단다. 안방에는 내 이부자리가 곱게 펴 있었다.

　"엄마, 엄마 혼자 큰 집에서 자려면 쓸쓸할까 봐 상준 씨한테 여기서 함께 자자고 했는데 그냥 올라갔어요." 하며 작은딸이 투덜댄다.

　"그래 너도 어서 올라가 자거라, 신랑은 내일 출근하잖니." 당연한 일이라고 생각하며 별다른 생각 없이 등을 밀어 "잘 자라." 하고 문을 닫고 들어왔다. 잠이 오지 않아 이부자리 위에서 내일 돌아올 큰딸이바지 준비할 생각에 여념이 없는데 자러 올라갔던 작은딸이 문을 열고 들어선다. 불도 안 켜고 누워 있을 엄마와 같이 자고 싶다며 신랑을 두고 내려온 것이다.

연세대학교 동아리에서 여러 일을 맡아하던 아들이 MT 떠나고 혼자 자니까 작은딸 내외가 그렇게 마음이 쓰이나 보다. 고마운 생각에 목이 멘다. 어린 줄만 알았던 딸이 언제 그렇게 컸나 싶어 웃음 반 눈물 반 기쁜 마음으로 딸아이를 껴안고 등을 쓰다듬으며 웃으니까 "엄마 왜 그렇게 웃어." 한다.

제 신랑을 얼마나 졸랐던지 "그래, 효녀 딸 엄마랑 자거라." 하더니 금세 코를 골더란다. 남편은 잠들었으니까 괜찮다며 엄마랑 자겠다고 냉큼 내 옆에 자리 깔고 누워 있는 작은딸을 보며 '아, 이래서 자식이 좋다는 거구나.' 속으로 흐뭇했다. 우리는 나란히 누워 서로 손도 만져 보고 머리도 쓰다듬어 보고, 다리도 만져 보며 모녀의 정을 나누었다. 굳이 말하지 않아도 뜨겁게 흐르는 이 모녀의 정을 누가 알랴.

작은딸은 언니보다 5개월 먼저 결혼했다. 꼭 혼자서 자야만 잠을 자는 큰딸이 동생이 결혼하고 신혼여행 떠나자 외로울 엄마를 생각해서 함께 자겠다며 이불을 끌고 안방으로 왔다. 침대생활에 익숙했던 큰딸이 며칠 밤을 딱딱한 방바닥에 누워 엄마와 도란도란 밤 가는 줄 모르고 이야기하며 모녀의 정을 나누었다.

이젠 언니가 결혼하니 엄마가 외로울까 봐 작은딸이 곁에 자리 깔고 누웠으니 얼마나 좋은가. 마음 착한 딸들이 있어 참 행복하고 난

부러울 것 없는 부자다. 안 가겠다는 작은딸을 억지로 신랑한테 올려 보내고 딸이 같이 자겠다고 펴놓은 이불을 곁에 두고 누워 있으니 하나도 외롭지 않다.

딸들이 누워 있던 자리를 바라보며 생각한다. 이만하면 행복한 사람이 아닐까? 하고.

엄마보다 나은 딸들

딸 둘을 출가시키고 첫 번째 맞는 명절이었다. 큰딸이 시댁에서 차례 준비를 하다 말고 울먹이며 전화했다. 가슴이 덜컹 내려앉아 왜 그러느냐고 물었다. "엄마, 우리는 둘 다 시댁에서 명절음식을 장만하는데, 나도 없고 동생도 없으니 엄마 혼자서 어떻게 차례 준비를 해요?"라며 운다. 그제야 안도하면서 "괜찮아, 나 벌써 다했어." 하고 말했지만, 왠지 온종일 일이 손에 잡히지 않아 들었다 놓았다만 했지 한 가지도 해 놓은 게 없었다. 무엇인가 섭섭함 같은 감정이 울컥 눈물로 쏟아진다. 울보 모녀는 한참을 서로 위로하고 나서야 마음이 진정되었다.

그 후 결혼하고 처음 맞는 딸의 생일날, 사돈댁에서 친정식구들을 초대했을 때다. 시집온 새색시가 친정어미를 생각하며 시부모 앞에서 울어버린 그런 못난 딸을, 사부인은 효녀 딸을 자부로 맞이했다고 오히려 크게 칭찬해 주셨다.

내 품에 있는 동안 잘해 주지도 못했는데 딸들은 어미를 안쓰럽게 여긴다. 그 후로는 아예 엄마를 도와준다며 시댁 일을 먼저 끝내놓고 사위와 함께 밤 11시가 넘어 여의도에서 안양 집으로 온다. 그때까지 아무것도 하지 말고 재료만 준비해 놓으란다. 결국 우리 차례 준비까지 끝내고 피곤한 몸으로 새벽에야 돌아가는 딸 내외가 고맙기도 하고 사돈께는 더 미안한 마음이다.

결혼하여 나의 품을 떠나는 두 딸의 마음이 내가 홀어머니와 동생들을 두고 떠나던 때와 똑같은 심정인가 보다. 틈틈이 전화하여 울먹인다. 사업가 큰사위는 처와 아들이 해외로 어학연수 떠나고 혼자 있으면서도 장모를 위해 아침저녁으로 전화하여 끼니 걱정을 해 준다.

결혼 10년 동안 공부만 하는 아내를 위하여 아들의 옷을 챙겨 입히고, 청소기를 드는 것도 사위다. 때때로 낮이 모자라 밤 2, 3시까지 회사 일로 뛰면서도 아내의 뒷바라지하는 것을 보면 미안하고 안쓰럽다.

딸이 없어도 외식을 함께하고 내 프린터를 신형으로 바꾸어 주고, 장모님 편하라고 식기세척기를 사주는 등 딸 몫까지 세세히 신경을 써준다. 해외에 나가 있는 딸도 엄마 걱정을 하여 그 먼 곳에서 자주 전화하고, 손주녀석은 할미 물음에 곧잘 영어로 대답한다.

작은딸도 큰딸 못지않다. 아침 9시면 거제도에 사는 작은딸이 전화를 한다. 하루도 거르지 않고 안부를 물어오는 작은딸은 멀리 살다 보니 엄마 힘들게 일하지 말고 꼭 사람을 사서 하라며 때마다 두툼한 금일봉을 보내준다.

며칠 전, 아이들 개학하기 전에 다녀간다고 겨우 일주일 있다 가면서도 엄마는 손녀들과 즐거운 시간 보내라며 쉬지 않고 일을 한다. 가구를 옮겨놓고 대청소를 하고 새로 배운 음식을 만든다. 엄마 예뻐지라고 좋은 화장품과 좋은 옷을 사준다고 온종일 백화점을 누빈다.

의사인 작은사위는 내 건강을 걱정해서 내가 조금만 불편한 기색만 있어도 바로 약을 처방해 보낸다. 우리 온 가정의 주치의이며 특히 내 위장 속까지 들여다본 특진 의사다. 장모님 적적하실 때 보라고 DVD플레이어를 사주고 또 장모님의 바쁜 생활에 도움이 될 거라며 새 차를 사라고 금일봉을 보내주었다.

두 딸이 시집가면 섭섭하고 쓸쓸할 줄 알았더니 그게 아니다. 시집을 보낸 것이 아니라 사업가와 의사, 두 아들을 얻었다. 그리고 왔다 갈 때마다 할머니와 살고 싶다고 눈물 흘리는 손자 손녀들을 덤으로 얻었으니 내 삶은 항상 즐겁다.

효성이 지극한 결혼 안 한 막내아들도 대기업에서 제 할 일을 열심히 해내고 있다. 이렇게 세 아들의 직업이 튼튼하고 근실하며 가정적이어서 내 마음은 항상 부자다. 누가 사위를 보고 '백년손님' 이라 했는가. 딸보다 더 사랑스럽고 든든한 아들인 것을.

'형만한 아우 없다' 하고, '엄마만한 딸 없다' 하지만 나는 엄마보다 나은 딸이 둘이나 있다. 어디 딸 뿐인가, 사위들까지도 딸들을 도와 더 큰 효도를 하고 있으니 자식들이 고맙고 늘 행복하다.

나는 친정어머니께 내 딸들처럼 못해 드렸다. 삼 남매 다 키우고 정성으로 효도를 하려 했더니 몇 년 안 되어 세상을 떠나셨다. 내 아이들 삼 남매는 친정어머니의 엄한 가정교육을 받고 자랐다. 많은 사랑과 가르침도 주셨지만 삼 남매 무릎을 꿇리고 매로 치시는 것도 내가 아니라 친정어머니셨다. 당신 딸이 자식교육에 소홀할까보다 아이들을 치고 가슴 아파할 혼자된 딸을 생각해서 대신 하시는 어머니였다. 그런 어머니께 나는 아무것도 해 드린 것이 없는데 내가 못한 효도를 자식들한테 받고 있는 것이다.

항상 딸에게 무슨 일은 없을까 노심초사하시던 어머니, 좀 더 일찍 보살펴 드리지 못한 것이 후회스럽고, 어머니를 생각할 때면 가슴 깊은 곳에서 눈물이 솟는다. 내가 받는 효도를 대신 돌려 드릴 수만 있다면…….

60평생을 살아오는 동안 내 삶이 평탄하지만은 않았다. 일찍이 혼자몸이 되어 깊은 늪 속에서 헤맬 때, 가물가물 꺼져가는 기억 속에서도 어린 세 아이들은 내가 지켜야 된다고 버티었다. 아이들과 나는, 서로가 살아야 된다는 책임감과 믿음으로 서로 큰 버팀목이 되어주었다. 항시 아이들을 눈여겨보며 아빠 몫까지 빈틈없이 해내려는 엄마의 지극 정성과 엄마의 곁을 맴돌며 아빠의 몫까지 채워주려는 아이들의 끝없는 효성이 있었기에 동기간에 우애, 엄마와 자식 간의 사랑도 남다른 것 같다.

제 아버지 기일만 되면 "엄마는 손자 손녀들의 재롱이나 보라."며 큰딸과 작은딸이 정성스레 음식을 장만하여 제사상을 차린다. 장인의 얼굴 한번 못 본 사위들과 귀여운 손자 손녀들이 외할아버지 사진

앞에서 정성으로 제를 올리는 것을 볼 때면 얼마나 대견스러운지 먼저 간 남편에게 자랑하고 싶은 벅찬 가슴이 되고 또 한편으로는 혼자만 호강하는 것 같아 미안한 생각이 들기도 한다.

세상에서 제일 큰 시련을 딛고서도 티 없이 자라준 아들과 딸들은 내 품에서 부족했던 행복을 새 둥지에서 마음껏 펼치며 살고 있다. 나 또한 짐을 벗고 욕심 없이 살아가니 내 마음이 천국이다. 무척이나 힘들고 어려웠던 지난날에 비해 지금은 더 바랄 것 없이 편안하고 행복한 삶을 마음껏 누리고 있으니 젊어 고생한 것 이상으로 보상을 받는 거라고 감히 생각해 본다.

2년 전 세상을 떠나신 내 친정어머니를 생각하며 나는 가끔 눈물을 흘린다. 살아 계실 때 좀 더 잘해 드리지 못한 회한의 눈물이다. 그것을 잘 알고 있는 아직까지도 지나치리만큼 엄마의 끈을 놓지 못하고 있는 아들딸들에게 "이제는 엄마 생각 그만하고 너희들이나 건강하게 잘살아, 그것이 제일 큰 효도란다." 했더니 작은딸이 번번이 토를 단다.

"엄마도 할머니 돌아가신 후 좀 더 잘해 드리지 못한 것을 후회하며 울잖아요. 우리들도 엄마처럼 후회하며 울라고 그래요?"

카리브 해에서 춤을

아름다운 세계 3대 휴양지인 칸쿤은 첫 기착지인 멕시코에서 비행기로 2시간 30분 거리에 있었다. 칸쿤(CANCUN)은 멕시코 동해안 카리브 해의 유카탄 반도와 멕시코 만 사이에 위치한 멕시코 최고의 아름다운 휴양도시로 1970년 이전에는 주민수가 100여 명도 안 되는 모래 해변의 작은 어촌이었다. 1986년부터 개발이 시작되어 지금은 인구 20만이 메릴랜드 다운타운에 살고 있고, 버스로 3시간 정도 이동하면 마야문명 최대의 유적지인 치첸이사 등을 볼 수 있다.

아침 일찍부터 전용버스로 마야문명의 일정을 마치고, 옵션으로 (65$) 이곳에서 얼마 떨어지지 않은 곳에 이스라 무혜레스(Isla Mujeres)섬으로 가기 위하여 유람선을 탔을 때의 일이다.

오후 5시, 유난히 맑고 푸른 바다와 흰 모래사장으로 되어 있는 부둣가로 많은 관광객이 몰려들었다. 다른 여행지와는 달리 동양인은

거의 볼 수가 없었는데 멕시코에서 3일이 지난 후에야 LA에서 온 어머니 합창단원 30명의 반가운 얼굴들을 만났다.

4, 5, 60대로 구성된 단원들은 수수하면서도 세련미가 있고 성격도 활달하여 우리 일행 13명과 오랜 지기처럼 인사를 나누고, 앞자리를 서로 양보하며 승선을 기다렸다. 우리 가이드는 그곳에 남고 상냥하고 유머가 있는 한국말이 서투른 30세 가량의 LA합창단 남자 가이드에게 우리를 인계하여 그들과는 한 식구가 되었다.

몇 백 명이 탈 수 있는 유람선 2층에는 밴드에 맞추어 선상에서 춤을 출 수 있도록 넓은 홀이 있었다. 나무 계단을 오르자 오른쪽 입구의 긴 테이블엔 우리가 늘 쓰는 컵의 3배는 커 보이는 투명한 플라스틱 컵에 얼음을 가득 채운 삼색 주스가 가득 놓여 있어 모두들 한 잔씩 들고 자리에 앉았다.

나도 핑크빛으로 한 잔을 갖고 왔다. 체리 향의 달콤하고 상큼한 맛, 조금은 쌉쌀하고 시원한 주스를 승선의 오랜 기다림에 지치고 목이 말라서 어느새 그 큰 잔을 거의 비웠다. 그리곤 잠시 후 얼굴이 달아오르고 어찔어찔함을 느꼈지만 선상이어서 그럴 것이라고 생각했다.

출항 후 몇 분쯤 지났을까. 날은 어두워오고 선상엔 휘황찬란한 조명이 켜졌다. 때맞추어 귀청을 찌르는 듯한 밴드가 울리고 관광객들은 기다렸다는 듯이 나가 몸을 흔들기 시작했다.

LA가이드가 우리 일행을 모두 끌어내는 바람에 외국인들 사이에 들어가 작은 원을 만들며 춤을 추었다. 자리에 앉아 있는 사람은 거의 없었다. 나도 친구와 나란히 서서 어색한 몸동작으로 추었다. 한국에서 같으면 꿈도 꿀 수 없는 일이었지만 외국이고 모두 흥겹게 추는 분위기에 어색한 몸짓으로라도 따라할 수가 있었다.

조금 있다가 덥기도 하고 사람이 너무 많아 부딪치는 게 싫고 밴드 소리도 너무 요란해서 자리로 돌아오면서 연보라색 포도 향의 쌉쌀하고 달콤하고 시원한 주스를 한 잔 더 들고 왔다.

얼마 후 일행이 쉬러 들어왔다가 나가면서 싫다는 나와 친구의 팔을 잡아끌고 나갔다. 그런데 이게 어찌 된 일일까. 카리브 선상에서의 기분이 최상이었다. 그땐 이미 내가 아니었다. 흑인도 좋았고 파란 눈의 서양인도 좋았다. 조금 전까지만 해도 땀으로 끈적끈적한 팔들이 부딪칠까 봐 몸을 피했건만, 그 춤곡이 무엇인지도 몰랐고 알 필요도 없었다. 트위스트, 삼바…… 그저 모두 함께 쿵쾅거리며 흔들어대는 대열 속에서 제일 신나는 사람은 나였다.

너무 더워서 잠깐 쉬러 자리로 돌아오니 40년을 함께한 친구도 놀란다. 뛰고 땀이 나서 시원하게 또 한 잔 마셨다. 학창 시절에 5년 동안 운동을 한 덕분에 다리에 힘이 좋아 불씨가 댕긴 후부터는 일행은 쉬러 갔어도 나는 외국인들 틈에서 계속 뛰었다. 때론 그들의 몸동작을 따라도 해 보고, 그들이 눈을 맞추고 웃으면 같이 웃을 수 있는 여유까지 생겼다. 그동안 단련한 몸이 오늘을 위하여 있는 것처럼 즐거웠다.

춤을 출 줄 모르면 어떤가? 이렇게 신이 나고 기분이 좋은 것을. 춤추는 사람들의 마음을 조금은 이해가 되었고, 약간의 술은 생의 활력소가 될 수 있다는 것도 처음 알았다. 지치지도 않고 목적지에 거의 다 올 때까지 춤을 춘 나에게 일행들은 손뼉을 치며 환호해 주었다.

카리브 해에서 춤을 추던 날처럼 즐겁고 유쾌했던 적은, 그전에나 그 후에나 단 한 번도 없었다. 항상 내 부모님께 배우고 몸에 익혀온 내 성격과는 아주 다른 그런 끼가 나에게도 잠재해 있었다는 것에 나도 놀랐을 뿐이다.

처녀섬에서 만난 '아리랑'

드디어 유람선은 이스라 무헤레스섬에 도착했다. 가이드는 이 섬을 처녀섬이라 했다. 인간의 때가 묻지 않은 천혜의 섬이다. 휘황찬란한 불빛 속에 열대나무들이 죽 늘어선 바닷가, 물이 너무 깨끗하여 손을 적셔 보며 공연장과 뷔페식당이 있는 건물로 들어가 저녁을 먹고 공연장으로 이동했다. 공연장의 무대는 큼직했지만 관객의 의자는 모래 위에 세운 통나무 의자였다.

그곳에서도 한국 사람들은 빨리빨리 하며 제일 앞자리를 차지하였다. 많은 관람객이 들어차 있었다. 각국에서 온 관광객들의 노래자랑 장기자랑 시합이 벌어졌다. 우리 차례가 왔다. '코리아' 미국인 사회자가 불렀다. 나는 웃으며 LA합창단 쪽을 바라보았다.

어느새 우리 팀의 한 젊은 여자가 무대 위에 올라 아리랑을 부르기 시작했다. 이곳저곳에서 일어나 손에 손을 잡고 손을 높이 올려 좌우로 흔들며 부르는 아리랑 합창은 가슴이 뭉클하고 코끝이 찡하며 전율을 느끼게 했다.

어디에 살든 내 국민은 하나, 한 번도 느껴 보지 못한 그리움 같은, 절규 같은, 떠나온 조국, 그리운 부모형제들을 생각해선가. LA합창단원들은 눈시울을 적시며 애절하게 불렀다.

"아리랑 아리랑 아라리요 아리랑 고개를 넘어간다." 노래가 아니라 차라리 울부짖음이었다. 너 나 할 것 없이 손에 손을 잡고 함께 부른 애끓는 한의 소리였다. 이곳저곳에서 고국에서 온 우리들에게 손을 흔들어 주었다. 그 노래는 사방에서 들려왔고 외국인들도 함께 부르는 이까지 있어 아리랑이 세계의 노래가 된 것 같았다. 우리 아리랑이 1등상을 받았다. 관광객들의 호응도가 높아 다함께 어우러져 불렀기 때문이었다.

고등학교 때 합창부에서 전방으로 위문공연을 갔을 때에도 아리랑을 불렀다. 그때는 시국이 좋지 않은 때라 그랬는지 장병들의 눈물을 많이 보았다. 그들을 보고 우리도 목이 메어 노래가 잘 나오지 않왔다.

　나 개인적으로도 아버지가 납치를 당하신 서러움에 달 밝은 밤이면 뒷동산에 올라 아리랑을 부르며 눈물 흘린 적이 있었다. 가락이 구성지고 한이 서린 듯한 우리 민요, 일본에게 나라를 빼앗기고 부른 한 많은 민요 아리랑을 이역만리 떨어진 처녀섬에서 부르니 가슴이 더 뭉클해 왔다.

　아리랑은 민족의 노래로서 가장 널리 알려진 구전민요이다. 곡이 현대적이고 세마치장단으로 우리의 정서에 알맞고 부르기 쉬우며 일제 강점기 우리 민족의 울분을 토로하며 하나로 뭉치게 했다. 지금도 전 세계에 퍼져 있는 우리 교포들은 아리랑을 부르며 고향을 그리워하고 있다.

　아리랑에는 밀양아리랑, 정선아리랑, 강원도아리랑, 진도아리랑 등 그 수가 많고, 지방에 따라 얽힌 설화와 가사가 다르지만 심금을 울리는 가락만은 우리 민족의 정서에 맞아 누가 들어도 공감할 수 있다. 아리랑이 오랜 세월에도 변하지 않고 전승되고 있는 것도 같은 맥락에서다.

　처녀섬에서 만난 아리랑은 우리에게 새삼 나라의 소중함과 애국심을 고취시켜 주었다.

술에 대한 에피소드

우리네 인생은 에피소드의 연속이라 볼 수 있다. 하고 많은 에피소드 중에는 웃음을 떠올리게 하는 스토리도 있고, 수십 년이 흘렀는데도 어제 겪은 일처럼 등줄기에 땀이 배는 스토리도 있다. 지나고 보니 모두 한 편의 아름다운 추억이다. 간혹 불현듯 떠오르는 술에 대한 에피소드가 있어 혼자 빙그레 웃으며 상기해 본다.

칵테일에 대한 추억

우리 집안에서는 모두 술을 못하기 때문에 술과 담배는 양갓집 여자에게 절대 금기사항으로 알았다. 가족이 다 모이는 명절에도 어른들의 덕담을 들으며 함께 윷놀이는 했어도 화투놀이 한번 해 본 적도 없고 더구나 술과는 거리가 있는 환경에서 자랐다.

친구들과 떠난 중남미 여행길, 카리브 해의 유람선에서 주스라고

마신 것이 나중에 알고 보니 칵테일이었단다. 그 몇 잔에 그렇게 기분이 좋았으니 조금 마시는 술이야 어떻겠는가. 50이 되도록 칵테일 하나 모른다면 누가 믿겠는가. 하지만 정말 그렇게 살았다.

대학교 신입생 환영회 때 가정과 조리실에는 선배들이 준비한 맛있는 음식들이 차려져 있었다. 그중에서도 눈에 확 띄는 것이 있었다. 앞앞이 놓여 있는 와인 잔이었다. 잘록한 와인 잔 손잡이 부분에는 형형색색으로 가느다란 리본이 매여 있었고 잔 안에는 그 당시로는 보기도 힘든 바나나, 포도, 사과, 체리 같은 과일들이 담겨 있었다. 그것이 칵테일이라 했다.

우리는 6·25동란을 겪은 시절에 태어났고 더구나 시골에서 자라 칵테일이란 걸 그때 처음 보았다. 그 후 친구가 집에 오거나 손님을 초대했을 땐 꼭 와인 잔에 색 리본 매고 모양 틀에 과일을 찍어 담고 사이다를 부어 칵테일(주스)을 만들어 냈다. 그것이 칵테일인 줄 알았고 칵테일에 술이 들어간다는 것은 추호도 몰랐다.

소주를 데우던 새색시 시절

결혼 후 집들이 한답시고 손님을 50명이나 초대했다. 일찍이 혼자 되신 엄한 어머니 밑에서 자라며 술상을 본 적이 없고 증조부님께서 반주로 드시는 따끈한 정종 한 잔밖에는 몰라 먼저 도착한 직원에게 술은 무엇이 좋겠느냐고 물었더니, 강원도 사투리로 "이곳에선 경월 소주가 최고래요." 한다.

넉넉히 사 오기를 주문하고 손님들이 모두 자리를 잡았을 때, 다홍치마 노랑저고리를 곱게 차려입고 보리차 끓이는 큰 주전자에 소주를 모두 따라 부어 연탄불에 올려놓고 할머니가 그러셨던 것처럼 약지 손가락으로 따끈한가를 재며 데우고 있었다.

상은 다 차려놓고 손님들도 다 자리 잡고 앉았는데 사온 술이 안 들어오자 술을 사온 직원이 나왔다. 한 말은 들어갈 큰 주전자에 연탄 냄새를 맡으며 열심히 데우고 있는 철없는 새색시를 보고 얼마나 당황했을까. "사모님 소주는 안 데우는 거래요." 유난히도 큰 눈을 굴리며 소리친다.

멋대로 살지 않고 조금은 가정교육을 받았다고 나름대로 생각했었는데 이건 아니었다. 어쩌면 그렇게 모르는 것이 많은지, 약지 못하면 눈치라도 있든지, 얼굴이 화끈거렸다.

그곳에선 남편의 직책이 있는데 그 부인이 그렇게 몰랐으니 1,350명의 광산 직원(광부)들의 입에 얼마나 오르내렸을까. 아무것도 모르는 아내 때문에 남편은 어땠을까.

그래도 그곳 탄광촌 사람들의 인심은 한없이 좋아 서울 사모님이라고 무엇이든 맛있는 것이나 새로 나온 것은 먹어 보라며 갖다주었으니 행복했던 그때를 지금도 잊을 수가 없다.

제주도 여행기

혼자서 떠난 여행

모처럼 혼자 여행을 떠나기로 한 날인데 어젯밤부터 비가 온다. 아침 일찍 일어나 준비를 하는데 비는 멎는 것 같고 일기예보는 오후에나 갠다는 소식이다.

둘째딸이 일찍 일어나 무언가 만드는 눈치다. 샌드위치다. 아침 7시 40분 안양 집에서 출발하여 전철 타고 당산역에 가서 700번 버스를 타려는데 8시가 되어도 안 온다. 8시 30분까지 공항에 도착하라는데 마음이 조급해진다.

때마침 택시가 공항 가는 사람은 합승하자며 부른다. 택시 합승비 2,000원을 내고 8시 40분에 국내선에 도착했다. 비는 멎었다. 제주행 단체손님은 파란 모자들을 쓰고 희희낙락하는데 나만 혼자니 조금은 불안하다. 잘 곳이 없으면 어쩌나. 세상이 어수선하고 나쁜 사람도 많다는데 양의 허물을 쓴 늑대는 없을까. 내가 목표로 하는 한라산 등산과 잠수함은 볼 수 있을까. 여자 혼자니 이상한 여자로 보고 납치하는 사람은 없을까. 온갖 잡념들이 머릿속을 오락가락한다.

혼자서 여행 떠나기는 처음이다. 큰딸이 대한항공 승무원이라 해마다 국내는 어디든지 갈 수 있는 비행기 표가 나온다. 비행기 표를 예약해 주고 샌드위치랑 과일 주스를 싸주며 잘 다녀오라는 아이들이 고맙다.

비행기는 예정보다 10분 늦은 9시 20분에 출발했다. 좌석번호 33F. 내 자리는 가운데 줄이라 밖을 내다볼 수 없었으나 좌석이 많이 비었다. 승객이 많았으면 좋으련만 기름도 안 나오는 나라인데 낭비인 것 같아 애가 탄다.

이륙하기 전 스튜어디스들을 유심히 본다. 승객과 마주앉아 졸음을 참지 못하고 스르르 눈꺼풀을 내렸다 뜨는 예쁜 승무원들이 마치 내 딸들처럼 느껴진다. 큰딸도 03시 30분부터 일어나 식구들도 못 일어나게 하고 혼자 달그락거리며 출근했으니 지금쯤 어느 비행기 안에서 저렇게 졸고 있겠지 싶으니 울컥 눈물이 솟는다.

내가 목까지 눈물을 삼키고 있는 걸 그들은 모른다. 상냥하고 예쁜 딸들, 저렇게 예쁘고 고운 딸들도 집에 가면 짜증도 내고 울기도 하겠지. 그 힘든 일을 하고 와서 스트레스는 어디에 풀까. 겉으로 보기엔 남들이 못 가 보는 여행도 많이 할 수 있고 화려해 보여 좋은 직장으로 여성들의 선망의 대상이 되기도 하지만, 새벽도 밤도 없이 떠나고 돌아오는 비행기 안에서 오랜 시간을 힘들게 일해야 하는 고된 직업이다.

비행기가 갑자기 요동을 친다. 꿈틀꿈틀 용트림을 한다. 딱딱 소리 내면서 오르락내리락 좌우로 기우뚱, 내 여태껏 수없이 비행기를 탔지만 오늘처럼 불안하고 초조한 적은 없었다. 남 승무원의 기내 방송이 들린다. 제주 지역의 짙은 안개로 회항을 하고 있어 예정보다 약 20분 늦게 도착할 예정이니 좌석벨트를 매라고 한다. 결국 비행기는 예정 시간보다 50분 늦게 도착했다.

제주도 관광 첫날

막상 비행기에서 내리기는 했으나 비는 추적추적 내리고 갈 곳은 없고 막막했다. 안내 카운터로 가려는데 60은 되어 보이는 내외가 젊은 남자에게 무언가 묻고 있다. 그들도 여행사를 통하지 않고 와서 관광 문의를 하고 있어서 합세했다.

비가 오니 오늘은 이곳에서 여장을 풀고 내일 서귀포로 가기로 하고 젊은 남자가 갖고 나온 봉고를 타고 그랜드호텔 옆 도일장으로 갔다. 방은 깨끗하고 따뜻했다. 침대가 있는 방은 5층에 있는데 2,000원이 더 비싸고 하룻밤 숙박료가 13,000원이라고 했다.

비 때문에 밖에는 못 나가고 새벽부터 설쳐서인지 무척 피곤하여 한잠 푹 잤다. 깨어 보니 오후 3시경 몇 시간 사이 날씨가 활짝 개고 약간의 안개마저 끼어 있어 상쾌한 아침처럼 느껴졌다.

어디로 가 볼까. 공항에서 갖고 온 안내도를 보고 호텔 카운터에서 갈 만한 곳을 물어보고 나섰다. 비수기철인데다 비가 와서 그런지 호텔 안은 손님도 없고 조용했다. '아, 참 잘 왔다. 숙소도 맘에 들고.' 떠나올 때의 불안은 가셨다. 카페리호가 다니는 부두 방파제나 가 볼까? 그 방파제는 75년 10월 4일 결혼 10주년 기념일로 남편과 함께 갔던 곳이다.

제주 사람들은 누구나 친절하다. '주인의식을 갖자' 는 제주방송의 캠페인이 시시각각 들린다. 어딜 가나 친절해서 '고맙습니다, 감사합니다' 로 답례를 하게 된다. 미라노호텔 앞에서 100번 버스를 타고 부두(25분 소요)까지 갔다. 제주―부산행 카페리호가 정착해 있다. 엄청 크다. 그런데 TV에서 보던 그 웅대함과 깨끗함은 간데없고 페인트가 벗겨지고 녹이 많이 슬어 볼품이 없다. 2층 창문에 빛바랜 커튼이 드리워져 있는데 그곳이 80,000원이 넘는 특등실 침대칸이라니 누가 그 많은 돈을 주고 타는지 모르겠다.

다시 한참을 걸어 방파제로 나갔다. 75년에 남편과 왔을 때는 방파제 근처에서 해녀들이 방금 따온 손바닥만큼 큰 전복을 1,500원에 사 주변 횟집에서 손질해서 먹었다. 지금은 그런 해녀들은 볼 수 없고 방파제는 넓고 길어져서 많은 사람들이 오가며 바다 냄새를 맡고 있다. 파도도 잔잔하고 주위가 빌딩으로 꽉 차 있으니 내 집이 있는 정동진 앞바다처럼 망망대해도 아니고 한 폭의 그림처럼 아름다웠다.

친구들이랑 같이 왔으면 이 정겨운 경치가 이처럼 가슴속까지 와닿지 않았겠지.

'아!~ 정말 좋다. 여행은 혼자 다니라는 말이 바로 이것이구나.' 내려오는 길에 해변가 횟집에서 멍게 해삼을 섞어 한 접시 시켜 먹었다. 실컷 먹었는데 한 접시에 4,000원이다.

또 어디로 갈까? 민속사박물관을 목적지로 하고 택시를 탔다. 어디로 가겠냐고 묻는데 말끝이 다른 제주도 사투리가 인상적이다. "예, 수고하십니다. 민속사박물관이요." 박물관은 공무원과 똑같이 6시면 문 닫고 관광객이 많은 일요일에는 손님을 받고 주중 목요일이 휴관이라고 알려준다. 가는 날이 장날이라고 오늘이 목요일이다. 목적지를 바꿔 용두암으로 갔다. 택시비 750원을 내고 차에서 내렸다.

파인애플, 낑깡, 바나나 장수가 즐비하게 서 있다. 그 밑으로 용두암을 내려다보니 다홍치마 노랑저고리의 신랑신부들이 꽃밭을 이루고 있다. 신혼여행 차들이 온 모양이다. 안고 찍는 사람, 업고 찍는 사람, 바싹 끌어안고 뽀뽀를 하는 사람, 주위가 다 신혼부부라서 그런지 부끄러움도 없이 제각기 가장 행복한 포즈를 카메라에 담느라 분주하다.

'이 사람들아, 살면서 그 행복이 다는 아니라네. 다 그렇지는 않지만 어찌 보면 고생의 시작이라고도 할 수 있지. 지금처럼 당신네들은 영원히 행복하길 빈다.' 나는 그들을 축복해 주었다.

지금도 많은 사람들은 나를 행복한 여자라고 한다. 사람 사는 게 행복 속에도 근심 걱정이라는 불행한 요소들이 옥에 티처럼 끼어 있는 걸 결혼생활을 해 보지 않은 사람들은 모른다. 저 신혼부부들은 다홍치마 연두저고리 속에 감춰진 다가올 행로를 알지 못한다. 신랑들은 무거운 신부를 안고 절절매면서도 행복해하지만 살면서 제일 먼저 오는 것이 시댁과의 갈등, 본인들의 재산 마련의 힘겨움, 자녀 양육의

문제 등 모두 다 끝났다 싶으면 힘없고 아픈 곳 많다 끝나는 것이 인
생인 것을. 그도 다행히 여유가 있는 집으로 시집가면 고생을 덜하지
만, 그 반대면 정말 힘들다는 것을 모르겠지.

그러나 사람의 일생은 누구나 다 그 경로를 거치는 중에도 인생을
얼마나 가치 있게 노력하며 사느냐에 달렸고, 또 얼마만큼 마음을 비
우고 행복을 느끼며 살아가느냐가 가장 중요한 것이다.

다시 택시를 타고 제주에서 가장 좋은 호텔이라는 그랜드호텔 커피
숍으로 왔다.(택시비 950원) 규모가 서울의 롯데호텔만은 못하지만
아늑하고 고풍스러움이 아주 멋지다. 커피 한잔에 은은하게 퍼지는
명곡을 들으며 분위기 있는 곳에서 즐거운 시간을 보내고 돌아왔다.

도일장 카운터에 예쁜 아가씨 둘이 "혼자 오셨느냐."고 묻는다. 이
곳은 나쁜 사람들이 많은데 예쁜 아주머니가 혼자 오시면 안 된단다.
그러잖아도 나도 걱정이 좀 된다. 둘째딸이 새벽에 싸준 샌드위치를
갖고 내려가 여사무원들과 저녁으로 먹었다.

둘째날, 한라산 등반

날은 좋으나 바람이 많이 분다. 오늘은 백록담 등산을 하는 날이다.
이 호텔 안에는 밤새 꽤 많은 사람들이 투숙은 했지만 시내관광객만
있을 뿐 한라산 등산객은 아무도 없었다. 하는 수 없이 지배인이 가
리켜 주는 대로 09시에 도일장을 출발 버스터미널까지 택시(750원)
로 가서 어리목(440원)까지 가는 시내버스를 타고 등산길에 올랐다.

아침은 가다 먹을 생각이었는데 시간에 쫓겨 때를 놓치고 바로 등

산길에 올랐다. 그런데 그렇게 험난하고 힘든 산행인 줄은 꿈에도 몰랐다. 산은 가파르고 배는 고프고 눈은 쌓여 미끄러져 넘어지고 어느 곳엔 눈이 녹아 흙탕물이 흘러 신과 옷이 다 젖고, 내 또래는 없고 젊은 부부, 신혼부부, 경희대생들이 함께 올랐으나 중도에 포기하는 사람이 많았다.

험난한 1,400고지를 지나니 그때부터는 넓고 평평한 돌이 잘 깔려 있는 길이라 비교적 쉽게 올라갈 수가 있었다. 허기와 갈증을 물도 없이 눈을 퍼먹으며 올랐다. 내 생전을 다 합해도 그토록 많은 눈을 먹어 본 적은 없었다.

어리목에서 2시간 30분 만에 대피소인 산장에 도착했다. 라면(도시락라면 1개 800원)과 초코파이(1개 800원), 음료수(800원)들로 허기를 채우고 가방도 무거워 대피소에 맡기고 방명록에 서명한 후 다시 산을 오르기 시작했다. 그곳에선 조난사고가 가끔 발생해 서명을 하도록 되어 있었다.

외화 〈마운틴〉에 나오는 그 아름다웠던 눈 덮인 산을 연상하며 내가 주인공이 된 기분으로 앞서가는 경희대생들의 발자국을 따라 눈길을 올랐다. 눈이 많이 내려 등산이 통제되었다가 어제 해제되었다는데 눈의 높이가 허리까지 차니 오르기는 힘들어도 그 경관은 무어라 표현을 할 수 없이 아름다웠다. 몇 번이나 미끄러져 넘어졌지만 너무 좋아서 나이를 까맣게 잊고 눈 위를 뒹굴며 가다 또 뒹굴다 했다.

무전여행을 왔다는 경희대생들은 기차로 목포까지 와서 완도에서 카페리호를 타고 7,000원으로 가장 싸게 제주까지 올 수 있었다고 한다. 제주도에 도착하여 농협에 가면 언제든지 일감이 있는데 숙식을 제공하면 일당이 10,000원이고 그냥 일당이면 15,000원이어서 학생들은 텐트와 먹을 것만 준비해와 6일만 일하면 제주도를 모두 관광하고 갈 때는 비행기로 간다고 했다.

대피소에서 얼마나 올라왔을까. 다니던 길은 갈 수가 없어 돌아가야 한단다. 학생과 신혼부부 사이에서 제일 나이가 많은 나는 다리가 아프다 못해 마비가 되는 것 같고 길은 점점 가파르고 바위틈에 길도 없어 앞뒤 돌아볼 사이도 없이 앞사람의 발자국만 밟고 힘겹게 올라가는데 신혼부부가 나보다 더 걷지 못해 같이 가는데 의지가 되었다.

오후 1시에 산장을 떠나 백록담에 도착한 것이 2시 30분. 밑에서 올려다본 백록담은 우뚝 숏은 기암(奇岩)절벽이 가까이 갈수록 더욱 장엄하고 멋있었는데 막상 올라와 보니 엄청 큰 눈 덮인 분화구엔 한쪽에만 얇게 물이 얼어 있고 까마귀 서식처인가 반지르르한 기름진 털이 크기도 한 까마귀 떼들이 푸드득 푸드득 바위틈에서 날아다닌다.

마흔아홉에 험하고 눈 쌓인 길로, 우리나라 남한에서 제일 높은 산을 젊은 사람들 따라 잠시도 쉬지 않고 장장 4시간 30분을 오를 수 있었다는 그 쾌감에 힘들었던 생각은 싹 가셨다. 불어오는 찬바람에 심호흡을 하며 성취감으로 뿌듯한 마음은 무엇에도 비할 수가 없었다.

아침에 도일장에서 못 간다고 말렸었고, 산장 사람들도 올라가는데 2시간 내려오는데 1시간, 3시간이나 더 걸리니 포기하라고 했는데 내 여기까지 와서 그만둘 수 없었다. 산장부터는 더욱 험한 눈 속에 길조차 찾기 힘든 난코스를 결국 해냈다는 것이 스스로 생각해도 정말

장했다.

　백록담에 올랐을 때, 학생들 몇 명 청년 몇 명 신혼부부 등 일행 중 제일 나이가 많고 혼자 온 날 보고 용감하고 아주 멋진 아주머니라고 모두들 손뼉을 쳐주었다.

　이 순간, 이미 고인이 된 산 사나이 에베레스트 등정에 성공한 고상돈의 기쁨에 비유한다면 너무한 걸까?

　하산 길에는 무릎이 시고 발목이 아파 몇 번이나 미끄러지고 쉬었다 오니 젊은 신혼부부가 내 가방을 들어주었다. 얼마나 고생하며 내려왔을까. 어리목에 도착했을 땐 다시 4시간 반이나 걸려 해가 지고 있었다.

　서귀포행 버스를 타고 중문단지에 도착하니 날은 어둡고 춥고 허기는 지고, 우선 큰 한식집으로 가서 난로 옆에서 몸을 녹이고 돼지갈비로 포식하니 기운이 다시 살아나는 것 같았다. 서귀포 시내를 몇 바퀴 돌아 바다 가까이에 아늑해 보이는 만년장(숙박료 10,000원)에 숙소를 정했다. 혼자 와서 제일 힘든 것은 숙소를 정하는 일이었다. 욕조에 뜨거운 물 가득 채워 몸을 푹 담그니 피로는 풀리는 것 같았으나 발목은 시어 디딜 수가 없고 팔 다리 안 아픈 곳이 없었다. 내일은 나아야 할 텐데…….

셋째날, 서귀포를 돌면서

싼 여관에 묵었더니 한옥을 개조한 곳이라 새벽부터 옆방의 주인집 아이들이 쿵쾅대며 떠드는 통에 7시에 일어났다. 오늘은 피로도 풀 겸 10시까지 푹 자려 했는데 어제 쓰다만 일기를 쓰고 화장도 하고 걸어 보니 걸을 만하였다.

주인아주머니에게 서귀포 70리 유람선 타는 곳을 물어 부둣가에서 아침 식사를 하고 11시에 출발하는 유람선을 탔다. 뱃고동을 울리며 범섬, 수중의 수초들도 잠시 보고 외돌괴, 12굴, 새섬, 정방폭포를 회항하는 동안 안내양이 이곳의 전설을 유머로 재치 있게 설명해 주었다.

바람이 몹시 불고 파도가 높아 갑판 위에서 구경을 하던 젊은 비구니스님과 나는 뱃머리로 올려치는 파도에 온몸을 다 적시고 추워서 덜덜 떨면서도 아이들처럼 깔깔대며 즐거워했다. 더구나 놀라운 것은 서귀포 앞바다에서 올려다본 백록담은 하늘을 찌를 듯 높았고, 계곡마다 눈이 쌓이고 험난한데 내가 이 작은 발로 어떻게 저 높은 백록담을 올라갔을까 생각할수록 가슴이 벅차고 대견스러웠다.

가족들 뒷바라지에 틀에 박힌 생활로 나 자신을 돌아볼 수 없었는데 이제 묻혀 있던 자신의 저력을 새로이 찾게 되었으니 세상에서 제일 값진 보물을 얻은 기분이었다. 남편과, 가족들과, 동창들과 왔을 때는 함께 즐거운 시간들이었지만 이처럼 나 자신을 발견한 설렘은 없었다.

나는 5년째 제주도에 오고 있다. 65년과 75년에 남편과 온 것을 합치면 여덟 번이 된다. 공항 앞에 조경해 놓은 열대나무들, 차도 많지 않고 하늘이 오염되지 않아 파랗고 상큼한 맑은 공기가 해외 섬에 온 것처럼 느껴져 즐겨 찾는다. 복잡한 서울을 떠나 조용히 쉬고 싶은 곳이기에 큰딸이 주는 티켓으로 해마다 제주도에 온다.

산과 바다가 온통 관광자원인 이 섬은 하늘이 내린 신비의 섬이다. 제주도 중앙에 한라산을 두고 동쪽으로 일출봉과 산굼부리 지금은 사화산이 된 제일 규모가 큰 만장굴을 비롯하여 서쪽으로는 공원화한 한림공원, 협제굴, 쌍용굴, 사굴 등 용암이 흘러간 대 자연의 섭리가 신비스럽기만 하다. 화산섬이라 새까만 바위들과 굵은 모래인 곳도 있지만 이곳에 있는 모래가 모두 조개가루로 되어 있는 것이 특징이다.

서귀포에는 천제연폭포, 신선이 노닐던 곳처럼 아름다운 천지연폭포, 수십 길 바다로 물이 떨어지는 정방폭포 이 모두가 자연이 만들어낸 걸작들이다. 중문단지 내에는 당시로는 보기 드문 식물들로 가득

한 여미지식물원과 동남쪽으로 표선민속촌이 있고 서부에는 산방산 산방굴사가 있다.

북제주 동쪽에 자연사박물관, 비자림과 삼성혈 서쪽으로 목석원, 용두암, 5·16도로 주위에 까만 똥돼지가 있는 민속마을, 또 제2횡단도로로 어리목 1,100고지까지 가는 길에 착시고개(도깨비도로)가 있다.

도깨비도로는 9도 이상 경사가 몇 백 미터 내려가야 하는 고개인데 이상하게도 차를 중간지점에 세워놓고 시동을 끄면 거꾸로 높은 곳을 향해 올라간다. 그래서 그곳에선 많은 차들이 시동을 끄고 거꾸로 올라가는 것을 쉽게 볼 수 있다. 더구나 빗물도 거꾸로 흐른다니 신기한 고개다.

제주 섬은 어느 곳엘 가든지 30분에서 한 시간 거리면 다른 관광지를 볼 수 있다. 그곳 원주민은 인심 좋고 친절하다. 버스를 타고 다녀보면 운전기사 역시 바쁜 것이 없고 유순한 성품인 것을 알 수 있다.

이번 여행에도 그랬지만 가끔 버스여행을 잘한다. 버스가 정류장에 서고 갈 때 아주 천천히 손님을 기다려 주고 태워 출발한다. 서울 같으면 손님의 두 발이 다 올라서기도 전에 출발하여 넘어지는 사례가 종종 있다.

제2횡단도로로 가는 버스는 아예 15킬로로 천천히 다니며 운전기사는 손님들과 친절히 대화하며 간다. 그렇다고 우리 제주 섬보다 작고 볼 곳도 적지만 조금은 닮은 미국 50대주 하와이의 버스기사나 택시기사처럼 탈 때부터 내릴 때까지 계속 손님들을 웃기며 쉬지 않고 말하는 관광도시의 기사들과는 다르다. 차분하게 손님들이 묻는 말에만 자세히 설명해 준다.

다시 서귀포에서 30분마다 다니는 제주행 급행버스를 타고 40분쯤 걸려 표선민속촌에 들어서는데 귀에 익은 제주민요가 사방에서 스피커를 타고 울린다. 한양에서 멀고 바다로 둘러싸여 있어 죄인들의 유배지이기도 한 섬, 또 바다에서 물질이나 고기잡이로 살다 보니 남편을 바다에 묻은 한이 많은 섬이라서 그런지 제주민요를 들으면 구슬픈 가락이 느껴진다.

표선민속촌을 관광하고 4시 10분 제주행 버스로 제1횡단도로에서 10분 거리에 있는 민속마을을 지나고, 한진그룹의 제동목장을 통과하여 목석원 앞을 지나 버스터미널에 도착한 시간이 5시 10분. 터미널에서 다시 택시로 공항까지 10분 걸려 5시 40분 발 비행기 시간에 꼭 맞추었다.

KAL기(2F) 편으로 2박 3일의 뜻 깊은 여행을 마치고 즐겁고 보람 있는 제주도 여행길에서 돌아왔다. (1989. 3. 3)

4

더도 말고 덜도 말고 지금처럼만

가족

눈, 백내장, 녹내장? 그것이 무엇인데…….

6년 전 병원에 들렀을 땐 하늘이 노랬다. 내가 좋아하는 것 글 쓰는 것도 책 보는 것도 컴퓨터도 오래 하지 말란다. 눈을 아끼라고 너무 피로하지 않게 하라고 한다. 사위가 안과의사라도 멀리 있기에 소개해 주는 대로 이름 있는 안과병원을 찾아다녔다.

평소 건강해서 내게 녹내장이 오리라고 생각지도 못했다. 허나 내 가족, 나에게 행복과 즐거움을 주는 내 가족이 있는데 당장 무슨 일이 있는 것도 아니고 눈 하나 좀 불편하면 어떠냐고, 마음은 그리 먹는데 뇌리에선 녹내장이란 단어가 떠나지 않았다.

모든 걸 접고 싶었다. 아이들에겐 말도 못하고 하고 있는 일들을 하나씩 정리해 나갔다. 우선 글 쓰는 일부터 그만두었다. 같이 공부하던 문우들은 영문도 모른 채 왜 안 나오느냐고 전화를 한다. 녹내장이라 하면 언젠가는 앞을 못 보는 일이 있을 거라는 인식 때문에 아무에게나 말하기가 싫었다.

갑자기 잡음을 감수하면서 모임을 줄였다. 그러자니 속내를 모르는 사람들은 뭐라 했다. 자주 전화하여 어쩔 수 없이 나가기도 한다. 마음은 항상 착잡하고 우울하면서 그럭저럭 2, 3년을 잘 참아냈다. 그건 항상 나를 곁에서 걱정하고 위로해 주는 내 사랑하는 가족이 있었기에 가능한 일이었다.

3개월에 한 번씩 검사하고 6개월에 한 번씩 정밀검사를 했다. 3년이 지나도 더 나빠지지 않으니 다행이라고 이젠 9개월에 한 번씩 정밀검사를 하잔다. 안과 주치의는 거제도에서 개업한 사위와 통화하면서 내 눈의 진찰 결과를 모두 엮어 사위에게 보내주기도 하고 같은 안과의사라 친절히 대해 주었다.

만 5년이 된 지난달엔 정밀검사 결과를 보고 "이미 죽은 시신경은 살아날 수 없으나 기절했던 시신경들이 다시 살아났다."고 내 주치의는 검사결과를 딸과 내게 보여준다. 이대로만 잘 지켜나가면 아무 문제없다며 이젠 책도 보고, 운전도 하라고 한다. 밤이면 잊지 않고 약한 방울씩 양 눈에 넣은 지 6년째다. 얼마나 좋은지 항상 같이 가는 딸과 "고맙습니다, 고맙습니다." 인사하며 정말 오랜만에 가뿐한 마음으로 병원 문을 나섰다.

앞으로는 3개월에 한 번씩 간단한 검사를 받으면 되고, 1년에 한 번씩 정밀검사를 하면 된다. 내 한 몸 불편함 때문에 자식들에게 걱정을 끼쳤는데, 이제 더 좋아졌다니 얼마나 다행한 일인가. 나 때문에 자식들이 근심걱정하는 것은 싫다. 작은 감기라도 내가 가족 대신 앓고 저희들은 모두 건강하기를 바란다.

삼 남매 기를 때도 그랬다. 어린것이 온몸이 불덩이처럼 열이 나며 아파할 땐 "오 하나님 내가 대신 아프게 해 주세요." 또 손자들이 아플 때도 난 빌고 또 빌었다. 내가 대신 아프게 해 주시고 이 귀여운 손자들은 빨리 낫게 해 달라고. 부처님, 하나님, 돌아가신 남편에게까지 두 손 모아 빌었다. 나 혼자 몸이라면 걱정 안 한다. 허나 나 한 사람으로 인하여 힘들어 할 내 가족이 있어 그들을 먼저 생각하게 된다.

3, 4년 전 자전거를 사서 혼자 배운다고 초등학교 운동장에서 넘어지고 쓰러지며 보름을 연습했더니 고관절에 탈이 나서 병원을 찾았다. 인대가 늘어나고 척추 4, 5번에 이상이 생겨 신경을 눌러 그런단다. 나이가 먹은 것은 생각 안 하고 아직도 청춘인 양 몸을 굴리니 60여 년을 살아온 내 몸이 견딜 수가 없었던 모양이다. 하도 이것저것 한다고 몸을 아끼지 않으니 결국 견디지 못하고 병이 난 것이다. 지금도 조금만 괜찮으면 등산도 하고 수영도 하고 걷기도 하며 쉬지 않고 다닌다.

작년 2월 문우들과 지산제에 참석하고 몇 시간을 산행했었다. 능선을 타고 시원히 내려다보이는 서울 시가지를 보며 함께 오르는 기분이 얼마나 좋았던가. 하산하여 뜨끈한 칼국수 한 대접씩 먹고 헤어지니 다리는 좀 뻐근하였으나 마음과 몸은 즐겁고 가벼웠다. 헌데 산행을 한 그 다음날부터가 문제였다. 수영과 걷기, 왕복 2, 3시간 정도의 등산으로 다 나았다 싶어 산행을 했는데 다시 탈이 났다. 한의원에서

여러 날 침도 맞고 병원도 다녔지만 빨리 낫지 않는다.

토요일이면 제 아빠 엄마랑 귀여운 네 살짜리 손자가 온다. 손자는 같이 놀자 하고, 아파트에서 10분이면 갈 수 있는 곳에 있는 토이저러스(대형 장난감 상점)로 장난감 사러 가자고 한다. 마음은 몇 번이고 가고 싶은데 몸이 말을 안 들을 때가 많다. 오전만 함께 놀아주어도 오후엔 지칠 때가 있다.

며칠 만에 오는 손자의 잠든 얼굴만 보고 있어도 신기하고 귀여워 밤을 설친다. 눈은 작으나 해님같이 웃는 모습이고 입은 쑥 나온 것이 그래도 얼마나 귀여운지 눈을 뗄 수가 없다. 또 할미를 좋아해서 오기만 하면 아비어미 밀치고 잠도 나와 자며 둘이 하루 종일 같이 놀자고 한다.

저의 엄마 아빠가 나를 쉬라며 손자를 데리고 놀이터로 나간다. 벌써 다 큰 두 명의 외손녀와 한 명의 외손자는 중학교, 고등학교를 다니는데 외손녀들은 반장, 외손자는 회장을 하니 두 딸들은 자식들 뒷바라지에 즐거운 나날이다.

잠실에 있는 내 집에서 10분 거리인 이웃 단지에 작은딸이 살고, 아들은 서초동에 큰딸은 분당에 사니 가족이 자주 모여 함께 저녁을 먹는다. 1년에 2, 3번씩은 콘도나 해외여행을 다니는 즐거운 가정이다. 가족이 모두 모였을 때는 서로 식대를 내려고 구실을 만든다.

지난 5월 1일부터 5일까지는 연휴여서 가족 11명은 홍천콘도로 설악콘도로 옮겨 다니며 가족여행을 했는데 서로 식대를 내려고 아들은 진급 턱, 사위는 차를 새로 샀다고, 딸들은 반장 턱 회장 턱, 밥을

먹으면서도 누가 먼저 식대를 낼까 봐 눈치 보느라 바쁘다.

우리 집안엔 식대를 내든, 기념품을 사든 11명의 대식구가 함께 다니면서도 돈을 지불할 때 구두끈 매는 사람은 단 한 사람도 없다. 지갑을 먼저 열 줄 아는 넉넉한 마음들이다. 어느 땐 화장실에 가는 척하고 내는 바람에 내려던 사람이 허탕을 치는 경우도 있다. 가끔은 나도 한 몫 낀다. 기회를 안 주지만 내 귀여운 자식들에게 나도 먹이고 싶어 예약석에 앉기 전 미리 카드를 주고 들어간다.

울고 웃으며 보낸 40, 50대초 그 뒤에 찾아온 즐겁고 사랑이 넘치는 우리 가족이다. 그중에 내 한 몸 조금 불편하다고 자식들 앞에 걱정을 줄 건가. 그만큼 바쁘고 즐겁고 보람 있게 살았으니 감사하고 또 감사할 뿐이다.

두 사위와 며느리가 서로 돈을 내려고 밀치고 뛰는 것을 보면서, 별 탈 없이 무럭무럭 자라며 공부 잘하는 손자 손녀들을 보면서 나만큼 행복한 사람 또 있을까 생각해 본다. 욕심을 부리자면 눈도 관절도 좀 더 건강했으면 더 좋겠지만 내 가족이 있기에, 또 신은 모두 만족한 삶은 안 주시기에 불편한 것을 감사히 받아들이고 있다.

가장 확실한 보험

일요일, 아침상을 물리고 아들과 함께 TV를 본다. 전문가들이 나와 보험에 관한 모든 궁금증을 풀어준다. 아들과 나도 보험을 몇 가지 들었던 터라 주의 깊게 지켜보고 있었다. 한참을 듣고 있던 아들이 내게 다가와 "엄만, 이 아들에게 확실한 보험을 들었지요. 아무 걱정 마세요." 하며 두꺼비 같은 두 손으로 내 손을 덥석 잡으며 능청을 떤다. 오랜만에 잡아주는 아들의 손이 듬직하고 말만 들어도 가슴이 뭉클하다.

1970년대에는 '둘만 낳아 잘 기르자' 는 표어가 나붙고, 정부 시책으로 산아제한을 했다. 나도 아들이든 딸이든 둘만 낳아 잘 기르겠다고 다짐했다. 그러나 위로 딸 둘을 연달아 낳고 보니 산아제한은 남에게만 해당되는 말이 되었다.

세 번째로 아들이 태어나자 남편은 세상 모든 것을 다 가진 듯 좋아

했고, 부정 탈세라 삼칠일 동안 면도도 안 하고, 궂은 곳에도 가지 않으며 비린 것, 누른 것 먹지 않고, 좋은 일만 생각하며 새로 태어난 아들을 위해 근신을 했다.

빨리 커주지 않는 아들의 키를 늘려 재 보던 날이 엊그제 같은데, 어느새 훌쩍 커버린 아들이 부모를 책임지겠다고 하니 대견스럽고 흐뭇하다. 언제나 한 박자 늦어 형광등이라고 가끔 놀림받는 나지만, 책임지겠다는 아들의 말에 귀가 번쩍 뜨이고 그 말이 가슴에 깊이 박힌다. 활달하면서 붙임성 있고 나보다 남을 먼저 생각할 줄 아는 아들이 옆에 있어 든든하다.

50이 넘으면서 이유 없이 자꾸 늪게 되었을 때, 아들이 엄마 운동시킨다며 10분 이상 뛰어가야 있는 헬스장으로 이끄는 바람에 새벽을 함께 달리곤 했다. 오가며 운동하고 나면 두어 시간 걸린다. 돌아오는 길에 해장국집에 들러 사골 넣고 푹 끓인 시래기 선짓국 한 그릇 뚝딱 해치우면 몸과 마음은 최상이다. 해장국집 주인의 찬사가 아니어도 나는 아들에게 한없이 고마움을 느끼고 있다.

큰딸이 대한항공 승무원으로 입사하면서 내 생활을 빼앗아갔다. 비행시간에 맞추어 새벽도 밤도 없이 떠나고 돌아오는 딸을 위해 차를 샀고, 나의 일과는 무사하기를 간절히 비는 기도와 기다림의 날들 뿐이었다. 딸이 KAL 유니폼을 입고 가방을 끌며 세관을 통과할 때부터 목을 길게 빼고 기다리다 만날 땐 '내 예쁜 딸이 여기 있소, 좀 봐 주시요.' 소리 치고 싶을 만치 벅찬 가슴이었고, 한편 안도의 눈물이 왈칵 쏟아지기도 했다.

내 수첩에는 항상 큰딸의 스케줄로 꽉 차 있었다. 그렇게 5년이 지날 무렵, 지극정성으로 딸을 위해 주던 점잖고 섬세한 성품의 사업가를 만나 결혼한 딸은 제 아빠를 닮은 아들 하나만 낳아 기르며 지금까지도 공부에 여념이 없다.

둘째딸이 대학교에 입학했을 때였다. 딸을 생활관에 두고 오는데 왜 그리 눈물이 나오던지 결국 오던 길에서 차를 돌려 학교로 다시 가 보았다. 어느새 사귀었는지 10여 명의 친구들과 재잘거리며 즐거워하던 딸이 나를 보고 "엄마!" 하며 눈이 휘둥그레져 뛰어나온다. 되돌아온 이유를 만들려고 사 온 빵 한 보따리 내밀며 "네가 엄마 보고 싶어 울까 봐 왔다."고 했다. 사실 내 마음이 그랬다. 자식을 향한 짝사랑이었다. 항상 외국에 나가 있는 언니 몫까지 집안일을 도맡아 하고 학교와 집밖에 모르는 성품이 여린 딸이어서 그렇게 눈물이 나왔나 보다.

둘째딸도 대학 시절 봉사활동하면서 만난 공손하고 너그러운 안과 의사와 결혼하고 아빠 엄마를 꼭 닮은 딸 둘 낳고 오순도순 재미있게 살고 있다. 그렇게 사랑했던 두 딸은 좋은 신랑 만나 시집가고 이제 아들 하나가 곁에 남아 내 삶을 지켜주고 있다.

아들이 어쩌다 늦게 들어오는 날이면 나는 토라져 문을 등지고 앉아 쳐다보지도 않는다. 안방 문을 살며시 열고 들어와 엄마 눈치 보며 변명하며 너스레를 떨어 웃기고야 제 방으로 돌아가는 아들이다. 순간 다 큰 아들에게 미안한 마음이 든다. 이번에는 내가 아들 방문을 슬며시 열고 들어가 조금 전과는 아주 다르게 애교로 아들의 기분을 풀어주고야 돌아오는 참을성 없고 변덕스러운 엄마가 된다.

흔히들 이야기한다. 옛날처럼 자식에게 의지하는 시대는 지났다고. 저희들만 잘 살아주면 그것이 제일 큰 효도라고…… 하지만 나는 그렇지 않다. 직장관계로 주말에나 빨랫감만 잔뜩 싸들고 오는 아들이지만, 아들이 없는 동안에도 그의 모든 것이 내 곁에 있기에, 현관에 벗어놓은 신발만 봐도, 방에 걸려 있는 옷만 봐도, 닫혀 있는 방문만 봐도 든든하다. 그러기에 큰 보람과 희망을 갖고 항상 즐겁고 건강하게 살아갈 수 있는 것이다.

뿐만 아니다. 밑으로 남동생을 보게 한 두 딸들도 예외는 아니다. 노후 '보험 중의 보험' 이다. 아들이 보험이라고 말하지만 어찌 내 확실한 보험이 아들뿐이겠는가. 오른쪽에는 아들, 왼쪽에는 딸이 있음으로 해서 얻은 귀한 두 아들이 또 있다. 누가 딸을 시집보내고 섭섭하다 했을까. 딸도 내 딸이요, 낳느라 기르느라 고생도 없이 아주 건강하고 늠름한 사위가 둘이나 아들이 되어 내게 왔다.

누나들 밑에서 외롭게 자란 아들도 매형들만 오면 이 방 저 방으로 옮겨 다니며 즐거워하고, 온 집안에 화기(和氣)가 넘쳐흐른다. 건장하고 듬직한 세 아들이 앞 다투어 어머니, 어머니 불러댈 땐, 대견스러움과 사랑스러움이 행복한 웃음이 되어 나온다.

아직은 젊은 나를 할머니로 만들어 놓고 밤 가는 줄 모르고 재롱부리는 귀여운 손자 손녀들을 볼 때의 그 흐뭇함이란 말로 형용키 어렵다. 오랜만에 만나도 손자 손녀는 할미의 두 무릎을 서로 차지하려고 칭얼댄다. 딸들이 멀리 살아 할미가 자주 보아주지도 못하는데

도 왔다갈 때마다 안 가겠다고 떼를 쓰고, 제 옆에 타라고 두 손을 차 창밖에 내밀며 목 놓아 운다. 두세 달에 한 번씩 오가는 손녀는 할미를 붙잡고 안 떨어져 제 아빠가 강제로 떼어갈 때는 그 어린 손아귀가 어떻게 그리 센지, 할미와 손자 손녀는 헤어질 때마다 눈물바다를 이룬다.

다섯 살짜리 손녀가 할미를 그리며 편지를 썼다. "서울 지하철 옆에 있는 외할머니 집으로 보내주세요. 앞에서 보면 창문이 두 개 있는 집이에요." 그것이 봉투 앞면의 주소다. 글씨가 삐뚤빼뚤 받침이 틀려도 할미를 애타게 그리며 썼으니 어찌 내 확실한 노후보험이 아들과 딸들뿐이겠는가. 외손자 외손녀까지도 내게 이어진 연이니 하나도 뺄 수 없는 가장 확실한 보험인 것이다.

내가 조금만 아픈 것 같으면 딸 사위가 달려와 보살펴 준다. 딸 둘은 예외라고 생각했지만 나에게는 틀림없는 보험이다. 그러니 나는 자식들에게 가장 확실한 보험을 들기도 했지만 이미 보험을 타고 있는 셈이다. 은행들마저 무너져 보험도 마음 놓을 수 없는 세상에, 나의 영육이 끝나는 날까지 보장된 통장이 양손에 둘이나 있으니 나야말로 얼마나 행복한 사람인가.

귀여운 손자

　이제 겨우 34개월 된 어린 손자 녀석이 고사리 같은 손으로 내 허리에 파스를 붙여준다. "할머니 약 붙여서 이젠 안 아파?" 생글생글 웃으며 내 팔을 쳐다본다. 그 얼굴 표정과 목소리를 들으며 어찌 할미가 손을 내밀지 않을 수 있을까. "응 그럼, 원재가 약 붙여줘서 다 나았어." 하며 손을 내밀거나 등을 대준다. 안아주는 것이 허리에 무리가 갈 것 같으면 등에 업어준다. 세상에 둘도 없이 예쁘고 귀여운 내 손자다.

　맞벌이 부부인 아들 내외에게 손자 보는 유모가 있는데 두 달 동안 고향에 간 사이 잠시 내 집으로 와서 함께 지냈다. 아들 내외는 우리 집에 와서도 내가 힘들세라 아침마다 안 떨어지겠다고 울며 할미 손을 놓지 않는 그 어린 손자를 '리틀소시에' 라는 유아원에 맡겼다. 유아원에 보내며 아침마다 할미와 손자는 울며 헤어졌다. 오후 2시 30

분에 유아원이 끝나면 셔틀버스가 이웃에 사는 저의 고모 집으로 데려다 준다. 엄마가 힘들까 봐들 그런다. 저의 고모가 간식과 저녁을 먹이고 목욕까지 시켜 4단지와 내가 사는 3단지 중간에서 7시에 만나 손자를 데려온다.

고모가 날마다 장난감 사주고 자석판에 숫자공부시키고, 카드로 공부시키지만 해만 지면 용하게도 할머니한테 가자고 졸라댄단다. 그 어린것이 어떻게 그렇게 모든 것을 알아서 하는지 정말 기특하다.

저의 아빠는 말도, 행동도 더뎌 여섯 살에야 친구들과 어울렸다. 그런데 우리 귀여운 손자는 저의 엄마를 닮았나 보다. 부지런하여 낮잠도 안 잔다. 온종일 장난감에 몰두한다. 이제 34개월 어린이답지 않게 말도 어른처럼 한다.

하루는 손자가 감기로 열이 나고 목이 아파 잠을 못 잤단다. 유모가 밤새 찬 물수건을 머리에 대주니, "유모 예뻐, 정말 고마워." 하더라고. 유모가 잘못 들었겠지 했는데 그게 아니었다. 우리 집에 왔을 때 감기가 들어 유모차에 태워 병원에 갔다 오고 약을 먹이면 싫다 소리 한번 안 하고 "할머니 고마워요." 하는 것이었다. 이제 34개월 된 어린아이라곤 믿겨지지 않는다. 너무 착하고 예뻐서 끌어안고 볼에 뽀뽀를 해 준다.

컴퓨터를 할라치면 내 무릎에 앉아 같이하려고 해서 이메일만 잠깐 들어가 보고 다른 것은 할 수가 없어 닫는다. 그런데 가끔 내가 컴퓨터를 하다가 잠시 자리를 비운 사이 저 혼자 조용히 컴퓨터나 프린터를 갖고 논다. 프린터가 고장이 나서 보면 지우개, 연필, 클립 등이 뒤에서 많이 나온다. 결국 한 달도 못되어 제 엄마 아빠가 새것으로 바꾸어 주었다.

2개월이 지나자 유모가 와서 세 식구는 서초동 저의 집으로 돌아가고, 오랜만에 글을 쓰려고 컴퓨터를 열었다. 글을 쓴답시고 시간이 날 때마다 워드해서 저장한 아직 빛을 보지 못한 글들이 꽤 있었다. 그런데 그 글들이 모두 날아간 것이다. 암담했다. 이웃 4단지에 사는 사위가 퇴근 후 고쳐주려 했으나 잘 안 돼서 사람을 불러 A/S를 받았는데 다 깨지고 복구 불가로 나왔다. 아들에게 전화했더니 예전 것은 드라이브 E에 저장해 두었단다. 다행히 몇 편은 건졌다.

다음 토요일, 제 아빠 엄마를 따라 손자가 왔다. 현관에서 신을 벗자마자 눈이 똥그래지면서 "하늘나라로 갔어? 해님한테 갔어? 달님한테 갔어?" 천장 쪽(하늘 쪽)을 고사리 같은 손가락으로 가리키며 말한다. 나는 그게 무슨 소리인가 했다. "응? 뭐가." 했더니 뒤따라 들어오던 며느리가 말한다. "할머니 컴퓨터를 갖고 놀아서 할머니가 쓰신 글이 모두 날아가 버렸다."고 했더니 그것을 기억을 했다가 나를 보자마자 말하는 것이란다.

그 다음 주에 왔을 때, 내가 일찍 일어나서 워드를 하고 있는데 나랑 같이 자던 손자가 불이 켜진 서재로 와서 말한다. "할머니 내 손을 이렇게 꼭 잡고 있을게 할머니 공부해요." 하면서 제 두 손을 겹쳐 잡고 배꼽 위에 갖다댄다. 어찌 이 모습을 보고 사랑스럽지 않을까. 와락 끌어안고 볼에 뽀뽀를 해 주었다.

그 다음 주에도 손자랑 놀다 쓰다만 글이 있어 컴퓨터를 열었다. 생

각났을 때 몇 줄 더 써놓고 드래그를 했다가 잘못하여 스페이스를 눌러 2, 3일 걸려 애써 써놓은 글이 확 날아가 버렸다. 남들처럼 잘 쓰지도 못하는 글이지만 나름대로 열심히 썼는데 너무 속이 상해 "어머, 어쩌면 좋아." 하고 탄식을 했다.

그때 언제 왔는지 옆에 서 있던 손자가 "할머니, 난 안 그랬어. 난 손을 이렇게 꼭 잡고 있었는데." 해서 보니 정말 내 옆에 서서 두 손을 꼭 잡아 배에 대고 있었다. "아냐, 이번엔 할머니가 그랬어. 미안해, 미안해."

너무 속상하고 머리를 한 대 맞은 것 같았지만 두 손을 배에 꼭 붙이고 서 있는 손자가 귀엽고 사랑스러워 순간 모두 잊어버리고 손자와 장난감 놀이를 했다.

손자는 내게 전화가 오면 조용히 듣고 있다가 묻는다. "할머니 친구야?" 할 때도 있고, 여동생과 전화를 하면 "인숙이야?" 한다. 동생은 전화 저편에서 손자 목소리를 듣고 "그래, 나 네 친구 인숙이다." 한다. 저에게는 이모할머니다. 내가 말하는 대로 저도 따라 말하는 것이다. 전화 소리 하나하나에도 그냥 넘겨듣는 법이 없다. 모두 기억하고 있다.

꽃 중에는 인(人)꽃이 제일 예쁘다는 말이 꼭 맞는 말이다. 정말 남에게 맡기지 않고 내가 데리고 살면서 손자의 재롱을 맘껏 누리고 싶다. 아이들도 그걸 원한다. 하지만 내 나이가 60말에 접어들고, 하느님은 공평하여 만복을 주시지는 않는 것인지 건강에 문제가 생겼다.

6년 전부터 눈에 이상이 와서 컴퓨터를 조금만 해도 눈이 아프고 피로하다. 허리도 안 좋으니 오래 서 있거나 일을 조금만 해도 드러눕고 싶다. 성격상 쉬지 않고 무언가 일을 만들어 하다 보면 병이 난다.

이러니 내 귀여운 손자를 봐줄 수가 없는 것이다. 손자는 오면 반갑고 가면 더 반갑다고들 한다. 정말 손자는 사랑스럽고 같이 있는 순간만큼은 언제 아팠냐는 듯 힘이 솟는다. 이렇게 늙어가는 내겐 귀여운 손자가 삶의 보람과 힘을 불어넣어 주는 천사요, 요정 같은 존재다.

글이 다 날아간들 어떠랴. 다시 쓰면 되는 것이고, 내가 힘들면 어떤가. 귀여운 내 손자만 별 탈 없이 무럭무럭 잘 자라주면 된다. 이 할미의 소망은 오로지 그것뿐이다.

환갑 소동

2001년, 연초부터 자식들은 부산하다. 엄마의 환갑 때문인 것 같다. 요즘 누가 환갑잔치를 하느냐고 여행이나 다녀올 거라고 했지만 자식들은 엄마의 마음을 돌려 보려고 애쓴다.

우리나라 평균수명이 80이 넘고 고령화 사회로 치닫고 있어 요즘 환갑은 옛날과 다르다. 먹고살기 힘들었던 시절엔 환갑까지 살면 장수하는 것으로 보았다. 그래서 환갑잔치를 크게 했지만 지금은 환갑잔치는 물론 칠순잔치도 생략하는 경우를 많이 본다.

사회의 변화에 따라 환갑잔치 대신 직계 가족들만의 축하를 받으며 조용히 해외여행을 떠나는 사람이 늘고 있다. 보기 좋다. 원래 환갑은 자식들이 부모의 은혜에 보답하기 위하여 가족 친지들을 모시고 융숭(隆崇)한 대접을 하는 것으로 알고 있다.

언제부터인가 본인과 자손들이 호텔이나 뷔페에서 화려한 한복을 곱게 차려입고 가무를 겸하여 흥겹고 호화롭게 치르는 것이 보편화되었다. 얼마나 좋은가. 하지만 출입구에서 축의금을 받고 있는 것을 볼 때면 생각이 달라진다. 자녀 결혼도 방명록만으로 축하를 받는 사례가 늘고 있는데, 고령화 시대에 살면서 젊은 환갑노인을 빙자하여 자식들이 돈을 챙기는 것 같아 보기가 그렇다.

'환갑이 뭐라고, 여행이나 다녀오면 되지.' 하는 내 마음과는 달리 자식들은 무척 걱정스러운가 보다. 번갈아 졸라댄다. 엄마는 해외여행은 자주 다니니 환갑여행만으로는 의미가 없다고, 환갑이 또 있느냐며 칠순에나 하겠다는 엄마의 뜻을 영 따라주지 않을 기세다.

여행은 아프리카로 함께 가잔다. 남자들은 직장 때문에 못 가고 두 딸과 손자 손녀들이 엄마를 모시고 가기로 했단다. 어떻게 바쁜 남편을 두고 초등학생을 데리고 20일이나 여행 떠날 생각을 할 수 있느냐고 꾸짖었더니, 엄마를 즐겁게 해 드리려고 의논하여 결정한 것이란다. 나는 내 마음을 편하게 해 달라고 잘라 말했다.

3월 중순, 두 사위와 아들 이름으로 같은 날짜에 같은 금액의 여행비가 통장으로 들어왔다. 거금이다. 가슴이 뭉클해 온다. 돈보다도 자녀들의 마음 씀씀이가 고맙고 대견스럽다.

두 매형들에게 '큰형, 작은 형' 하며 막내 티만 내던 아들이 엄마의 환갑 앞에서는 '나 여기 있소' 하고 아들의 위상을 높인다. 집안의 대소사엔 언제나 딸과 사위들이 앞섰는데 이번엔 아들과 의논하는 눈치다.

아들은 환갑잔치를 안 하겠다는 엄마의 뜻은 아랑곳하지 않고 2월

10일, 미국 장기출장을 가기 전에 강남 A호텔 예약과 가족 친지들에게 전화를 하고 떠났단다. 초대받은 측에서 전화가 와서야 아들이 그런 것을 알고 놀랐다.

아, 이래서 아들, 아들 하는구나. 어리기만 한 줄 알았던 아들이 다시 보인다. 엄마를 생각하는 아들의 갸륵한 마음이야 눈물겹게 고마웠지만 내 뜻이 아니었기에 아들이 출장에서 돌아온 뒤 예약을 모두 취소했다.

자식들은 손님 초대하기를 거부하는 엄마에게 우리 식구만이라는 조건으로 4월 1일 일요일, 63빌딩 뷔페식당에서 모였다. 분당의 큰딸 세 식구와 거제도에서 새벽 5시에 떠났다는 작은딸 네 식구, 안양에서 두 식구 모두 아홉 명이 예약된 자리에 앉아 케이크에 촛불을 켜고 축하 노래를 불렀다. 점심 후 수족관을 관람하고 영화도 보았다. "어머니가 안 가 보신 곳 아프리카에 꼭 다녀오라."는 인사를 받고 모두 헤어졌다.

아들과 집으로 돌아오는데 눈물이 솟는다. 손녀 손자와 헤어지며 흘린 눈물 때문만도 아니다. 자식들이 그토록 원하는 '가족과 친지들 모시고 남부럽지 않은 환갑잔치를 해 드리고 싶은 것이 저희들의 소원'이었다는 자식들의 말이 가슴을 자꾸 쓸어내린다. 끝내 그 작은 소원 하나 못 들어주고 효심을 접어둔 어미의 마음이 편하지 않기 때문이다.

환갑을 여행이나 하면서 조용히 보내고 싶었다. 내 나이가 60이 넘었다는 것을 실감하기 싫어서도 아니고, 옆에 나란히 앉아 있어줄 남편이 없어서도 아니다. 조금은 고집스레 살아온 나였지만 올해만은 가족들이, 형제들이, 친지들이 내 뜻대로 두지 않았다.

생각해 보면 친정어머니처럼 내 환갑은 이렇게 해 달라고 당당하게 말하는 편이 좋지 않았을까? 25년 전, 시골에서 일 년에 몇 번씩 큰 잔치를 하기란 쉬운 일이 아니었다. 자식들은 홀로 사 남매를 힘겹게 키워내신 어머님의 뜻에 따라 기쁜 마음으로 최선을 다하여 즐거움을 드리려 했고, 그렇게 함으로써 사람들은 자식들을 칭찬해 주었다. 결국 친정어머니는 자식들을 효자 효녀로 만드신 것이다.

나는 안 한다 안 한다 해놓고 자식들의 효심을 내세워 주지 못한 어미이면서도 1년을 내 환갑으로 더 부산하게 보내야 했다. 어차피 모두가 내 뜻대로 안 될 바에야 '자식들 뜻에 따라줄 걸…' 때늦은 자성을 해 본다.

더도 말고 덜도 말고 지금처럼만

3월 초순 아직 이른 봄인 어느 날, 아들이 직장 상사의 영구조라며 밤을 새우고 한낮에 들어왔다. 주머니 속에서 흰 면장갑을 꺼내놓고, 검은색 정장을 옷걸이에 걸어놓는다. 나는 아무렇지 않게 관을 운구할 때 쓰던 흙투성이의 흰 장갑을 목욕탕에 갖다놓는다. 텔레비전에서나 보았던 운구행렬의 맨 앞에 몇 명의 건장한 청년이 관을 들고 장지로, 화장터로 가는 것을 보았을 뿐이다.

그러던 것이 어느덧 아들이 커서 저를 아껴주시던 직장 상사의 할머님을 모시게 된 것이다. 어릴 때는 운구는커녕 상여 집만 봐도 무서워서 그 길로 못 가고 오 리길을 돌아갔고 젊은 나이에도 상갓집에 가면 영정사진만 봐도 섬뜩하여 혼자는 들어가지 못했다. 나이가 들면서부터는 집안의 부모님이나 친지 등이 세상 떠나는 일을 자주 접하고 경사보다는 불행에 처한 집을 더 찾아가게 된다.

오늘 아들이 다녀온 직장 상사의 할머니는 아들이 대기업의 중역으로 부족함 없는 가정에서 살면서 100수를 며칠 앞두고 앓지도 않고 저녁 잘 잡수고 말씀 중에 가셨다니 얼마나 복이 많은 분이신가. 나이가 들면 누구나 998834일을 뇌이며 종교가 있는 사람이든 없는 사람이든 편히 세상 떠나기를 원한다. 그런 분을 운구하며 사용한 장갑은 나에게도 그런 행운이 올 것 같다. 나이를 먹는다는 것이 이렇게 변하는가를 생각하면 씁쓸한 마음이 든다.

얼마 전 여성회관에서 배울 게 많아 몇 과목을 신청할까 하고 찾아갔더니 과목에 따라 55세 미만이라는 나이 제한이 있었다. 어쩌다 한두 과목에서 60세 미만만 자격이 있다 하여 쓸쓸히 돌아서야만 했다. 그렇다고 아직은 노인대학이나 노인회관에 갈 나이는 아니고 해서 불편하지만 전철과 버스를 갈아타고 서울에 있는 백화점 문화센터에 가서 몇 과목 신청했다.

내 고장 여성회관의 수강료는 백화점 문화센터에 비하면 저렴하다. 비싼 수강료를 내면서 서울로 오가는 시간이면 여성회관에서 한두 과목을 더 배울 수도 있는데 나이 먹었다는 이유 하나만으로 퇴짜 맞은 것이다.

인생은 60부터란 말이 나에게 꼭 맞는 말이다. 삼 남매 모두 시집 장가 보내고 홀가분하게 내 삶을 온전히 누릴 수 있었던 나이가 60부터였다. 50초반에 두 딸을 결혼시키고 그동안 하고 싶었던 공부며 여행, 모임 등 눈코 뜰 새 없이 바쁜 일과를 보내게 되었다. 열심히 살면서 60이 넘으니 내가 잘난 것도 아닌데 분에 넘치게 호강할 때가 종종 있다.

내가 몸담고 있는 크고 작은 모임이 여럿 있다. 그중엔 자부심을 갖고 일하는 즐거운 만남도 있고 보람이 있는 일도 있지만 때론 아는 것이 적어 후회되는 곳도 있다.

해마다 12월이면 조선호텔 행사에 초대된다. 많은 하객 중엔 꽤 높은 사람들이 각국에서 오고 내로라하는 내국인도 많이 만난다. 행사 전에 행사요원이 넓은 쟁반에 받쳐 가져온 주스 한 잔을 들고 오랜만에 만나는 귀하신 분들과 인사를 나눈다. 본행사가 시작되고 끝날 때까지 우리말은 한마디도 없이 모두 영어로 진행된다. 내 옷장에서 제일 값지고 좋은 정장에 명품 백을 들고 참석하지만 그때처럼 부끄럽고 후회스러울 때가 없다.

주빈인 내 친구 내외는 학교 다닐 때부터 콘사이스를 옆에 끼고 살더니 역시 성공하여 진행 중에나 담소 중 내내 외국인들과 영어로 유창하게 대화한다. 나는 거의가 따라 웃는 신세다. 그곳에 가면 내 처지가 아주 작아 보인다. 후회된다. 다시 태어나면 꼭 외국어 공부에 철저할 것이며 노력하는 만큼 성공한다는 것을 잘 알기에 최선을 다할 것이다.

지금도 늦지 않았다고 책과 친구가 되려고 열심히 공부해 보지만 머리에 들어오지 않는다. 가까스로 들어온 것은 며칠도 지나지 않아 모두 날아가 버린다. 또 외우고 노트에 수없이 써 보지만 얼마 지나지 않아서 잊어버린다. 해서 입버릇처럼 말한다. 5년만 젊었어도, 다시 태어난다면, 그러나 그 5년 전에도 지금과 똑같았다. 이제 60이 넘으니 기회를 놓친 것 같은 아쉬움이 들어 그럴 뿐이다. 공부도 때가 있다는 말이 정말 맞는 말이다.

"진갑이 지나니 확 달라지더라."는 선배들의 말에 나는 절대 안 그럴 거라고 자신했었다. 그런데 선배의 말을 실감하고 있다. 수도 없이 늘어놓은 여러 일들을 하나씩 정리할 때가 되었다는 생각이 든다. 힘이 달리는 것이다.

그동안에 살아온 삶이야 어떻든 그래도 열심히 살아온 내 인생, 아들의 직장 상사의 할머님만큼은 아니어도 내 삶의 작은 그릇에 행복이 가득 찬 삶이었다. 이만하면 되었지 더 뭘 바라겠는가. 남은 날들도 더도 말고 덜도 말고 지금처럼만 보람 있고 즐겁고 건강하게 살다가 갔으면 싶다.

아들의 직장 상사 할머님처럼 앓지 않고 조용히 갔으면 하는 바람으로 아들이 운구할 때 쓰던 흙 묻은 흰 장갑을 쓰레기통에 넣지 않고 비누질하여 깨끗이 빨아 줄에 널어놓는다.

환갑 기념여행

4월 4일, 친정 형제들 6명이 '누나는 엄마 대신' 이라며 한식 연휴를 이용하여 여행하잔다. 우리는 내 환갑을 기념하여 마닐라 보라카이로 4박 6일 동안 여행을 떠나게 되었다. 친구들과 떠나는 여행과 분위기가 사뭇 달랐다.

필리핀은 섬이 많은 나라로 알고 있었지만 그 많은 섬들이 관광자원이라는 것은 여행을 통해서야 알게 되었다. 우리 일행이 이용한 관광코스는 휴양지 정규 코스여서 볼거리가 많지 않았지만 옵션으로 신청한 씨푸드(큰 바다가재, 새우, 조개 요리 등), 예쁘고 색이 고와 잡기조차 애처로운 열대어 바다낚시, 작은 보트를 타고 물을 거슬러 올라가는 꽉상한폭포, 산호모래에 앉아서 바라본 낙조의 황홀경은 두고두고 잊지 못할 추억거리를 만들어 주었다.

가는 곳마다 가이드에게 특별 주문해 온 대형 케이크를 놓고 축하

팡파르를 울린 뒤, 그곳에 온 관광객들과 함께 나누어 먹으며 축하를 받았다. 엄마가 돌아가신 후 처음으로 형제들과 여러 날 즐거운 시간을 함께 보냈고, 자식들의 환영을 받으며 돌아왔다.

며칠 후, 4월 12일은 내 환갑날이어서 아침부터 자식들의 축하를 받으며 강남에 A호텔에서 가까운 친지들과 형제들만 모여 온 하루를 즐겁게 보냈다. 시댁에서도 내 뜻과는 상관없이 축의금과 선물들을 보내와 그분들을 모시고 또 강남 H가든에서 30여 명이 저녁을 함께 했다.

여름이 지난 후 아이들은 또 여행 계획을 세웠다. 추석연휴에 모두 갈 수 있는 가까운 곳인 싱가포르 빈탄으로 정하고, 9월 29일~10월 4일까지 4박 5일 동안 사랑하는 가족들과 함께 관광을 떠났다.

싱가포르는 작은 나라지만 가는 곳마다 정돈이 잘 되어 있고 깨끗하여 첫인상이 아주 좋았다. 많은 관광객이 찾는 휴양지 빈탄은 산호가루 모래섬으로 아주 조용하고 낭만적이며 바닷물이 얕아 아이들도 안심하고 놀 수 있기 때문에 가족단위로 찾는 관광객이 많은 편이다. 우리 식성에 맞는 음식도 풍부하여 금강산도 식후경이라는 말을 실감하며 요리를 즐길 수 있다.

가족과 여행하면서 가장 행복했던 것은 자식들의 화기애애한 모습을 보는 것이었다. 내 생애 가장 큰 행복이요, 큰 기쁨을 남편과 함께 누렸다면 얼마나 좋았을까 생각에 미치자 목이 메어왔지만, 남편도 저승에서 우리의 행복을 빌어주리라 믿으며 생각을 접어두기로 했다.

옵션을 할 때마다 식구가 9명이나 되어 부담되는 금액인데도 사위

들은 서로 내려고 앞 다투어 뛰어가는 장면도 보기 좋고 바라만 보아
도 흐뭇했다. 자식들을 앞세우고 다니며 혼자 살아온 긴 세월을 보상
받은 듯 호강했다.

영화에서나 볼 수 있었던 그곳 관광 상품인 열대무늬 옷을 똑같이
맞춰 입고 선물을 사서 나눠 갖고 네 것 내 것 없이 서로 아껴주며 가
족 간의 사랑을 더욱 돈독히 다졌다. 가족끼리 다녀온 여행은 내 삶
에 활력소가 되어주었다. 다음 가족 여행은 어미인 내가 주선하고 비
용도 부담하리라.

연말여행

세월이 나이대로 간다더니 그새 연말이 되었다. 삼 남매는 연중행
사인 연말 가족 여행을 계획하고 25일부터 27일까지 강원도 홍천에
콘도를 예약했다. 삼 남매가 지척에 살면서 분위기가 좋거나 맛집이
있으면 자주 모이는데도 항상 새롭다.

세 가족이 머물 수 있게 객실 세 개를 나란히 잡아놓고 각자 편리한
시간에 떠나기로 했다. 아들 가족과 내가 제일 늦게 도착했다. 큰딸
과 작은딸네는 아침부터 서둘러 눈도 조금 내리고 길도 별로 안 막혔
다는데 우리는 오후 3시에 출발했더니 남춘천 IC에서부터 눈이 많이
내리고 길도 막혔다. 경춘고속도로가 생긴 뒤론 한 시간이면 갈 수
있는 거리를 2시간 반이나 걸려 도착했다.

스키장에서

첫째네와 둘째네는 벌써 도착하여 스키를 타고 있었고, 큰딸과 작은딸은 모두 함께 먹을 수 있도록 저녁을 준비해 놓고 있었다. 첫째날은 그렇게 세 가족 11명이 둘째네서 저녁을 먹고 또 야간 스키를 타러 나갔다. 네 살배기 손자도 스키복을 입으니 엄청 커 보이고 의젓했다. 손자는 아직 어려서 눈썰매를 탄단다. 스키복을 입고 복도를 가득 메우며 제 아빠를 따라가는 손자 손녀들을 바라보는데 가슴이 뿌듯하고 기쁨이 목까지 차오른다. 큰딸은 카메라를 들고 뒤따라가고, 작은딸과 나는 지하에 있는 슈퍼에 가서 각방에 쓸 생수랑 아침거리를 장봐왔다.

큰딸은 승무원 시절 짧은 휴식시간에도 기회만 되면 외국 앵커리지 등에서도 스키를 타던 솜씬데, 몇 년 전 스키 타다 크게 다쳐 대수술을 받은 후론 다시는 안 타고 남편과 아들의 뒤에서 사진만 찍어준다.

작은딸은 내성적이라 집에서 책을 보거나 영화 보는 걸 좋아한다. 스키장에 와서도 남편과 아이들을 따라가지 않고 나하고 밖에 나가 눈을 밟으며 구경만 하다가 지하 슈퍼에서 장을 봐와 각 방에 생수와 간식거리를 나누어 넣어주었다.

손자를 데리고 눈썰매에 갔던 아들네가 돌아오고, 스키를 타러 갔던 식구들도 모두 돌아왔다. 스키장은 휴식시간을 이용하여 야간 스키를 대비하느라고 눈 고르는 차가 분주히 움직인다.

큰사위와 손자는 사람이 적은 시간을 이용하여 새벽 5시까지 타려고 야간 티켓을 샀고, 둘째사위는 둘째 외손녀가 스키를 못 타 가르쳐

주었더니 이제는 제법 탄다며 즐거워했다.

초저녁, 둘째네 방에 모두 모여 있는데 갑자기 밖에서 폭죽 터지는 소리가 요란하더니 밤하늘에 환상의 세계가 펼쳐진다. 우리는 창밖으로 뛰어나가 가까이서 밤하늘에 수놓는 불꽃에 환호성을 질렀다. 작은 불꽃에서부터 아주 높이 치솟는 큰 불꽃까지 펑펑 터지며 하늘로 오를 때마다 열한 명의 탄성은 폭죽 소리만큼이나 크게 화음을 이루었다. 현란한 불꽃놀이는 한참만에야 멎었다. 오늘이 크리스마스라 콘도 측에서 장만한 이벤트였다.

행복한 하루

아침은 큰딸과 작은딸이 가지고 간 재료로 큰딸 방에서 아침 식사를 준비했다. 떠나올 때는 일어나는 시간이 다 다르니까 아침은 각자 가족끼리 해결하고 점심과 저녁만 같이하기로 했는데 준비해 온 재료가 너무 많아 두 딸은 아침도 준비했단다.

첫날은 각방에서 수저와 식기를 준비하는 방에 갖고 가서 남자들부터 먹고 여자들이 먹으니 복잡하지도 않고 정겨워 좋았다. 하나밖에 없는 며느리는 항상 언니들에게 할 일을 빼앗기고 "그런 게 어디 있어요." 하며 앙탈이다. 두 딸은 저희들보다 어린 올케를 막내라고 봐주니 보기 좋다.

며느리는 어린 아들 때문에 잠 한번 푹 자지 못하고, 밥을 먹을 때도 아들 먹이느라 밥 한번 제대로 먹는 일이 없으니 안쓰러워 항상 봐주게 된다. 나나 딸들이나 다 겪어온 일이잖은가.

토요일 새벽, 작은사위는 예약 환자가 있다고 그곳에서 서울로 출근하고, 큰사위는 사업을 하니 쉬면서 아들과 함께 아침부터 또 스키를 타러 나갔다. 큰딸은 사진 찍어 싸이월드에 올리기를 좋아하여 어디든 카메라를 들고 따라 나간다.

아들 내외는 한 직장에 다니는데 연휴로 여러 날 쉰단다. 아들과 눈썰매를 타고 오선월드에 가서 사우나하고 점심도 그곳 식당에서 먹겠단다. 손녀들은 어제 스키를 탄 것이 다리가 아프다고 외삼촌을 따라나선다. 결국 오늘도 작은딸과 나만 남게 되었다. 밖에 나가 눈 쌓인 들판을 거닐다가 지하에서 궁중 떡볶이와 수제비로 점심을 먹었다.

6시엔 콘도 근처 갈비집에 11명을 예약하고 식당차가 오기로 했다. 출근했던 작은사위가 오고, 온 하루를 스키만 타던 큰사위네 세 식구도 왔다. 6시가 다 되어도 사우나 간 식구들이 안 와서 우리들은 차를 타고 오선월드 앞까지 가서 방금 나온 식구들을 모두 태우고 갈비집으로 갔다. 예약된 방으로 안내되었는데 스키시즌이라 그런지 식당은 많은 사람들로 북적인다. 방도 따뜻하고 음식 맛도 좋다. 저녁 식사 값은 며느리가 석사학위 논문 패스했다고 아들 내외가 냈다.

식사 후 식당차로 데려다 주어 콘도에 도착했다. 지난번처럼 볼링하자며 가는데 노래방 표시가 있으니 노래방은 어떻겠냐고 큰사위가 말했다. 가족끼리는 한 번도 노래방엔 간 적이 없었는데 내가 "그래 노래방으로 가자." 며 앞장을 섰다.

노래에는 자신이 없어 동창 모임이나 각종 모임에서 노래방 갈 일

이 있어도 따라가지 않았고, 장거리 여행할 때 차 안에서 마이크가 차
례로 왔을 때도 핑계를 대며 따돌리곤 했는데 무슨 호기로 그랬는지
모르겠다.

음정 박자 가사에 자신이 없어 노래를 부르지 못하지만, 그보다도
조용히 가는 것이 좋아 벌금은 내도 노래는 안 했다. 그러다가 노래
방문화에 적응하기 위해 음치탈출 노래교실에 등록을 하고 세 시간
배웠다. 마이크 잡는 법부터 못 불러도 자신 있게 부르라는 강사 말
을 듣고 연습했다. 겨우 세 시간 배워놓고 가족들을 노래방으로 안내
했던 것이다.

그곳 노래방은 크고 작은 방이 많았다. 우리는 대가족이라고 큰 방
을 주어 11명이 다 둘러앉았는데도 자리가 남는다. 간 크게 내가 먼
저 마이크를 잡았다. 〈초대〉를 입력했다. 잘될 리가 없다. 처음에는
못 따라가다가 곧 따라 불렀다. 배울 때는 잘 부를 수 있을 것 같았는
데 막상 다른 곳에서 마이크를 잡으니 어려웠다. '그래 이렇게 하면
되는 거야.' 자신이 조금은 붙었다.

큰사위는 워낙 목소리가 좋고 결혼 전에도 많이 들어 보았지만 작
은사위 노래는 한 번도 들어 본 적이 없다. 나는 오늘은 누구도 마이
크를 빼놓을 순 없다며 무조건 불러야 한다고 엄포를 놓았다.

내 뒤를 이어 큰사위가 노래를 불렀다. 역시 잘 부른다. 그 다음 네
살배기 손자가 저의 엄마와 같이 나와 〈곰 세 마리〉를 부른다. 가사
하나 안 틀리고 잘 부른다. 다음은 큰딸, 며느리, 큰손녀, 큰손자, 잘
못 부른다고 뜸들이며 내숭떤 작은손녀, 작은딸, 아들 돌아가며 순서

대로 불렀는데 모두가 가수였다.

특히 외손녀 외손자들은 랩이면 랩, 팝송이면 팝송, 요즘 유행하는 그룹가수들의 노래는 모두 다 부르고 목소리도 꾀꼬리다. 부모들도 처음 듣는 노래이고 보니 모두 놀라 공부는 안 하고 노래방만 다녔느냐고 놀리기도 하면서 떠들썩했다.

노래가 나올 때마다 아들과 며느리 작은딸은 엉덩이를 실룩실룩하며 춤을 추어서 분위기는 웃음바다였다. 마지막으로 작은사위가 마이크를 잡았다. 얼마나 못하면 그렇게 들을 수 없었을까. 결혼 후 18년 동안 한 번도 부른 적이 없어 음치인 줄 알고 기대도 안 했었다. 헌데 '오잉?' 모두 놀랐다. 박자 음정 가사 하나 틀리지 않고 잘 부른다. 둘째손녀가 아빠를 닮아 내숭이었나 보다.

한 사람이 몇 곡씩 부르니 두 시간이 훌쩍 지났다. 네 살배기 손자도 다른 사람들이 하는 걸 보더니 얼굴 하나 붉히지 않고 잘 부른다. 정말 온 가족의 노래는 처음 들어 보는데 모두 가수다.

큰딸은 또 카메라를 들이댄다. 우리 집엔 카메라맨이 둘이 있다. 큰딸과 작은사위다. 작은사위는 렌즈가 큰 대형 카메라로 케이스를 짊어지고 다니면서 찍고, 큰딸은 손쉬운 작은 카메라를 항상 갖고 다니면서 찍어서 CD로 만들어 각 집에 돌린다.

행복한 하루를 보내고 큰딸 방에 모이려고 들어서는 순간 또 폭죽이 터진다. 앞 창문을 열고 나가 불꽃놀이를 구경했다. 모두가 우리를 축복해 주는 것 같아 더욱 기뻤다.

삼 남매의 효심

삼 남매가 모여 내년으로 돌아오는 엄마의 칠순을 어떻게 할 것인 가를 의논하는 눈치다. 10년 전 내 환갑 때와 똑같이 걱정하고 의논 들을 한다. 얼마 후 나를 부르더니 몇 가지 안건을 내놓는다.

1안 : 엄마 친인척들과 가족, 엄마 친구들만 호텔에서 모시기.
2안 : 엄마 친인척들과 가족만 호텔에서 모시고, 가족이 다함께 연휴를 이용해 휴양지로 해외여행하거나 아니면 엄마 혼자 좋은 곳으로 여행 보내 드리기.
3안 : 모두 청하여 장구 치고 북 치고 이벤트 회사 불러 대대적으로 잔 치하기.

이 세 가지 안건을 내놓고 내게 어떻게 하는 것이 좋겠느냐고 엄마 가 주인공이니 엄마의 뜻을 따르겠다고 한다.

생각해 보면, 나보다 먼저인 시아주버니도 시누이도 칠순을 하지 않았다. 그 많은 동창 중에도 춘천에 사는 여고동창 단 한 사람만 칠순잔치를 했을 뿐, 친구들은 가족들끼리 조용히 보내고 여행을 했다. 그래서 친구의 칠순잔치에 가 본 적이 없다. 모임에서도 칠순 된 친구가 분위기 좋은 곳에서 밥 한 끼 사면 그만이다.

3안은 아예 싫고, 2안이 제일 좋을 것 같지만, 아직 시간이 있으니 좀더 생각해 보자는 말로 끝을 냈다. 나름대로 다른 준비를 하고 있기 때문이다.

삼 남매는 또 아버지의 산소를 시안(납골묘)으로 모시자는 안건을 내놓는다. 큰사위가 하도 졸라 아들과 시안에 가 보았다. 서울에서 40분 거리 분당 딸집에선 15분 거리였다. 가까워서 좋고 산 중턱까지 깎아 만든 대단지로 깨끗하고 자리도 많이 남아 있다. 그러나 그것도 몇 평 안 되는 공원묘지일 뿐이다. 모두 대리석으로 만들어진 납골당으로 후대에까지 묘를 사고 쓰는 번거로움 없이 몇 기든 모실 수 있는 장점도 있다. 편리하고 관리가 잘되어 있어 가족들이 바쁜 일로 성묘를 못한다 해도 항상 깨끗할 것이다.

지금 모신 산엔 윤달 든 해에 두 번이나 세 번째에 잔디를 다시 입혀야 하고 때마다 벌초를 해야 한다. 어쩌다 제때 못 가면 잡초가 무성히 자라 쑥대밭이 된다. 큰딸 내외는 그렇게 고생하지 말고 깨끗이 모시면 좋지 않느냐는 거다.

큰사위는 벌써부터 돈을 준비해 놓고 내 허락을 기다리고 있다는 것이고, 작은사위는 사위대로, 아들은 자기가 아들이니까 사면 저희가 산다고 나선다. 아이들은 제각기 저희들이 수천만 원 하는 납골묘를 사겠다고 한다. 남편과 나만을 위한 것이 아니고 대대로 쓸 수 있다는 점에선 나도 찬성한다. 참 고맙다. 하지만 나는 나대로 생각이 있다.

내가 죽으면 화장하여 산에 뿌려 나무의 거름이 되게 하고, 경치 좋은 산사에 위패 하나 놓으면 제일 좋을 것 같다. 죽어서도 돌 항아리에 담겨 돌로 둘러싸인 납골묘에 갇혀 있는 것이 답답할 것 같다.

언젠가부터 유언장을 써놓고 사정이 바뀔 때마다 다시 작성해 놓는다. 물려줄 큰 재산은 없지만 내가 사는 동안 먹고 쓰고 갈 때까지 다 준비해 놓았으니 우리 사랑하는 자식들의 마음만 고맙게, 고맙게 받겠다고 말했다.

효자 효녀인 삼 남매가 한 가족처럼 서로 위하고 배려하며 화기애애하게 살면서 이 어미를 즐겁게 해 주려고 애쓰는 모습들을 바라보는 것만으로도 행복하다. 일찍이 혼자되어 애간장 녹이는 아픔도 겪었지만 삼 남매가 반듯하게 성장하여 행복하게 살고 있으니 얼마나 큰 축복인가.

나는 삼 남매에게 혼자 살아온 날들에 대한 보상(報償)을 충분히 받았다고 자부한다. 한 가지 소망이 있다면 늘어난 내 가지들이 튼실하게 잘 자라 이 사회에 밑거름이 되고 훌륭한 재목이 되기를 바라는 마음뿐이다.

5

미국 서부여행 일지

큰딸 가족과 함께

언제부터인가 딸 애찬론이 우리 사회에 만연되기 시작했다. 할머니에게 꼭 필요한 다섯 가지 조건인 딸, 돈, 건강, 친구, 찜질방 중 첫째가 딸이다. 우스갯소리로 주고받는 말이지만, 현실을 들여다보면 딱 맞는 말이다.

큰딸이 결혼하여 아들 하나 낳고 미국 밀워키(Milwaukee)에 있는 위스콘신(Wisconsin) 주립대학교로 유학길에 올랐다. 아들만 데리고 미국으로 떠났던 딸은 남편의 외조를 받으며 열심히 공부하여 목표를 달성했다. 딸의 졸업식 참석차 미국에 도착하여 큰딸 가족과 함께 두 달에 걸쳐 미국 서부여행을 하며 추억을 만들었다.

밀워키는 시가지에 들어가기 전에 바다 같이 넓은 미시간 호수와 호수를 끼고 있는 Art Museum이 먼저 사람들을 반긴다. 이 Art

Museum은 칼라트라바가 디자인한 밀워키박물관으로 외형은 돌고래, 비상하는 독수리 날개를 연상시키는 건축물로 아침이면 날개를 펴고 저녁이면 날개를 접는 특이한 건축물이다.

아름드리나무들과 잘 꾸며진 잔디 정원이 아름답고, 조용한 전원도시로 도시계획이 잘되어 있다. 주택가도 도로 양옆으로 잔디가 융단같이 깔리고 그 뒤로 질서 있게 건축물이 들어서 있어 마을 전체가 시원하고 넓어 보이며 안정감이 있다.

꽤 큰 저택들인데도 담과 대문이 없고 건축물 자체에 2중으로 튼튼하게 문을 만들었다. 또 어떤 곳은 담이 튼튼하고 짜임새가 멋있는 철문 사이로 스프링클러가 잔디에 물을 뿌리는 잘 가꾸어진 정원이 보이고 2, 3백 명은 족히 생활할 수 있는 대저택들도 있다. 단 한 채도 똑같은 건축물이 없을 정도로 다른 건축양식은 화려하지 않고 거의 통일된 색으로 중후한 멋을 지니고 있다.

큰 저택의 주인들도 사치하지 않고 겸손하며 외국인을 배려할 줄 아는 참 살고 싶은 곳이었다. 어린 손자도 이곳에서 학교를 다녔다. 어린 나이에 다른 나라 글과 말을 배우면서 얼마나 답답하고 힘들었을까. 외손자의 회화는 영문학, 언어학 석사과정을 마친 제 엄마보다 유창하다.

아침에 커튼을 젖히고 창문을 열면 온 천지가 눈이 시리도록 맑고 깨끗하며 나뭇가지마다 떼 지어 즐겁게 지저귀는 새소리가 정겹고, 미시간 호에서 불어오는 상큼한 공기가 가슴속까지 파고든다.

우리나라에선 연무, 황사로 일 년에 이런 날이 며칠이나 되며 또 도심에서 새소리가 들리던가. 이곳은 한국 사람들이 몇 명 안 되어 손자가 다니는 학교 전 교생 중에서 두 명뿐이고 거리에서도 한국인은 거의 볼 수가 없다.

딸은 졸업하고 밀워키를 떠나면서 갖가지 음식을 장만하여 10분이면 갈 수 있는 아주 넓고 조용한 공원 숲속에서 그동안 정든 한인 가족들과 송별회를 했다. 그 다음 주엔 손자 학교 반 학생들을 초대하여 같은 장소에서 또 송별파티를 했다.

딸이 먼저 선생님과 학생들에게 한국 전통무늬에 예쁜 그림카드를 정성껏 만들어 초청장을 돌렸다. 미국인들은 특별한 일이 없는 한 꼭 참석시키겠다 하고 못 오면 전화해 준다. 모임 장소까지 부모가 데려다 주고 끝나면 데리러 온다. 어찌 보면 번거로워 보이지만 그들은 그것이 생활화되어서 당연히 받아들인다. 그리곤 집까지 찾아와 선물을 주고 가는 사람들도 여럿 있었다.

송별회 땐 사위가 인사동에서 사 보내온 한국 고유의 문양을 새긴 기념품들도 하나씩 나누어 주었다. 손자는 송별회를 하던 날 밤, 제 방문을 걸어 잠그고 얼마나 섧게 소리 내어 우는지 나도 제 엄마도 같이 울었다. 그 어린 가슴에도 정든 친구들과의 이별이 그렇게 슬펐던 모양이다.

딸은 엄마가 계신 동안 밀워키, 시카고 방방곡곡을 관광시켜 주고 한국에 가져갈 책과 쇼핑도 한다며 하루도 집에 있는 날이 없이 바빴다. 항상 다니면서 느낀 것은 미국은 역사가 짧은 나라여서인지 여러 곳을 찾아다녀 보았지만 그리 웅장하거나 볼만한 큰 문화유산은 없다는 것이었다. 거의 모든 시간을 시카고와 근교에서 많이 보냈다.

시카고에는 세계에서 가장 높은 빌딩인 시어즈타워 전망대가 있다. 그곳에서 내려다본 빌딩숲은 운무가 서려 아름다운 스카이라인을 형성하고 있었다. 라운지 기념품 가게에서 기념품을 사는 동안에 빌딩들이 거의 안 보일 정도로 안개가 덮여 있었다. 여행객들은 갑자기 빠른 속도로 몰려오는 안개를 보며 환호했다.

시카고는 미국 제3의 도시, 고층건물의 전시장, 세계에서 가장 많은 항공기가 이착륙하는 오헤어국제공항, 미시간 호에서 미시시피 강 일리노이 강, 5대호와 운하를 거처 캐나다로 이어지는 내륙 수운의 중심지이다. 일 년 내내 바람이 심하게 부는 편이지만, 맑게 갠 여름 날 미시간 호수는 아주 깨끗하고 아름다워 많은 사람들로 붐빈다.

서부여행 시작

한 달이 넘어갈 즈음, 사업을 하는 사위가 한국에서 왔다. 그동안 미국에서 장만하여 쓰던 짐들은 이삿짐센터를 불러 모두 박스에 포장하여 선적하고, 세 들었던 집과 미국 들어오면서 새로 산 차를 처분하고 정리하는데 며칠이 걸렸다.

모든 정리가 끝나자 큰딸과 사위, 손자와 함께 입고 먹을 것들을 여러 개의 작은 가방에 넣어 샌프란시스코까지 타고 갈 렌트한 밴 뒷좌석에 싣고, 밀워키를 출발하여 서쪽으로 계속 달려 15일 동안 다시 오기 어려운 소중한 여행을 시작했다.

여행하면서 미리 인터넷으로 숙소를 찾아 경치 좋은 곳에 예약하고 떠난 곳도 있지만, 예약을 안 했을 때는 호텔이 많은 지역이래도 빈방

176

이 없어 밤새 돌고 또 가고를 반복하며 숙소와의 전쟁을 치러야 했다. 미국은 성수기 땐 모두 그렇다는 것이다.

차 안에는 한국서 갖고 온 식재료와 현지에서 구입한 먹을거리로 꽉 차 있지만 호텔이나 로지(Lodge)를 구하지 못하면 데워 먹을 수가 없어 식사 때를 놓치기도 여러 번 했다.

아침은 호텔에서, 점심 저녁은 현지 식으로 정하고 떠났지만 우리나라처럼 한 고개 넘으면 마을이 있는 나라가 아니어서 먹을 곳도, 쉴 곳도 없는 끝없이 황량한 도로로 계속 달려야만 했다. 그래도 젊고 차도 좋고 길과 공기가 좋아서인지 서울과 부산을 두 번 왕래하고도 다시 편도길 만큼 달렸다고 사위가 말했지만, 피곤하냐고 묻는 말엔 괜찮다고 한다. 피곤으로 졸음운전만 아니면 옆에 차도 거의 없고, 다른 차를 추월하거나 추월당하는 일도 없이 달리니 한국보다는 덜 위험하고 좀 나을 성도 싶다.

끝도 없이 계속되는 동서 횡단 90번 도로, 옐로우스톤(Yellowstone) 가는 길에 주유소를 지나며 다음 곳까지 충분히 갈 수 있을 거라고 게이지를 보며 사위는 말했다. 꼬불꼬불 산길로 들어서면서 날이 저물기 시작했다. 사슴 한 마리가 길가에서 풀을 뜯고 있어 손자와 나는 반가워 소리쳤다. "야, 사슴이다. 길까지 내려와 먹고 있네!" 차가 바로 옆을 지나도 꿈쩍도 하지 않는다. 얼마 지나지 않아 또 한 마리가 길가에서 풀을 뜯고 있다. 더 큰 놈이다. 이곳은 동물보호구역이 많아서 그런지 산에서 내려와 겁도 없이 길가로 다니며 먹을 것을 찾는다. 종류도 다양하다.

긴박한 순간

"어! '0' 이다." 사위의 말에 모두 긴장했다. 연료(Gasoline)가 바닥이 났는데 주유소도 없고 해는 저물어 초조해지기 시작했다. 굽이굽이 산길을 얼마나 돌아가도 주유소는 안 보이고 불빛 하나 없는 산길로 오가는 차들도 30분에 한 대나 지나갈까. 이 산중에서 차가 선다면 밤이라 춥기도 하고 히터도 못 켤 터인데 큰일이다. 지나가는 차라도 있으면 도움을 청하련만 밤이 늦어서인지 지나가는 차는 한 대도 없다. 얼마나 달려왔는지 해가 진 지 오래다.

앞에 딸 내외, 가운데 손자와 나는 숨소리도 못 내고 앞에 보이는 '0' 자로 된 지 오래된 게이지만 쳐다보며 얼마를 더 달렸다. 또 저만치서 헤드라이트 앞으로 시커먼 짐승이 움직이며 길가에 서 있는 것이 보였는데 그때는 누구 하나 입을 열지 못하고 숨소리를 죽이고 지났다. 차 안에 긴장감이 가득해 고개 돌려 옆 사람 볼 엄두도 내지 못했다. 그 긴박함이란 손에 땀이 배일 정도였다. 딴 때 같으면 딸은 제 남편을 원망했을 것이다. 미리 준비하지 않았다고 한마디 했을 법한데 침묵으로 일관했다. 말은커녕 숨소리에도 연료 없는 차가 멈춰 설 것 같아 차 밖에도 차 안에도 적막만 흘렀다.

그때, 사위가 소리쳤다. "야! 주유소가 가까이 있는가 보다." 길가에 작은 나무표지판이 보였단다. 그러고도 또 얼마를 불빛 하나 없는 구불구불 산길을 초조한 마음으로 달렸다. 한참 후에야 저 아래 좌측에 불빛 하나가 보였다. 모두 눈이 휘둥그레졌다. 저긴가 보다. 속으로만 말했다.

과연 주유소였다. 그곳까지 어떻게 갔는지 네 사람은 그제야 한숨을 내리쉬었다. 차를 주유소가 있는 길가에서 조금 떨어진 언덕 아래 세웠다. 40대로 보이는 여자 주인이 혼자서 주유소 사무실 문을 닫고 마지막 계산을 하고 있는 중이었다. 5분만 늦었어도 어쩔 뻔했나. 주유소가 문을 닫았으면 우리는 정말 오도가도 못 하고 추위에 떨며 꼼짝없이 다음날 주유를 할 때까지 아까운 시간을 허비하며 얼마나 많은 고생을 했을까. 전장에서 천군만마를 얻은 기분이 이럴까.

주유를 하고 나서야 그동안 못한 말들을 하느라고 차 안이 떠들썩했다. '하하 호호' 웃음도 큰소리로 마음껏 웃을 수가 있었다. 사위는 설마 이렇게 주유소가 없을 줄은 몰랐다며 놀란 가슴을 쓸어내렸다.

그동안 긴장 초조했던 이야기를 하며 밤새 달려 호텔로 들어갔을 때까지 피로도 배고픔도 까맣게 잊고 있었다. 사람의 피로나 시장기는 아무 문제가 안 되었던 것이다. 말은 못해도 네 식구를 태우고 밤낮을 달리는 밴에게 밥(휘발유)을 충분히 때맞춰 먹이는 것이 제일 중요하다는 것을 뼈저리게 느꼈다.

천상의 선녀들이 내려와 노닐던 곳 같은 신비하고 아름다운 옐로우스톤, 자연이라 보기엔 믿어지지 않는 아름다운 신의 조형물 아치스 국립공원, 그랜드티톤의 눈 덮인 산, 맑은 호수, 그리고 아름다운 자연을 볼 수 있는 창이 달린 작은 교회, 도저히 살 수 없을 것 같은 인디언들의 절벽 주거지, 검은 바위에 새겨진 미국 대통령의 얼굴들, 그리고 멀리 보이는 또 다른 바위에 새기는 아직도 끝나지 않은 인디언 추장(Crazy Horse) 모습의 러스모어, 자연의 폭포가 장관이고 세쿼이

아 나무들의 요세미티, 향락과 도박의 도시 라스베이거스 등을 돌아
보며 감동하고 감탄했다.

　많은 관광을 다녔지만 또 다른 묘미를 느끼며 큰딸 가족과 함께 추
억을 저장했다. 딸은 옐로우스톤 가는 길에 연료가 떨어져 아찔했던
순간을 지금도 잊지 못하고 다시 가서 그 주유소 주인 여자에게 고마
웠다는 인사를 하고 싶단다.

미국 서부여행 일지

시카고에서 렌트한 흰색 밴에 일용할 짐을 싣고 아침 일찍 출발했다.

손자가 일주일 전, 이곳에서 학업을 마치며 마지막 캠프(Camp)를 떠났다. 동서 횡단 90번 도로로 2시간쯤 가다 보면 산속에 맑은 호수가 있고 통나무집들이 즐비하다. 바로 규모가 큰 Camp Anokijig이다.

캠프 일정이 끝나지 않은 손자를 데리고 환상의 세계로 출발했다. 미국 서부여행을 시작한 것이다. 가도 가도 끝없는 넓은 벌판엔 풍력 발전기 천지이고 초원 위엔 둥글둥글 말려 있는 건초더미들, 한나절이 지나 Minnesota 주의 강가 레스토랑에서 점심을 먹으면서 휴식했다. 얼마나 큰 땅덩어리인지 온 하루를 달리고 달리는 차 안에서 보내고 첫 밤은 Sioux Falls에서 숙소를 구하지 못해 멀리 떨어진 외딴

곳 로지(Lodge)에서 잤다.

★ Jun. 25 Little Town on the Prairie

미국 초창기의 주요 목표 중의 하나인 서부 개척을 위해 홈스테드 법이 생겼다. 1862년 남북전쟁 때에 만들어진 홈스테드 법은 5년간 한 장소에 머물며 개척한 자에게 160에이커의 토지를 그냥 준다는 법이다.

『초원의 집』의 배경은 19세기 후반의 개척기 이야기다. 꼬마가 살던 초원의 작은 집과 성장하면서 겪은 일들, 그리고 남편이 된 알만죠의 어린 시절과 둘의 결혼 시절까지.

그 당시 미국의 발전사가 가득하고 가족 간의 사랑과 자연과 더불어 살아가는 인간의 모습도 함께한다. 주인공의 로라잉걸스 와일드의 자전적 이야기다. 로라 가족들은 홈스테드 법에 따라 농장을 불허받기 위해 미주리 주, 캔사스 주를 거쳐 South, Dakota에 정착한다.

소설의 저자 로라잉걸스 와일더(1867. 2.7~1957. 5. 30)는 위스콘신 주에서 태어났다. 그래서 위스콘신 주에서 공부한 딸은 남달리 이곳이 보고 싶었나 보다. 초원의 집 영화 촬영장소이기도 한 이곳은 저자의 사진과 그의 모든 자료가 있고, 교사로 있던 학교의 작은 교실과 넓은 초원을 마차로 달려 곳곳을 돌아보았다. 새끼 꼬기, 갖가지 현장 실습도 하면서……

―Corn Palace : S. Dakota 주에 있는 Mitchell 시에서는 볼 곳은 Corn Palace 옥수수 궁전인데 연간 50만 명 이상이 방문한다지만 특

별한 것은 없다. 시골 체육관 겸 마을회관 안팎을 옥수수로 치장하였
는데 매년 다시 디자인하여 옥수수를 바꾸어 치장한다. 지역주민들
의 공동체의식을 만드는 데는 기여한다고. 1-80 West. 허허벌판은 목
초더미와 송아지들 외엔 거의 볼 것이 없었다.

—Crow Creek Indian Reservation : 인디언 보호지역으로 강가에는
몇 명의 인디언 아이들이 수영을 하고 있었다. 강가 깨끗한 정원에서
강바람을 마시며 잠시 휴식했다.

—1880 Twon : 우리 민속촌 같이 서부활극에 나오는 영화촬영장소
로 이곳에 상주하는 사람들도 1880년대 총잡이 복장을 하고 사진도
같이 찍어주어 영화 속 주인공이 되어 보았다.

★ Jun. 26 Badlands National Park S. Dakota

배드랜드 내셔널파크는 S. Dakota 주 남서부에 있는 바위투성이의
침식지역이다. 비다공성 점토로 되어 있는 이 지역은 협곡, 외딴섬,
톱니 모양의 분수령 등의 모양으로 남아 있다. 면적은 9만 8,548ha.
1939년 국립공원으로 지정, 1978년 재지정된 곳이다. 이 공원은 세
발가락 낙타, 검치호(劍齒虎), 코뿔소 등과 같은 동물의 화석이 발견
된 화석 층이 있다. 풀 한 포기 찾아볼 수 없는 톱니 모양의 바위들뿐
인데 무얼 먹고 사는지 코요테, 프레리 다람쥐, 잭토끼 등이 주로 살
고 있단다.

배드랜드국립공원 들어가는 입구에 2층으로 지어진 로지에서 하룻
밤을 묵었다.

―Wall Drug, Wind Cave, 1880 train, Cosmos : 이 지역에선 1880년
대 사용하던 증기기관차와 또 우리나라 제주도의 도깨비언덕 같은
도깨비집이 있는데 언덕을 조금 올라가서 허술한 목조건물에 들어서
면 멀미가 나는 것처럼 어질어질하며 몸이 한쪽으로 쏠려 똑바로 서
있을 수가 없다. 5분도 서 있기가 힘들었다. 이곳은 입장권을 살 때부
터 많은 관광객들이 줄을 선다.

―Mammoth Site, Deadwood-Homestead Gold Mine : 이 지역은 2
만 6,000만 년 전 빙하시대의 살았던 세계 최대의 맘모스 화석 전시관
과 연구소가 있다. 맘모스 화석은 1974년 이곳에 건축을 하다 발견됐
다는데 30분이면 다 돌아볼 수 있다.

콜로라도

우리는 '콜로라도 주'라는 이정표를 보고 찾아 들어갔다. 이곳은
콜로라도의 국립공원으로 지정되었으며, 만 개가 넘는 간헐천, 온천,
이화산 등이 있다. 깊은 협곡 아래로 콜로라도 강이 멀리 내려다보이
는 산마루에 예약한 숙소에서 짐을 풀었다.

저녁시간이어서 많은 여행객들이 2층으로 되어 있는 큰 레스토랑
에서 식사들을 하고 있었다. 어렸을 때 무슨 뜻인지도 모르고 이모를
따라 부르던 노래 〈콜로라도의 달밤〉의 배경이 바로 이곳이었다.

식사가 끝나고 기념품 상점을 둘러보고 나오니 어느새 하늘에는 수
정같이 맑고 큰 둥근달이 떠 있었다. "와! 저 달 좀 봐." 여행객들은
산 중턱에 자리 잡은 검은색 통나무들로 지어진 아름다운 로지 주변

에서 달을 보고 환호하였고 나는 낮은 소리로 노래를 불렀다.

특히 콜로라도의 밤은 온 천지가 싸늘한 달빛으로 어스름한데, 어
릴 적 생각에 그리움이 몰려왔다. 아름다운 밤하늘을 보며 어찌 시와
노래가 안 나오겠는가. 오래도록 창밖에 떠 있는 달을 바라보며 마음
속으로 흥얼대느라 잠을 이루지 못했다.

황막한 땅, 나라가 큰 대신 풀 한 포기 물 한 방울 볼 수 없는 아무짝
에도 쓸 수 없는 버려진 땅덩어리, 가도 가도 끝이 보이지 않는 사막,
죽은 땅, 끝이 보이지 않는 평야, 황량한 곳에 왕복 2차선 차도만 나
있고, 높지는 않으나 수많은 산길을 오르내리니 앞에서 보면 차도가
꼭 층층이 보이는 높은 빌딩 같다. 그 길로 우리는 끝없이 달리고 또
달렸다.

★ Jun. 27 Mt. Rushmore & Crazy Horse Memorial, S. Dakota

큰 바위 얼굴이라 불리는 Mt. Rushmore National Honument는 S.
Dakota의 검은 언덕 산악지역 화강암바위 정상에 1927~1941년에 걸
쳐 조각가 Gutzon Borglum 지휘 아래 400명의 인부가 다이너마이트
를 터트려가며 조각했다. Gutzon이 완공을 앞두고 죽자 그의 아들이
완성했다는데 60피트 약 18m 높이의 얼굴들이었다. 왼쪽으로부터
George Washington, Tomas Jefferson, Theodore Roosevelt,
Abraharm Lincoln. 미국 초기 역사 150년을 기념하기 위해 네 명의
대통령 얼굴을 조각해 놓았다.

이곳에서 그리 멀지 않은 곳에 Rushmore보다 거대하게 옆모양을

조각한 Crazy Horse Memorial이 있다. 검은 언덕에 백인 대통령들의 얼굴을 새기는 작업을 본 Lakota 부족 추장인 Henry Standing Bear 는 '우리 인디언 추장들은 홍인에게도 위대한 영웅들이 있었다는 것을 백인들이 알기를 원한다.' 는 편지를 1939년에 조각가 Korczak에게 보내면서 검은 언덕에 Crazy Horse를 조각해 달라고 요청했다. 이 조각가는 8년 동안 Crazy Horse의 자료를 조사한 후 1947년에 검은 언덕에 왔고 1948년에 공사를 시작했으나 정부의 지원 없이 개인 사업으로 계속하던 중 1982년에 사망하여 부인과 자녀들이 물려받아 아직도 진행 중인데 언제 끝날지 모른다. 다만 Rushmore보다 훨씬 거대한 조각으로 높이가 169m, 팔의 길이가 79m이다.

Crazy Horse는 S. Dakota 주에 있는 검은 언덕이라 불리는 산악지대에서 1842년에 태어나서 1877년 항복한 후 기병대원에 총검에 찔려 죽기까지 백인과의 전쟁에서 뛰어난 용맹을 떨쳤던 인디언 추장의 이름이다.

인디언의 모든 땅이 몰수되고 보호구역으로 쫓겨날 때 네 땅이 어디 있느냐는 백인들의 조롱에 "내가 죽어서 묻히는 곳이 바로 내 땅이다."라면서 손으로 먼 곳을 가리켰다는 모습을 조각 중에 있다.

우리 관광객들이 잘 보이도록 말을 타고 손을 앞으로 뻗은 조각상에 불을 환히 밝혀놓아서 멀리서 보아도 얼마나 큰 조각상인지 짐작할 수 있었다. 그 내용을 조금은 알고 갔기에 마음이 너무 아팠다. 그래서 나는 네 명의 인디언 추장의 얼굴이 새겨진 T셔츠를 150$에 사 입고 다녔다. 조금이라도 그들과 같이하고 싶은 마음에서였다.

　우리가 도착한 날 밤, 마침 그곳에서는 Crazy Horse를 개인 사업으로 조각하다 죽은 Korczak(1948~1982)의 부인 생일로 이날은 매년 축제 행사가 있는 날이어서 많은 관광객들과 함께 기다렸다가 밤 레이저 쇼를 감상할 수 있었다. 일 년에 단 한 번 볼 수 있는 레이저 쇼를 덤으로 볼 수 있었으니 행운이었다.

★Jun. 28~Jun. 29 Yellowstone National Park

　옐로우스톤은 세계에서 가장 큰 국립공원이며 전체를 5개 지역으로 나눌 수 있다. 북서쪽 부분에 매머드(Mammoth)지구, 남서쪽 부분에 간헐천지구, 동북쪽 부분에 루즈벨트지구, 그 남쪽에 캐니언지구, 동남쪽에 호수지구로 미국 최대 최고의 국립공원이다. 면적이 약

9,000km 와이오밍 주 북서부와 몬테나 주, 아이다호 주에 걸쳐 있으며 1807년 탐험가 J 콜더가 답사, 1872년 세계 최초로 국립공원으로 지정되었다.

지구 지각변동의 다이내믹한 모습을 느낄 수 있다. 바위투성이의 봉우리, 깊은 협곡, 대 수량의 폭포, 간헐천, 높은 곳에 위치한 깊은 호수, 아직도 끓고 있는 뜨거운 샘 등은 여전히 왕성하게 활동하는 지구의 모습을 볼 수 있다.

—올드페이스 풀 : 이곳은 옐로우스톤국립공원의 상징적인 간헐천 중에서도 가장 유명하고 대표적인 곳이다. 공원 안에는 약 1만여 개의 크고 작은 간헐천이 있지만 현재 이곳만큼 규칙적이고 수량이 많으며 높이 솟는 곳은 없다.

어떤 것은 높이 솟는 반면 시간을 예측할 수 없고 어떤 곳은 규칙적인 반면 규모가 작다. 올드페이스 풀은 1일 22~23회, 수량 4만 리터, 높이 40~60m, 65분 간격, 분출 유지시간 4분 정도, 100여 년 전 발견된 이후부터 지금까지 규칙적인 분출이 계속되고 있다.

—매머드 온천 : 이곳은 옐로우스톤 공원 내에 있는 약 3,000개의 온천 중에서 가장 대표적인 곳이다. 황이 부착된 거대한 석회암층으로 계단 모양의 바위 위를 분출한 뜨거운 물이 흘러내린다. 옐로우스톤이란 지명은 이 바위에서 비롯된 것이라 한다.

옐로우스톤 강은 약 38km에 걸쳐 평균 300m의 깊이의 협곡을 만들고 몇 군데 폭포를 이룬다. 공원 내에는 수렵이 금지되어 야생동물의 천국이며 곰, 여우, 말코손바닥 사슴, 사슴, 영양, 들소, 로키양 등과 각종 조류들이 서식한다.

우리가 그곳을 지날 때 황소보다 더 큰 버펄로 무리가 어슬렁어슬렁 차도를 걸어가고 있었다. 그를 뒤따르던 차들은 그들이 차도에서 내려갈 때까지 1~2km 줄지어 따라갔다.

동물보호구역이어서 빨리 가려고 앞지르는 사람은 없다. '이곳은 내가 왕이요.' 하면서 관광객들을 비웃기라도 하는 듯 아무리 차가 많이 줄지어 서 있어도 아랑곳하지 않고 어슬렁거리는 버펄로 무리들, 차문을 열고 내다보던 운전자들은 그저 웃고 만다.

─옐로우스톤 : 그 넓은 지역이 엄청난 볼거리다. 매머드 온천 옐로우스톤으로 흘러내리는 물은 맑고 깨끗하여 천상의 선녀들이 놀다 흘려보낸 물인 것 같고 시간 시간이 때맞춰 솟아오르는 물기둥은 신

비하다 못해 지하 세계가 무섭게 느껴지기도 했다. 머드색 비취색 와인색의 아름다운 풀은 그 오묘함에 마음을 빼앗기고, 악마의 목구멍이라고 옆으로 난 큰 구멍에서는 시간을 맞춰 확확 세찬 소리와 함께 뜨거운 수증기를 내뿜으니 성난 용의 입김같이 무섭다.

투명하고 연황색이 고운, 위로 솟아 있는 석회암 계단 위에서 흘러내리는 따뜻한 온천물에 손을 적셔 한참을 문질러 보았다. 무슨 축복을 받은 나라기에 이토록 신비하고 아름다운 자연을 선사하셨을까.

우리나라에도 이런 관광자원이 한 곳이라도 있다면 얼마나 좋을까. 자연이 만들어 낸 오묘한 물들의 향연이었다. 이 아름다운 곳을 거닐며 관광하는 나도 전생에 선녀가 아니었나 생각되어 웃어 보았다.

★ Jun. 30 Grand Teton National Park

엘로우스톤 바로 남쪽에 있으며 자연미가 넘치는 곳이다. 공원 남쪽에 위치한 눈으로 덮인 그랜드 테턴산(4,197m)과 그 주변에 3,400m 급의 산들이 펼쳐지고 동북쪽으로는 아래위로 길쭉한 잭슨호가 자리하고 있다. 자연스럽게 어우러진 풍경은 유럽의 알프스와 같은 느낌이 든다. 맑은 호수에 한가로이 떠 있는 작은 흰색 보트들은 마음에 여유를 안겨주고, 앞에 유리창을 달아 테턴산과 호수를 내다볼 수 있도록 지어진 오래된 작은 교회가 인상적이었다.

★ Jul. 2 Salt Lake City

북미에서 가장 살기 좋은 도시로 150년 전 종교의 자유를 찾아 대

류을 횡단한 말일성도에 의해 버려진 초원에서 부유하고 아름다운 근대 계획도시로 거듭났다. 미국의 대표적인 고원도시다. 북쪽으로 16km 떨어진 곳에 대염도(솔트레이크)가 있어 솔트레이크라는 이름을 갖게 되었다. 미국 45번째 주인 유타 주의 주도(州都)로 인구는 약 17만 2,000명이다. 도시의 분위기도 몰몬교의 본산답게 청결하고 차분하다.

몰몬교는 예수그리스도 후기 성도교회라고도 하고, 1830년 미국 조지프스미스 2세가 세운 종교로 본부는 이곳 솔트레이크에 있다. 몰몬성전은 가톨릭이나 개신교 어느 쪽에도 속하기를 거부한 기독교의 한 갈래다. 레이크 시티를 시발로 말일성도가 개척한 척박한 땅 유타는 마침내 45번째 주가 되었다.

우리도 말일성도의 총본산인 대성전을 찾아갔다. 템플스퀘어는 1853~1893년에 세워진 주요 건축물들이 모여 있는 관광명소이자 도시의 심장부다. 성전 뜰에는 관광객들이 많았는데 회색 원피스로 정장한 여선교사들이 안내를 맡고 있었다. 선교사들은 겸손하고 상냥하며 비만한 여성이 한 명도 없었다. 그곳에서 만난 한국 출신 여성 선교사도 몇 명 보았으나 모두가 하얀 피부색에 날씬하고 아담한 몸매로 우리를 반기며 자세히 안내해 주었다.

솔트레이크는 교회, 스키, 하이테크놀로지의 천국이며 교통의 요충지이다. 대륙횡단철도는 물론 미국 주요 간선도로인 70, 80, 84, 15번 도로가 모두 이 도시를 지난다. 항공편도 많아 서부에서 동부, 북부에서 남부로 이동 여행객들의 중간 기착지이며 이처럼 완벽하고 편리한 교통은 경제성장에 큰 영향을 끼쳤다.

그 외에 몰몬교와 관련이 있는 것들로 1847년 몰몬교를 이 땅에 정착시킨 브라이엄 영을 기리는 기념비, 1853~1854년에 브라이엄 영이 그의 19명의 처와 56명의 자녀들과 함께 살았던 건물인 비하이브 하우스, 광장 동쪽의 26층 건물은 교회의 사무를 보는 곳으로 전망대에 오르면 서쪽으로 펼쳐진 사막과 동쪽으로 이어지는 로키산맥의 전경이 멋있는 LSD교회 본부 빌딩이 있다.

★ Jul. 2. Arches National Park, Utah

아치스국립공원은 바람과 급격한 기온 차, 오랜 세월을 거치면서 반복된 풍화작용으로 기이한 풍경들이 끝없이 펼쳐진다. 이곳의 바위들은 아치처럼 둥글게 문 모양을 형성하고 있다.

2,000개가 넘는 '신의 조각품' 아치스국립공원의 상징인 Delicate Arch, 해발 4,829피트에 고고하게 서 있는 이 아치는 유타 주의 자동차 번호판에 새겨질 정도로 유명하다. 약 3억 5천만 년 전 바닷물이 들어와 쌓아놓은 수백 미터 두께의 샌드 스톤으로부터 만들어진 붉은 조형물들이 있는 불가사의의 땅이다.

1929년에 Herbert Hoover 대통령에 의해 내셔널 모드로 지정된 뒤 1969년 리처드 닉슨 대통령 시절 국립공원으로 명명됐다. 방문객센터 자리가 해발 1,245m, 가장 높은 곳이 1,723m, 2008년 4월 10일 WALL아치가 붕괴되는 등 1970년 이후 44개 아치가 자연 침식에 의해 무너졌다.

　1년 평균 강우 25cm, 310㎢의 넓이에 2,000개가 넘는 세계 최다 아치가 존재해 있다. 샌드 듄 아치, 스카이라니 아치, 악마의 정원이라 불리는 데빌스 가든, 랜드 스케이프 아치, 더블 아치, 쉴 새 없이 펼쳐지는 황홀한 광경에 환호성이 계속 터져 나온다.

　어떻게 이렇게 아름다운 조각품을 자연이 만들어 낼 수 있을까 첨단 기술이 어떻고 하며 거대한 문명화에도 고스란히 태곳적 모습을 그대로 보여주고 있다. 이 대자연의 위대함에 인간의 존재가 한없이 초라해지고 머리가 숙여진다.

　붉은 산, 풀 한 포기 없이 잘 닦아놓은 평평한 정상에 어떻게 그 아름다운 자연의 조각품을 만들어서 살짝 얹어놓았는지 감탄사가 절로 나온다. 어느 여행사에서 선전용으로 카탈로그에 찍혀 나왔던 아름다운 곳을 우리는 직접 와서 '신의 걸작' 을 보고 있는 것이다. 정상에 오르는데 얼굴까지 확확 달아오는 지열 때문에 숨이 막히고 지치고 고통스러웠지만 Delicate Arch를 보는 순간 새로 다른 힘이 숏고 큰 보람으로 돌아왔다.

미국은 나라가 워낙 크다 보니 여기까지 오는 길엔 몹쓸 땅, 버려진 땅도 많이 지나왔지만 이렇게 아름다운 신의 조각품들로 가득하다니 놀라웠다.

★ Jul. 3. Mesa Verde, Colorado

미국 남서부에 걸쳐 있는 유타 주, 콜로라도 주, 애리조나 주, 뉴멕시코 주 지역에는 많은 인디언들이 살고 있으며 그들의 문화유적도 곳곳에 산재해 있다. 이 유적들은 기념물로 지정되어 국가에서 보호하고 있으며 몇몇은 관광지로 개발하였다.

이 지역에 유적이 많이 남아 있는 이유는 기후가 반 건조기후여서 이상적인 보존 조건을 유지해 주기 때문이다. 우리에게 가장 익숙한 지역은 모뉴멘트 밸리이며 국립공원으로 지정된 것은 Mesa Verde이다. 이 지역은 꽤 멀리까지도 캐니언 절벽으로 둘러싸여 외부로부터 영향을 받지 않고 지낼 수 있는 절벽 주거지였을 것이다. Mesa Verde 에서 인디언들은 A.D 600~A.D 1,300년까지 약 700년을 살았으며 신문이 없는 그들은 검은색으로 면이 평평히 세워져 있는 큰 바위에다 동물, 사람 모양, 발바닥 모양 등 여러 가지 모양을 돌에 새겨 서로 의사를 교환하고 소식을 전할 수 있도록 한 Newspaper Rock이 있었다.

Mesa Verde는 콜로라도 서부 로키산맥 남부 및 콜로라도 고원으로서 깊고 좁은 협곡과 넓은 골짜기가 있는 산맥 그리고 주위가 절벽으로 된 탁상의 암층 지대인 메사가 특징이다. 그래서 절벽 탁상의 암층 밑이면 어느 곳이든 인디언 주거지가 많이 보이는데 사람이 많이 살 수 있는 집이 있는 큰 주거지와 몇 가구만 살 수 있는 작은 주거지들이 돌을 다듬어 벽을 쌓고 흙을 발라 칸을 막고 해서 밖을 내다볼 수 있도록 작은 창문만 내놓은 주거지였다.

우리는 이곳을 중심으로 많은 곳을 둘러보았는데, 인디언들이 절벽을 주거지로 사용했던 흔적이 잘 보존되어 있었다. 인디언들은 인간이 살 수 없을 것 같은 그런 곳에서 살고 있었다. 고지대에 위치하고 오르내리는 것조차 수십 길 협곡이어서 어떻게 그런 곳에서 700여 년이나 살 수 있었는지 불가사의한 일이다. 들어가 보면 주거생활상이 보이나 멀리서 보면 중죄를 지어 꼼짝할 수 없이 만든 죄인들의 감옥 같았다. 이런 절벽 주거지에서 인디언들은 어떻게 살았을까.

이곳까지 오는 중에 지금 살고 있는 또 다른 인디언들의 생활상을 볼 수 있었다. 6월, 한참 풀이나 나무들이 새순을 키우며 자랄 시기인데도 단 한 그루의 나무도 없고 풀 한 포기도 없는 황막한 들판, 그리고 계곡도 없는 넓은 민둥산, 하루 종일 태양을 이고 살아야 하는 인디언들을 보며 알 수 없는 서글픔과 아픔이 밀려왔다.

2차선 길가에 인디언 보호구역인 '인디언 타운' 이라고 쓴 작은 표지판이 눈에 띄었다. 이곳에 사는 인디언들은 직장이나 일도 없이 나라에서 보조해 주는 돈으로 생활하고, 할 일이 없다 보니 술로 세월을 보내고 있다고 한다. 그래서 인디언의 인구가 자꾸 줄어들고 있단다.

또 지나오는 길가에 하얀 천막들이 두 줄로 쳐 있었다. 그곳에서 인디언들은 구슬을 꿰어 장식품을 만들거나 목각이나 모자 머플러 같은 수공예품을 만들어 팔고 있었다. 사람들이 구경을 해도 물건을 사기 전에는 쳐다보지도 않는다. 묵묵히 하던 일만 계속한다. 인디언들은 남자는 용맹스러워 보이나 여자들은 어느 곳에서 보아도 양순해 보인다.

★ Jul. 4. Monument Valley, Navajo Tribal Park, Arizona

모뉴멘트 벨리는 나바호족의 성지이며 인디언들의 불행하고도 슬픈 역사가 남아 있는 땅이다. 1860년대 이른바 아메리카합중국에 의

한 인디언 섬멸작전이 대규모로 진행되면서 나바호 인디언들의 불행하고도 슬픈 역사가 펼쳐진다.

당시 크고 작은 전투로 나바호의 전사들이 대부분 섬멸되고 무려 1만여 명에 이르는 대규모 포로들이 뉴멕시코 주의 합중국 포로수용소로 장장 560km를 비참하게 맨발로 끌려가게 되는데 합중국의 대표였던 셔먼 장군은 이들과 협상해서 세 곳에 선택권을 주었다.

동부의 비옥한 토지와 포로수용소 인근에 목초지, 그리고 마지막으로 제안한 곳이 바로 죽음의 사막 모뉴멘트 벨리였는데 나바호족들은 서슴지 않고 이곳을 택했다. 백인들이 보면 악마의 땅이지만 그들에게는 조상들이 점지한 선택받은 땅이기 때문이었다고 한다.

서부영화 〈황야의 무법자〉, 〈역마차〉 광고에 자주 등장하는 모뉴멘트 벨리는 그랜드 캐니언에서 차로 약 5시간 거리(283km)의 유타 주 동남쪽과 아리조나 주 동북쪽에 걸쳐 있는 1,600에이커의 넓은 지역으로, 끝없이 뻗은 붉은 대평원에 불쑥불쑥 치솟은 거대한 바위들의 경관은 비, 바람, 온도 등 자연의 힘이 5천만 년 동안 표면을 깎고 다듬어서 자연이 빚어낸 걸작들이다.

동, 서 미튼 바위와 메릭 바위 이 세 바위들이 만들어내는 광경은 모뉴멘트 벨리의 가장 대표적인 모습이다. 동 미튼과 서 미튼 간의 거리는 2km, 높이는 300여m이다. 코끼리 바위, 세 자매 바위, 토템 폴 예이 비 체이(Totem Pole Yei Bi Chei)는 나바호족의 신성한 제단이다. 존 포드 포인트, 모뉴멘트 벨리의 대부분을 한눈에 볼 수 있는 아티스트 포인트 등 이곳은 갖가지 모양의 돌들의 향연이 펼쳐져 있다.

우리가 그곳에 도착했을 때는 때마침 해가 지고 있었다. 광활한 붉은 대지 위에 우뚝 솟아 있는 바위군들은 지는 노을을 받아 천지가 황금빛으로 불타는 것 같이 아름다웠다. 서부영화에서 많이 보았던 곳이다. 너무 반가워 노래를 불렀다.

"카우보이 아리조나 카우보이 광야를 달려가는 아리조나 카우보이, 말채찍을 말아들고 역마차는 달려간다. 저 멀리 인디언에 북소리 들려오고 고개 너머 주막집에 아가씨가 그리워 달려라 역마야 아리조나 카우보이." 서부영화의 존 포드(존 웨인)가 눈앞에 어른거린다.

─Lake Powell & Page, Arizona : 파웰호수는 그랜드 캐니언 댐이 만들어지면서 생긴 유타 주의 남동쪽으로 길게 뻗어 있는 186마일의 거대한 인공호수. 호수면적 299km, 호수 변 총길이 3,150km 로 물을 채우는데 만 17년이 걸렸다고 한다.

─Page시는 유타의 바로 옆에 위치한 아리조나 주와의 경계지점에 Page시가 조성, Page시민의 90%를 차지한 나바호 인디언들의 보호구역으로 지정된 곳이다.

우리는 페이지에서 하룻밤 자고 시가지 구경을 나갔는데 우렁찬 밴드 소리와 함께 성조기를 단 차들이 지나가는 사람들에게 선물을 던져주었다. 곰 인형, 강아지 인형, 새 인형, 큰 사탕 한 봉지씩 보이는 사람마다 준다. 오늘이 7월 4일 미국 독립기념일이어서 그랬던 것이다. 때마침 우리 딸도 7월 4일생이어서 미국에서 축하를 받은 것 같아 너무 기뻤다.

-Zion Canyon, Utah : 유타 주에 위치한 Virgin River에 의해 침식되어 생긴 협곡으로 1860년대 몰몬교의 개척자들이 정착하기 시작하고 John Welsey Powell이 처음 과학적 탐험을 목적으로 이곳을 방문하면서 자연과의 공존을 터득하여 몰몬교의 성지이고 몰몬교에서 관리를 한단다.

책에는 자이언 캐니언으로 나와 있지만 그곳에선 시온이라 발음한다. 그랜드 캐니언은 1991년에 가 보았고 딸 가족들도 다녀왔기 때문에 이번에는 자이언 캐니언으로 코스를 잡았다.

아직까지 본 바위들은 자연이 만들어낸 아기자기하고 아름다운 테마가 있는 조형물 같았고, 이곳은 엄청난 산 자체가 하나의 바위덩어리로 어마어마하고 웅장한 바위, 풀 한 포기 날 틈을 주지 않은 바위산, 협곡을 따라 흐르는 큰 개울, 떨어져 물속에 잠겨 있는 부서진 켜로 된 돌들. 자이언 캐니언은 들어가는 입구부터 많은 나무들이 시원한 그늘을 만든 정원과 먹을거리, 필요한 물건을 살 수 있는 상점들이 있어, 우리도 그곳에서 점심을 먹고 잠시 쉬었다.

내로스 트레일(Narrows Trail)을 타고 좁은 협곡 안으로 이어지는 트레일은 색다른 경치, 양옆으로 깎아지른 절벽이, 그 위로는 좁은 하늘이 보인다. 콜롭 캐니언 로드(Kolob Canyon Road)는 북쪽 입구로 들어서면 있는 곳으로, 자이언국립공원에 가장 멋있는 풍경들을 집대성해 놓은 것 같다.

허리케인 클리프, 콜롭 아치, 콜롭 캐니언 뷰포인트 등이 여행자들의 눈을 홀리며 탄성을 지르게 한다. 이렇게 모두가 다른 모습으로 우리의 눈과 마음을 파고드는지 감탄할 일이다.

여행을 하면서 어제의 눈에 담긴 황홀한 풍경은 오늘 그 위에 또 엎혀 쌓이고 동영상을 보는 듯 지나가기도 한다.

내가 다섯 번이나 가 본 오하우 섬을 포함 자연이 아름다운 마우이, 화산섬으로 산봉우리가 서울운동장만큼 바다로 빠져나가고 아직도 이곳저곳에서 수증기가 무럭무럭 피어올라 큰 돌들을 덮히는 하와이 섬보다 우리나라 제주도가 더 볼 것이 많아 천혜의 관광지라고 자랑을 했었다. 이젠 입을 꾹 다물어야겠다.

★ Jul. 5. Las Vegas, Nevada

미국 네바다 주 남동부 사막 한가운데에 있는 24시간 잠을 자지 않는 도시이며 특히 밤이 되면 더 활기에 넘치는 곳으로 치안과 물가가 안정되어 볼거리 놀거리가 풍부한 소비도시가 라스베이거스다. 연중무휴 사막 휴양지로 유명하다.

클라크 군의 군청소재지(1909)이며 1911년 시가 되었다. 네바다 주의 주요도시이다. 유타 주에서 온 몰몬교도들이 처음으로 이곳에 정착했다(1885). 옛 스페인 산길 따라 있는 메마른 계곡 속의 깊은 샘에서 물을 끌어들였기 때문에 라스베이거스(초원)라는 이름이 붙었다. 1857년 몰몬교도들이 이곳을 떠나자 1864년 미군이 베이커 요새를 세웠다. 1905년대에 샌 페드로—로스앤젤레스—솔트레이크 철도가 개통되면서 철도의 중심지가 되었고, 라스베이거스 관광은 호텔들의 유락시설을 이용한 놀이와 카지노를 들 수 있다.

─스트립(strip)은 화려한 모습을 대표하는 유흥지역, 거리의 양쪽으로 다양한 형태의 호텔들이 즐비하게 늘어서 있고, 호텔에는 대형 카지노뿐만 아니라 개성을 자랑하는 테마공원이 꾸며져 있어 라스베이거스 관광의 하이라이트로 꼽힌다. 스트립거리의 대표적 볼거리는 미라지호텔 앞 화산식 분수다.

1931년 도박이 합법화되고 1930년에 후버댐이 건설되면서 도시의 발전이 촉진되었다. 1940년 이후 인구가 급증 특히 헨더슨 신흥교외 지역과 북부 라스베이거스에 증가한 이 도시는 고급 호텔과 특이한 카지노 도박장이 많으며 이국적인 연예무대 때문에 '환락가'로 알려져 있다.

이곳까지 여러 곳을 관광하며 오는 동안 추워서 겉옷을 걸치는 곳도 있었고, 시원한 곳도 있었다. 하지만 이 사막에 들어서면서는 훅훅 찌는 온도와 습도로 숨이 막힌다. "역시 사막이라 덥군." 우리는 한마디씩 했다.

지금까지 10여 일을 여행하면서 좋은 계절에 좋은 날씨였는데, 이곳처럼 도시 전체가 후텁지근하고 덥기는 처음이다. 예약된 호텔로 들어가는데 1층은 엄청나게 큰 카지노고 도박을 즐기는 사람들로 북적인다.

여장을 풀고 저녁을 먹은 후 네온사인으로 별천지가 된 밤거리로 나갔다. 밤에도 열이 식지 않아 덥기는 마찬가지인데, 시청 앞 다리 위엔 땀을 흘리면서도 분수 쇼를 보려고 여러 나라에서 온 관광객들이 북적인다. 분수 쇼가 끝나고 모두들 다른 곳으로 이동하여 분홍빛

외관을 한 트레저 아일렌드(보물섬)호텔 앞에 보물섬의 결투장 세트 장에서 벌어지는 해적 쇼를 본다.

배우들의 진지한 표정과 연기가 일품이다. 입장료 주스 값이 아깝지 않은 쇼다. 유명 호텔에서는 화려한 의상의 무희들과 할리우드 최고의 스타들이 펼치는 라스베이거스 쇼가 펼쳐지고 있는데 우리는 한 번씩 보았기 때문에 생략하고 다른 호텔들의 테마 파크를 둘러보았다.

1993년 이곳을 처음 왔을 때보다 대형건물(호텔)이 훨씬 많았고 시내 전체가 불빛으로 휘황찬란하여 볼거리도 더 많았다. 대형건물 1층은 거의 카지노다. 성수기의 휴양지, 어느 휴양지가 이렇게 화려하고 각 나라 사람들로 들끓을까. 이곳은 치안이 잘되어 있어 피부색이 다른 별별 사람들이 다모였지만 도둑이나 소매치기 당하는 사람은 없다. 그래도 우리는 조심을 했다. 늦은 밤까지 더위에 지치고 힘들어도 곳곳을 다 돌아보았다. '환락의 도시, 도박의 도시' 임을 실감케 한다.

★ Jul. 6. Yosemite, California

1890년 10월 1일, 미국에서 가장 먼저 국립공원으로 지정된 이곳 요세미티는 1868년 존 무어라는 스코틀랜드인이 처음 발견했다. 세계에서 가장 큰 한 덩어리 바위인 엘 캐피탄, 둥근 형태의 돔을 칼로 뚝 잘라버린 모양의 암벽으로 요세미티 상징이라 할 정도로 유명한 하프 돔, 마리포사 그로브(Mariposa Grove) 수령이 2000년 이상이나 되는 거목 세쿼이아들이 늘어서 있는 것이 특징이고 대부분 나무들이 크기와 수령을 자랑한다. 직경이 3m가 넘는 것만 해도 200여 그루가 넘는다.

요세미티국립공원은 크게 세 부분으로 나눌 수 있는데, 주로 관광객이 많이 찾고 볼거리가 모여 있는 요세미티 밸리 지역이다. 해발 3,000m 이상에서 만년설을 안고 있는 투올름(Tuolumne) 고원지대, 그리고 수령이 2,700여 년이나 되는 거목들이 늘어서 있는 마리포사 지역 등이다.

요세미티 밸리는 높이 600m~1,200m의 절벽으로 둘러싸인 곳에 있기 때문에 크고 작은 폭포들이 많이 있다. 그중 가장 큰 것이 2단으로 되어 있는 요세미티 폭포, 총 낙차는 739m, 미국 내에서 가장 긴 폭포로 5월에서 6월 하순, 눈이 녹아 많은 수량으로 안개비를 만들며 떨어

지면서 울려 퍼지는 굉음도 대단하다.

1993년 11월 18일에 왔을 때는 폭포가 약한 물줄기를 내리고 있었는데 지금은 폭포가 얼마나 힘차게 쏟아져 내리는지 노란 비옷들을 사 입고 갔는데도 온통 몸을 적시고 눈을 뜰 수도 없어 사진을 찍을 수가 없었다.

—Death Valley, California : 멋진 경치보다는 한적하고 웅장한 바위와 계곡을 볼 수 있다.

★ Jul. 8. Monterey, California

몬트레이는 샌프란시스코에서 1시간 거리의 작고 풍치 좋고 아름다운 도시로 정년퇴직한 미국인들이 여가를 즐기며 사는 휴양도시다. 집값이 대단히 비싸다. 간단히 경치 좋은 아름다운 도시를 둘러보고 돌아 나왔다.

—Monterey Bay Aquarium : 세계에서 가장 큰 수족관 중의 하나이며 연간 180만 명이 찾는다는 곳으로 이 수익금으로 Monterey Bay Aquarium Institute 해양연구소를 만들었다. 입장료가 비싼 편이지만 세계에서 가장 큰 수족관답게 바다를 직접 끼고 있으며 1, 2층은 테마별 연근해의 생태모습, 아쿠아리움의 자랑거리 Kelp Forest, Touch Pools, 역대 바다의 모습을 예쁘게 그려놓은 Coral Reef Kingdom 등이 있다.

바다 속에는 온갖 보호색으로 위장한 물고기들, 화려한 꽃과도 같은 성게, 젤리들의 유영, 가짓수가 하도 많아 다 쓸 수는 없지만 큰 바다 물고기들로 꽉 찬, 생태계가 살아 있는 모습 그대로를 보여주어 신비한 바다 속의 세계를 다 돌아보는 데 꽤 많은 시간이 걸렸다.

—Half Moon Bay Beach : 하프 문 베이 비취는 반달 모양의 아담한 해변이다. 바닥이 다 들여다보일 정도로 물이 깨끗하고 말미잘, 소라게, 불가사리 등이 많으며 특히 노을이 지는 바다는 주위에 바위들과 어울려 더욱 아름답다. 이곳에서 차를 세우고 바닷물에 발을 적시며 모래 위의 예쁜 돌들도 주웠다.

—Muir Woods National Monument : 뮤어 우드국립공원은 커다란 레드우드 숲이 자연 그대로 보호되어 있는 공원으로, 겨울 우기와 여름의 짙은 안개로 수분 공급이 잘돼 나무가 잘 자란다.

금문교를 건너 약 40분 거리에 삼림욕하기 좋은 장소가 있는데, 세계에서 큰 나무 순위 1~3위를 차지하는 100년이 더 된 레드우드들이 하늘로 쭉 뻗어 울창한 숲을 이루고 있다. Red Wood(세쿼이아—Sequoia)는 세계에서 가장 큰 나무로 알려져 있으며 평균 크기가 80m, 둘레가 5m, 수령은 400~1,300까지 다양하며, 현재까지 가장 오래된 나무로 알려진 것은 수령이 3,200년이나 된다.

우리는 상쾌하기도 하고 습하기도 한 나무 끝이 안 보이는 숲 사이를 삼림욕을 하면서 천천히 걸어서 내려오는데 한 시간 반 정도 걸렸다. 얼마나 큰 나무숲 속을 다녔는지 4차원 세계에 들어간 느낌이었다고나 할까. 이곳은 아침 8시에 오픈하며 해의 길이에 따라 5시에서 8시에 문을 닫는다.

—Golden gate Bridge San Francisco, California : 미국 캘리포니아

주의 골든게이트를 가로질러 놓여 있는 현수교다. 1937년 이 다리가 완공된 이래 1964년 뉴욕시에 베러자노내로스 다리가 완공되기까지 세계에서 가장 긴 다리였고 지금도 그 장려한 경관은 대단하다.

조셉 B, 스트라우스가 감독한 이 공사는 빠른 물살, 잦은 폭풍과 안개, 그리고 내진의 기초를 좋게 하기 위해 깊은 물속에서 암반을 폭파하는 일 등 어려움이 많았다. 총길이 1,280m, 높이 227m의 탑에서 늘어뜨린 2줄의 케이블에 매달려 있다. 다리 중앙지점 높이는 평균 수면에서 81m 정도 된다. 1993년에는 저녁에 San Francisco에 도착하여 야경만을 볼 수 있었지만 이번 여행에선 낮에 시간을 갖고 시내 몇 곳을 투어할 수 있었다.

─San Francisco, California : 다운타운이 작기 때문에 관광 포인트가 한 곳에 모여 있다. 나머지는 아기자기하게 옆구리를 맞댄 정겨운 모습의 주택가가 인상적이고 거리도 질서정연하고 치안도 안심할 수 있는 곳이다.

텔레그래프 힐과 코이터 타워, 노브 힐과 러시안 힐은 케이블카가 차이나타운을 가로지르는 캘리포니아 스트리트 연변의 고급 주택가인데 주택끼리 옆구리를 맞댄 이유는 지진을 대비한 공법이라고 가이드가 설명해 주었다.

─롬버드 스트리트(Lombard Street) : 러시안 힐에서 빼놓을 수 없는 명소로, 5m 간격으로 굽이굽이 급경사진 길이다. 급경사를 커버하기 위해 1920년에 설계된 자동차 길로, 거리 끝에서 보면 화단의 꽃과 하늘의 조화가 정말 아름답다. 그 찻길로 위에서부터 아래로 내려

오면서 찻길 사이사이 화단의 예쁜 꽃들의 속을 아슬아슬하게 돌아
올 때는 동심의 세계를 달리는 것 같이 색다른 느낌이 든다.

　─피셔맨스 워프(Fishermans Wharf) : 일찍이 이탈리아계 어부들의
부둣가로서 영화를 누려왔던 이래 샌프란시스코 유수의 관광 포인트
로 자리 잡았다. 수많은 쇼핑센터가 밀집해 있고, 도로에는 게를 판
매하는 노점이 즐비하다. 또 거리의 악사들과 예술인들의 쇼도 끊임
없이 펼쳐지는 활기 있는 이 마을은 매일이 축제 분위기다. 우리도
이곳에서 open 시간 11시를 기다렸다가 점심을 먹고 여러 곳을 구경
했다.

　─Sausalito : 예술가의 마을인 소살리토는 샌프란시스코의 맞은편
마을이다. 항구에 정박해 있는 요트들, 우아한 레스토랑과 상점들이
늘어서 있는 거리, 쓰레기 한 점 없이 깨끗하고 평온한 마을로 푸른
바다 한가운데에 떠 있는 샌프란시스코, 향기로운 숲 등 캘리포니아
의 아름다움을 만끽할 수 있어 예술가들이 모여 마을을 이룬 곳이다.

　우리는 여기까지 15일간의 여행을 마치고 시간에 맞춰 샌프란시스
코 비행장으로 나갔다. 시카고에서 렌트한 흰색 밴 앞범퍼가 달리면
서 죽은 작은 벌레들의 흔적으로 완전히 색 맞추어 뿌려놓은 페인트
칠 같았다. 기념으로 사진을 찍고 그곳에서 15일 동안 우리 네 식구
에게 멋진 여행을 무사히 마치게 해 준 정들었던 밴을 반납했다.

　비행기에 타자마자 피곤이 몰려왔다. 인천국제공항에 나온 아들 내
외의 마중을 받으며 60일간의 미국 서부여행을 끝냈다.

6

사부곡(思夫曲)

사부곡(思夫曲)

　1981년 11월 17일, 하늘이 무너지고 땅이 꺼지고 가슴이 찢어지는 아픔 속에 삼 남매를 안고 홀로된 지 아흐레, 첫 새벽으로 시부모님마저 내 곁을 떠나 본가로 가셨습니다.

　이제 이 큰 집에 덩그러니 홀로 앉아 말라버린 눈물을 삼키며 당신께 용서를 빕니다. 살아 계시는 동안 잘해 드리지 못한 모든 일들이 뼈저리게 후회됩니다. 그래서 내가 밖에 나갈 수 있는 날, 어느 사람이라도 붙잡고 말하렵니다. 살아 있는 동안 돈을 모으려고 너무 애쓰지 말고 생활 계획은 몇 년 더 늦게 세우더라도 잘 먹고 잘 입고 여가를 즐겁게 보내는 현명한 사람들이 되라고.

　그래도, 그래도 이런 아픔이 있을진대, 살림을 쪼개어 재산을 모은다고, 살아 있는 동안 너무도 소홀했던 당신께 내 어찌해야 하는 겁니까? 같이 죽어 혼이나마 당신 곁에서 깨달음 그 이상으로 온몸과 정성을 다 바쳐 드리고 싶지만 뒤에 앉아 따라 울고 있는 당신의 분신인 어린 세 아이들이 있기에 이럴 수도 저럴 수도 없는 것입니다.

세상에 이보다 더한 슬픔이 어디 있습니까? 감히 생각조차 해 본 적이 없는 이 아픔, 어찌해야 좋을지 귀도 잘 들리지 않고 눈도 잘 보이질 않는데 생각마저 백치가 된 아주 버림받은 여인이 되고 말았습니다.

그토록 큰 소리 한 번 안 하고 사랑해 주던 당신이 어찌하여 나를 홀로 두고 그렇게도 쉽게 눈을 감을 수 있단 말입니까? 아무리 믿으려 해도 믿어지지 않고 아무리 안 믿으려 해도 안 믿을 수 없는 현실은 혼자되었다는 것입니다.

낮에는 당신의 옷을, 당신이 먼 출장에서 돌아오는 날까지 옷장에 곱게 정돈해 걸어두고 잠갔습니다. 다락 장엔 입는 옷을 걸어두라고 하셨지만 먼 출장을 가셨으니 우선 오는 날까지 그곳도 치워 두었습니다. 곱게 그리고 깨끗이 보관했다 드리려고 어느 곳에 구김이나 가지 않을까 잘 살펴 걸어두고 또 개어서 아래 서랍 속에 넣어 두었습니다.

항상 그랬지요. 12년 동안을 당신은 강원도, 충청도, 경상도로 탄광 현장 소장이었기에 떨어져 살았습니다. 지금도 그 생활의 연속입니다. 2, 3년 전부터 우리는 안양에 함께 살며 작년엔 150평이 넘는 이 집을 지으셨고, 올해는 서울로 직장을 옮겨 정말 수년 만에 다섯 식구가 오순도순 재미있게 살아왔습니다.

그리고 1개월 전, 일본에 다녀오면서 당신 것은 단 한 가지도 안 사

오고 모두 내 것과 아이들 것 뿐이었지요. 바다 건너 일본에서도 전화를 몇 번이나 주셨는데 왜 지금은 더 가까이 계시면서 아흐레가 되도록 전화 한 통 없으신지요.

당신은 어느 곳에 계시든 일주일에 한 번은 꼭 전화하셨지 않습니까? 그리고 목요일이면 편지도 꼭 주셨고요. 그런데 왜 지금은 안 하십니까? 그저께도 어저께도 큰아빠, 차 박사와 함께 산소엘 다녀왔지만 그곳에 당신이 계신 것은 확실한데, 그곳에 누워 계신다는 생각은 조금도 들지 않아요. 새로 단장한 당신 집에 내 손으로 흙 한줌 더 얹어 곱게 어루만졌는데도 아무 생각이 나지 않고 머릿속이 텅 비었습니다. 정말 당신이 그곳에 자리하고 주무신다는 것은 생각조차도 나질 않습니다.

눈앞에 당신의 마지막 운명하실 때 모습과 그 후의 모든 일이 한 가지도 빠짐없이 수없이 지나가고 또 지나가지만 그것이 무엇을 하는 건지, 무슨 일로 그 많은 사람들이 다녀갔는지 그 가슴이 터질 듯한 슬픔이 왜 있었는지조차 의식이 없습니다.

왜 남들이 저를 붙잡고 울었는지 모릅니다. 그들이 소리 내어 우니까 기진맥진 따라 울은 것도 같고, 지금도 이 머릿속에 무엇이 남아 있는지, 머리를 흔들어 봐도 소용이 없이 그저 멍한 상태에서 허깨비가시처럼 움직이고 있습니다.

문상 오신 어르신들이 "아직은 몰라, 앞으로 어찌 살꼬." 란 말뜻이 무엇인지조차 모르면서도 가슴 깊은 곳에서부터 눈물이 왈칵왈칵 솟아오릅니다.

삼우제 날, 당신 곁에 내 산소 자리를 친정어머니께서 지정해 주셨습니다. 그날은 당신과 함께 영생할 수 있다는 안도감마저 들어 마음이 편안하고 기뻤습니다. 가슴 아파 절절매시는 친정엄마 앞에서 철없는 딸이었습니다.

사랑하는 당신이여, 더 이상 슬픔을 주지 마소서. 당신이 사랑하는 남은 식구들에게 용기와 지혜를 주소서. 다시 만나는 그날까지 영생 복락 누리소서.

시아버님 생신

남편을 보내고 도우미 아주머니하고 며칠 동안 빨래를 했다. 이부자리, 양탄자 등을 빨고 풀 먹인 이불깃, 방석, 작은 수예품 등을 손질하는데 며칠이 걸렸다. 내 일에 몰두하느라고 날짜 가는 줄도 몰랐다.

친정어머니가 날을 짚어 보더니 깜박 잊고 있던 시아버님 생신일(음 10월 24일)을 알려주셨다. 시아버지 생신이면 친정어머니가 항상 고운 한복을 맞추어 드렸기에 기억하신 것이다.

시아버님의 생신을 까맣게 잊고 있었다니 이럴 수가 있을까? 허둥지둥 달력을 짚어 보니 정말로 오늘이 확실했다. 서울로 전화를 했다. 신호는 가는데 전화 받는 사람이 없다. 손질하던 빨래를 꼭꼭 싸두고 친정어머니한테 집을 부탁한 뒤 서둘러 아무 준비도 없이 시댁으로 달려갔다. 여느 때 같으면 시아버지 생신 며칠 전부터 친정어머니와 고운 색깔로 한복을 맞추어 드리고 하루 전날에 가서 떡도 하고

216

반찬도 만드느라 몸과 마음이 바빴다.

아주버님이 3년 반 전에 부인을 잃고 혼자여서 며느리가 나 혼자였기 때문에 항상 신경을 써야 했다. 어쩌다 현장일이 바빠 남편이 못 와도 난 바빠서 종종걸음을 치곤했다.

잊지 않으려고 달력에 크게 표시해 놓았는데도 깜빡했으니 정신이 없긴 없었던 모양이다. 시부모님을 뵌 것은 3시경이나 되어서였다. 왈칵 눈물이 쏟아져 견딜 수가 없었다.

남편이 갑자기 가족 곁을 떠난 지 겨우 열이틀, 아들 잃은 부모님도 가슴에 못을 박고 조용히 슬픔을 삼키며 아무것도 하지 않고 음식 장만도 없이 생신을 보내고 계셨다. 죄스러움에 또 눈물이 쏟아졌다.

저녁 준비를 했다. 내가 돈을 쓸까 봐 어머님이 부지런히 장을 조금 봐 오셨다. 남편이 없는 내가 음식 장만하는데 돈 쓰는 게 걱정이 되셨는지 처음으로 장을 봐 오신 것이다. 마음이 이상했다. 어머님의 배려라기보다 내 처지가 처량한 생각에 또 눈물이 났다.

저녁 준비가 거의 끝나갈 무렵 아주버님이 오셨다. 남편과 똑 닮은 쌍둥이 형인 아주버님을 보자 눈물이 쏟아져 인사도 못하고 부엌으로 뛰어들어와 한참을 흐느껴 울었다. 그냥 울음이 아니고 가슴과 목과 눈에서 쉴 새 없이 흐르는 피눈물이었다.

"여보, 왜 내게 이런 큰 시련을 주시는 겁니까? 저는 어찌 살라고 버리고 가셨습니까?"

밤이 되니 형제들 다 모였고 사촌 형제 두 분까지 오셨다. 모두 입을 다문 채 눈으로만 인사를 하고 방으로 들어갔다. 저녁상을 물릴 때까지도 부엌에서 혼자 남편을 생각하며 울었다. 다른 해 같으면 어느 형제보다 제일 먼저 와서 부엌을 들락날락하며 나를 도와주었을 텐데, 보름만 더 사셨어도…….

초상집 분위기에 더 이상 견딜 수 없어 사촌형 한 분과 아버님께만 인사 드리고 집으로 왔다. 내가 떠났다는 시누이의 전화를 받고 두 딸이 마중을 나와 기다리고 있었다.

요즘 두 딸이 남편의 빈자리를 대신하고 있다. 어리다고만 생각했던 삼 남매가 갑자기 부쩍 커서 내 주위를 감싸주고 있으니 대견하고 마음이 든든하고 의지가 된다. 삼 남매를 위해서라도 이젠 눈물을 거두고 용기를 내어 세상 풍파를 굳세게 헤쳐 나가야겠다.

나는 어떡하라고요

1981년 11월 25일

오늘은 눈물이 자꾸자꾸 납니다. 이불을 네 채나 꿰매면서 눈물이 앞을 가려 바늘에 손을 수없이 찔리고, 짬짬이 피아노 위에 있는 당신 사진을 보며 혼잣말도 했습니다. 내가 울면 당신도 울고 내가 웃으면 당신도 웃고, 대답 없는 당신을 보면서 한참을 말했습니다. 낮에는 시누이 내외가 다녀갔습니다. 바느질을 하고 있는 내가 처량해 보이나 봅니다.

지금 택진이가 몸살이 나서 일찍 들어왔습니다. 약을 먹여 재워놓고 빨래를 개며 생각하니 내가 어리석어 당신을 그냥 보내 드린 것 같습니다. 당신이 돌아가는 날 단지라도 해서 피를 입어 넣어 드렸다면 살 수 있을 것을, 예전에 어른들께 들었던 말이 이제야 생각이 납니다. 지금 무척 후회가 됩니다. 정말 내가 무지해서 당신을 돌아가시게 한 겁니다.

왜 진작 그 생각이 떠오르지 않았을까요. 쓰라린 아픔이 어찌 손가락 하나 절단하는 것에 비할 수 있겠습니까. 왜 그렇게 무정하게도 손쓸 사이도 없이 빨리 숨을 거두셨습니까. 잠꼬대 세 마디 후 숨을 몰아가버리셨으니 손쓸 수도 믿을 수도 없는 것입니다.

집을 상가주택으로 새로 짓고, 아래층에 병원을 세주었기에 급히 연락할 수 있었습니다. 의사가 돌아오기도 전에 간호사들의 심폐술을 해 봤지만 소용없이 급히 가버리셨으니 그 병명이 심장마비라 하고, 어머님 아버님은 집 지을 운이 아닌데 집을 지어서 그랬다고 하시니 아무튼 제가 복이 없어 모든 일이 일어난 것만 같아 부모님의 질타도 감수해야만 했습니다.

1981년 11월 26일

여보, 여보, 아빠가 왜 이러시니, 소리소리 지르며 저는 바보처럼 당신의 얼굴을 껴안고 어쩔 줄 몰라 절절매다가 이 방 저 방에서 뛰어나온 아이들에게 병원! 병원! 했더니 아이들이 아래층 백제의원으로 연결된 인터폰으로 연락해 잠시 후 아래층에서 병원 남자직원 세 명이 뛰어올라왔지요.

한참 잠이 든 시간이었는데 어떻게 그렇게 빨리 올라왔는지 지금 생각해도 모를 일이었습니다. 아이들도 어떻게 내 급한 소리에 부른 듯이 이 방 저 방에서 그렇게 빨리 나와 아래층 병원에 연락을 했는지 모르겠습니다. 이렇게 빨리빨리 모두가 움직여졌는데도 당신은 조금도 못 참고 그대로 눈을 감은 채 영영 우리 곁을 떠나고 말았습니다. 나는 어떡하라고 그렇게 황망히 떠나셨냐구요.

불쌍한 당신이여, 당신이 영어, 일어공부를 한다고 쓰던 펜을 꺼내 지금 제가 쓰고 있습니다. 짧은 결혼생활 동안 저는 정말 당신을 위하여 아무것도 해 드린 게 없습니다.

연애 7년, 결혼생활 17년, 모두 합쳐야 24년인데 저는 가까운 주위 사람들에게 이리 떼이고 저리 떼이면서 독한 마음먹고 집을 장만하고 땅과 상가 등을 장만하느라 정작 내 식구들에겐 제대로 먹이지도 입히지도 못한 것 같아 가슴이 아픕니다.

가고 나면 그만인 것을 왜 그렇게 극성을 부렸는지 모르겠습니다. 그래서 당신이 떠나가신 날 시부모님은 "그래, 집 지을 운이 아닌데 집을 짓고 너 혼자 넓은 집에서 사니 좋으냐?"며 수없이 나무라며 원망하셨지만 아무 말도 할 수가 없었습니다.

저는 남들처럼 동창계다, 친목계다 한 적이 없고 이웃에 놀러 한번 안 다녔으며 오직 당신의 아내로 살면서 삼 남매를 우등생으로 키워 놓고 당신에게 전화와 편지로 자랑하기에 바빴었지요. 아이들도 공부를 잘해 1등만 해 주었습니다. 그것이 제일 보람이요 낙이었습니다.

오랜만에 큰 집 짓고 우리 다섯 식구 모여 오순도순 살자 했더니, 이게 무슨 일이랍니까?

여보, 살아생전엔 '아빠'로만 불렀던 당신, 당신이 죽어서야 실컷 불러보게 되다니 이게 무슨 일이랍니까. 내가 이렇게 박복한 여인이었단 말입니까. 나 하나의 괴로움으로 끝난다면 또 좋습니다. 삼 남매를 앞으로 어떻게 길러야 된단 말입니까. 불쌍한 내 아이들을 데리고 나는 어떡하라고 홀로 가셨습니까.

내가 아빠 없이 커 왔기에 아무리 엄마가 애써 보살펴 주신다 해도 어딘가 의지가 없었던 생활이었는데 같은 상황을 어린 삼 남매에게 물려주어야 하다니 정말 불쌍해서 견딜 수가 없습니다. 아이들 앞에선 울 수도 없습니다. 혹시나 아이들 마음이 약해질까 봐 아무리 눈물이 나도 참고 견디어야만 합니다.

오늘 저녁에 식구들이 모여 앉아 저녁밥을 먹고 나서 식탁에 앉은 채로 당신과 행복했던 20일 전의 이야기를 하다가 국희가 울기 시작했고, 혜리, 택진이가 울먹이며 이제 그만 말하자고 하는 중에, 나는 목구멍까지 복받치는 눈물을 잘 참아냈습니다.

그때 내가 눈물을 보였다면 모두들 얼마나 큰소리로 울었겠습니까. 좋은 아빠라고, 끝까지 우리에게 좋은 인상만을 남겨주느라고 곱게 자는 듯 가셨다고 아이들을 달래며 억지로라도 웃기려고 내 가슴은 일그러져야 했습니다.

당신은 정말 영 못 오실 길로 가신 겁니까? 그토록 가족밖에 모르던 당신이 어떻게 우릴 두고 눈을 감으셨나요. 아직도 실감나지 않아요. 머지않아 출장에서 돌아올 것만 같은 당신입니다.

당신을 추억하며

여보, 오늘은 이모랑 산소엘 다녀왔다우. 당신은 아무 말도 없이 우리를 맞고 보내고 하셨지요. 용서해 주세요. 살아 있을 때 잘못한 모든 것들을 용서해 주세요.

돌아오는 길에 엄마한테 들렀더니 쌀이랑 콩이랑 총각김치랑 싸주셔서 갖고 왔다우. 당신도 없는데 가져오면 무엇 하랴 싶어 싫다고 했는데 엄마와 이모가 극구 싸주시더군요.

당신은 김치를 무척이나 좋아했지요. 허지만 당신과 떨어져 살아오는 동안 나는 김치 담는 솜씨마저 잊어버려 당신은 맛없는 김치를 맛봐야 했습니다.

“밥은 당신이 해, 찌개는 내가 끓일게.” 하며 내 손을 잡고 부엌으로 가서 내게는 밥만 짓게 하고 당신은 작은 오지뚝배기에 장독에서 떠온 된장과 깍두기를 알맞게 넣고 갖은 양념을 하여 된장찌개를 끓이셨지요. 저는 시금털털한 된장찌개가 그리 맛있지 않았는데 당신과 아이들은 맛있다고 뚝배기가 기우뚱대도록 퍼서 먹었지요. 왜 좀 더 끓여 잡수지 않고 가셨습니까. 끔찍이도 사랑하던 내 아이들에게 그 좋아하는 된장찌개를 누가 끓여준답니까.

집안의 전기며 수도며 잡다한 모든 것들은 당신이 손보셨고 가시기 전에는 새로 지은 집이라 이것저것 손볼 것이 많았는데 내 손이 안 가도록 깨끗이 정리해 주셨지요. 마치 가실 것을 예견한 것처럼 그렇게 바삐 모두 끝내고 가셨습니다.

사랑하는 당신이여, 당신은 내게 세상에 없는 마님이라고 아끼고 사랑해 주었지만 저는 당연한 것으로만 알고 조금도 보답하지 못했습니다. 그저 항상 사랑을 받기만 했지 주는 것은 몰랐습니다.

동네에선 당신을 시계추라 했습니다. 시간 맞추어 출근하고 똑딱 시간 되면 틀림없이 집에 들어오는 당신이기에 그렇게들 불렀습니다. 현장소장 끝내고 본사에 근무하는 2, 3년 동안, 담배는 수도 없이 끊고 피웠지만 술은 못했으니 일찍 퇴근할 수밖에 없었지요.

저녁 먹고는 동네 한 바퀴 산책하고 오면 밤에는 저에게 ‘고도리’ 가르쳐줘 꽤나 많은 날들을 고도리하며 보냈습니다. 아이들이 저희들 방에서 공부하다 안방으로 들어올라치면 후딱 판을 숨기고 TV를 보는 척했습니다.

우리는 고도리를 치면서 5,000원이 되면 현금으로 주기로 하고 그 전까지는 외상으로 계산만 했지요. 언젠가는 4,500원에서 더 오르지

못하고 자꾸 내려가니까 "45살을 못 넘기려나? 왜 다되었다가 여기
서 자꾸 내려가지?" 하셨습니다. 그때 저는 "당신은 46살이야." 하며
받아넘겼습니다. 그때가 45살, 농담도 무섭군요.

여보, 행복했던 순간들이 스쳐갑니다.

당신은 부엌으로 나와서 내 등 뒤에 바짝 붙어 서서 장난도 잘했지
요. 그럴 때면 국회, 혜리, 택진이가 놀려댔지요. 그래도 우리는 자연
스럽게 장난을 잘했습니다.

당신은 내 어린 소꿉친구였죠. 정확한 시간에 퇴근해 오면 소꿉놀
이가 아닌 카드놀이를 했지요. 날마다, 저녁마다, 토요일, 일요일이면
어디든 내 손잡고 놀러 다니려 했지요.

밤이면 팔베개해서 재워주었지요. 당신은 가끔 얼굴 마사지도 해
주었지요. 뽀글이 파마 짧은 머리는 싫다고 했지만 나는 당신이 싫다
는 뽀글파마와 짧은 머리만 했습니다. 돈이 적게 드니까 그랬지요.
당신이 떠나기 전, 일본에 다녀올 때 전기 고대기를 사 온 후로는 뽀
글이파마도 예쁘게 펴고 다녔어요.

당신과 만나 산 날을 추억해 봅니다. 당신과 함께한 세월 동안, 당
신은 한 번도 내 생일을 잊은 적이 없고, 멀고 바빠서 못 오실 때에는
선물과 편지 등을 미리 보내주었지요.

당신은 학창 시절부터 피하기만 하는 나를 지나치리만큼 사랑해 주
셨고, 몇 년 후 결혼했을 땐 세상 것을 다 얻은 사람처럼 좋아했었지
요. 제 이름을 부르며 "어찌 내 부인이 되었니? 어떻게 당신이 내 부
인이 되었니?" 하며 너무너무 좋아했지요.

지금도 그때 그 목소리, 그 웃음과 표정이 눈앞에서 아른거립니다. 그토록 사랑해 주던 당신이었는데 어떻게 저를 두고 눈을 감으실 수 있었단 말입니까. 불러도 대답 없는 당신이지만 내게 아름다운 추억을 남기고 가셨으니 앞으로 그 추억을 새기고 새기며 살아가렵니다.

당신의 흔적

당신의 49재를 맞으며

새벽에 일어났습니다. 아무도 일어나지 않은 시간에 당신의 사진을 가슴에 품고 이 방과 저 방, 아이들 방, 당신과 함께 밥을 짓고 먹던 부엌, 물건만 두는 부엌방, 같이 쓰던 화장실, 앞 베란다 화단, 당신이 신을 벗고 드나들던 현관까지 한 곳도 빠짐없이 인사를 다녔습니다.

당신은 시종 웃으면서 돌아보셨지요. 당신을 품고 다니는 내 눈에선 눈물이 쏟아지는데 웃기만 하던 당신도 끝내는 눈물범벅이 되었습니다. 당신 사진 위로 떨어진 내 눈물을 소매 끝으로 닦아냈습니다.

일찍부터 49재에 함께 갈 손님들이 오실까 봐 밥 짓고 치우고 외숙모와 택진이 데리고 목욕까지 했습니다. 목욕탕에 가지 않은 지 오래 됐습니다. 동네 사람들이 볼까 봐 혼자되고서는 한 번도 안 갔습니다. 당신은 나를 동네 사람들도 볼 수 없는 죄인으로 만들었습니다.

　제일 먼저 큰 올케가 왔습니다. 귤 1상자와 돈 5만원을 주더군요. 동생 내외에게 미안합니다. 그 다음 명자가 오고 엄마와 인숙이가 오고 그 다음 이모와 외숙모가 오셨습니다. 청파동 이모는 절로 바로 오신다고요.

　잠시 후 삼촌과 큰아빠가 오시기로 해서 먼저 오신 손님들은 전철로 수원 화서에 있는 금강사로 가시고요. 우리는 큰아빠 차를 기다렸는데 늦게 오시어 1시나 되어 49재를 시작했습니다.

　여보, 49재는 먼저 부처님 전에 불공을 올리고, 그 다음 당신 앞에 올렸습니다. 호상이 아니니 여러 상제가 흰옷을 입은 게 아니고 당신 아내인 나만 소복하고 흐느껴야 했습니다. 오랜만에 외출한 탓인지 아이들은 크나 작으나 절 안팎을 뛰어다니며 놉니다. 당신은 이렇게 어린 삼 남매를 나에게 맡기고 가신 겁니다.

　불공이 다 끝난 다음 당신의 옷과 신발들을 태웁니다. 신이야 새로 사다놓았으니까 괜찮은데 당신이 한 번이라도 입었던 옷을 태우는 데는 참을 수가 없었습니다. 여보, 오늘이 극락세계에 도달하시는 날이라 합니다. 혼이나마 이생에서의 모든 시름 잊고 영생복락 누리시옵소서.

당신의 유품을 받다

　간밤엔 엄마가 오셔서 함께 주무셨다우. 엄마가 오시면 든든하고 좋은데 당신과 이야기할 시간이 없다우. 날 낳아준 엄마 앞에서 당신 생각에 슬퍼도 엉엉 울 수도 없어 눈물도 목으로 넘겨야 합니다.

오늘은 대한광업회에서 회장님 기사분과 직원 한 분이 당신이 쓰던 유품을 차곡차곡 상자에 담아 갖고 왔었다우. 배랑 귤도 한 상자씩 사 오셨는데 난 그들을 보고 또 유품을 받아들고 주책없이 그들 앞에서 소리 내어 울고 말았다우. 마침 국회가 시험 때라 일찍 와 있다가 국희도 그들 앞에서 아빠 생각하고 많이 울었다우.

당신은 왜 이렇게 가족들 가슴속에 참을 수 없는 슬픔을 남겨주고 가셨습니까. 말은 안 하지만 불쌍한 아이들은 어찌 살라 하고 가셨습니까.

날이 가면 좀 덜해지려나 했는데 더 슬퍼집니다. 좋은 것, 하고 싶은 것, 가고 싶은 곳 모두 없어져 버리고 꼭두각시처럼 멍청히 움직일 뿐입니다. 여보, 어차피 나를 데려갈 수 없다면 내 자신을 빨리 찾게 해 주구려. 명자한테서 편지가 왔다우. 핏기 없는 얼굴, 내려앉은 눈, 늘어진 어깨, 이것들을 빨리 버리고 예전처럼 싱싱하고 방글방글 웃는 해님 같던 얼굴을 찾으라고요. 당신은 내 모든 것을 변하게 만드셨습니다. 전과 같은 힘을 주소서.

당신의 육성을 들으며

여보, 오늘은 오랜만에 다 열어 제치고 대청소를 했어요. 내일은 토요일, 당신이 가신 지 벌써 4주가 되는 날이기에 절에 가려고 목욕도 했다우. 집안을 깨끗이 치우고 당신이 정부수립 30주년 기념 때 녹화해 두었던 테이프를 녹음기에 넣고 당신의 육성을 몇 번이고 들었다우.

저녁때 삼 남매가 학교에서 돌아올 때까지 큰 집에 혼자 있자니까 썰렁하고 허전하여 잡지도 보고 피아노도 두드려 보고 집안에서 왔다 갔다 하면서 무료한 시간을 보냈습니다.

당신이 안 계시기는 예나 지금이나 변한 게 없는데 왜 이렇게 허전하고 쓸쓸하고 안정되지 않는지 모르겠습니다. 새벽 2시경이면 항상 잠에서 깨어 온밤을 뒤척이다가 새벽에야 깜빡 잠이 드는 버릇이 생겼습니다.

그래서 오늘 아침은 밥을 못해 아이들에게 후렌치토스트를 해 먹여 보냈습니다. 막내는 좀 늦게 가니까 밥을 새로 지어 점심을 싸 보냈지만 서울로 다니는 두 딸은 그럴 사이가 없어 점심 값을 조금씩 주어 보내놓고 온종일 그 애들이 배고플 것 같아 안절부절 못했다우.

여보, 낮에는 소파에 앉아 당신의 육성을 들으며 당신과 대화했지요. 충청도 말로 느릿느릿 아나운서와 대담하는 당신의 모습이 선하게 떠오릅니다. "말 주변도 꽤 없지?" "그래요, 너무 느릿느릿 말씀하시는군요." 빙그레 웃음이 나왔습니다.

당신의 목소리도, 사진도 다 있는데 왜 정작 있어야 할 당신은 안 계시는 건지요. 온 하루를 당신만 생각하며 몇 날을 보내고 또 보내야 한답니까? 당신이 무척 보고 싶습니다.

사랑하는 당신이여

여보, 난 또 역사를 벌리려 한다우.

남은 뒤 터에 집을 지어 팔아 은행 빚을 갚으려는 것이지요. 우리 집을 지었던 진 사장이 지어주고 최 사장이 감리를 해 준다고 하니 모두 고마운 분들이 아니겠우. 오늘은 최 사장 만나러 잠깐 서울엘 다녀왔지요.

만나서 물어본 시간은 20분인데 나는 지난밤 꼬박 밤을 새우며 집 짓는 것에 대하여 고민했다우. 잘하는 것인지 못하는 것인지 당신이 안 계시니 의논도 못하겠고, 가끔씩 가슴이 답답하여 나도 모르게 큰 한숨이 나와 깜짝 놀라 주위를 둘러본 적이 한두 번이 아니라우.

지난번엔 몹시 시장한데 반찬도 없고 혼자 먹기도 싫어 짬뽕을 시켜 먹었어요. 시장하던 차에 맛도 좋고 얼른 두어 숟갈 입에 넣는 순간 왈칵 눈물이 솟았어요. 당신은 중국음식을 싫어했지요. 허지만 나는 당신을 영원히 돌아올 수 없는 길로 보내놓고도 이렇게 살겠다고 먹고 있었던 거요. 이럴 수도 있는 건지요.

남들이 날 보고 "요즘은 몸이 좀 나아졌군요." 하면 난 그만 쥐구멍이라도 들어가고 싶은 심정이 되고, "요즘도 편찮으세요? 몸이 안 좋아 보여요." 하면 "네, 좀." 하고 대답해요.

죄인, 저는 당신과 해로 못하고 떠나보낸 죄인인 겁니다. 내가 당신께 잘못을 많이 해서 형벌을 주시는 거라면 왜 살아서 꾸짖고 때리고 욕이라도 해서 푸실 일이지 이처럼 죄인을 만드신 겁니까.

여보, 오늘 서울 가는 길에서 봄 향기를 어렴풋이 느끼며 발걸음을 옮기고 있는데 언뜻 눈에 띄는 가로수 실버들이 연록의 새 옷을 입고 있더군요. 또 큰 한숨을 내쉬며 눈물을 흘려야 했다우.

지난 한식 때, 당신의 묘소에 다녀와서 마침 최 사장이 새로 나온 포니 2를 갖고 와 아이들을 데리고 수원 원천유원지에 다녀왔다우. 아무 조건도 말도 없이 아이들을 불쌍히 여겨 데리고 다니는 그분께 감사하면서도 보답은 못했습니다. 연세가 많아 택진이가 할아버지, 할아버지 하고 따라도 귀여워하며 무엇이든 사서 먹이려고 하니 참 고맙기도 하지만, 너무 버릇없고 예의 없이 구는 아이들에게 교훈 삼아 매질을 했어요. 아비 없는 후레자식이란 소릴 들을까 봐 체벌은 했지만 너무나 가슴 아파 견딜 수가 없었습니다. 이렇게 날씨가 화창한데 당신은 어두운 땅속에서 5개월을 넘게 누워 계시는군요.

5개월 전만 해도 당신은 내 곁에 계셨고, 아이들 곁에 계셨습니다.

아, 그리운 이여, 보고픈 이여, 사랑하는 당신이여!

차라리 내가 가고 당신이 계셨다면 얼마나 좋았을까요. 그랬다면 당신이 지금 나처럼 내 사진을 보고 울고 웃고, 맛있는 음식을 보고 울고 웃고, 거리를 보고 울고 웃고, 아이들 끌어안고 울고 웃고, 가족 친지 친구들 보면 울고 웃고, 달 밝은 밤이면 달을 보고 울고 웃고, 가슴 에이는 이 많은 날들을 좋아도 울고 슬퍼도 울고 했겠지요.

주위 분들이 많이 도와줍니다. 모두 사랑해 준답니다. 사우디에서도 동생들이 약과 아이들이 좋아할 카메라, 시계, 몸에 좋다는 식품을 보내오고, 매달 주부생활을 보내주는 친구도 있고, 맛있는 음식을 사오는 친구도 있고, 에콰도르로 이민 간 막내 이모가 커피 등 그곳 특산품을 보내오며 국경도 없이 편지, 전화, 선물이 자주 오니 그분들의 따뜻한 사랑과 관심에 조금은 위로가 됩니다.

아이들은 용돈도 안 달랩니다. 주는 대로만 받습니다. 불쌍합니다. 은행 빚이 있어 넉넉히 주지도 못합니다. 국희도 아껴 쓰고, 혜리야 원래 당신 닮아 돈 안 쓰지만, 택진이도 해양대, 보이스카웃 등 올해는 말을 안 해 몰랐는데 그만두었다고 친구 엄마에게 소식 듣고 물어보니 "엄마 돈 없잖아." 해서 가슴이 저려왔습니다.

엄마 돈 많고 우리 큰 집도 있고 땅도 많은 부자니 걱정 말라고 기죽을까 봐 수차 말했지만 삼 남매가 느끼는 가정사는 그렇지가 않은지 측은하고 불쌍해서 견딜 수가 없어요.

여보, 이제 은행 빚만 갚고 나면 아주 멋지게 아이들한테도 마음껏 해 주렵니다. 불쌍한 내 아이들에게. 그날이 빨리 오도록 도와주세요.

아웅산 대참사를 보며

전두환 대통령과 수행원들이 서남아시아 순방 중에 첫 방문국인 미얀마에서 참변을 당했다. 하루아침에 싸늘한 주검으로 변한 명망 있는 17명의 수행원들의 운구 장면을 텔레비전으로 보는데 눈물이 한없이 나온다. 돌아가신 분들의 관을 붙들고 우는 가족들이 나인 것처럼 느껴진다. 갑자기 배우자를 잃은 그 충격을 이해할 수 있기 때문이다.

그들은 앞으로 어찌 살 것인지, 갑자기 가신 분들이야 어떻게 돌아가셨든 그것으로 끝이지만 남은 미망인과 가족들은 어찌 살 것인지, 아무리 꿋꿋해지려 해도 자꾸자꾸 무너져 내리는 힘을 어떻게 감당할 것인지, 아무리 많은 사람들의 위로가 있다 해도 천길만길 수렁 속을 헤매게 될 그들이 난관을 어떻게 극복하며 살아갈 것인지 내 일처럼 느껴지는 것이다.

고위관료의 부인에서 제일 복 없는 사람으로 추락한 슬픔에 젖은 미망인들을 보니 홀로 살아온 2년이 주마등처럼 스쳐 지나간다.

서울대학교를 나온 남편도 큰 뜻을 갖고 광업계에 몸담고 있으면서 사명감을 갖고 나름대로 열심히 살아왔다. 작으나마 5층짜리 작은 건물 지어 살면서 우리 가족은 참으로 행복했었다.

집 짓고 1년, 남편은 아무 병도 없이 건강했는데 퇴근 후 저녁 잘 드시고 자다가 심장마비로 말 한마디 못하고 새벽 1시 30분에 운명했다. 장례를 치르는 3일이 몇 년처럼 길게 느껴졌다. 너무 기가 막혀 울지도 못한 시간들이었다. 눈물이 뭔지, 웃음이 뭔지, 슬픔이 뭔지, 기쁨이 뭔지 아무것도 모르는 그저 꼭두각시처럼 누가 어떻게 하라면 그대로 움직이었을 뿐이다. 이따금 어린 삼 남매의 가냘픈 울음 소리를 들은 것도 같고, 시어머니의 넋두리 섞인 울음도 들은 것 같다. 어린 삼 남매가 어디서 무얼 하고 있는지 생각도 안 나는 사흘이었다.

어쩌다 문득 내 아이들이 생각나서 돌아보면 막내인 초등학교 4학년인 아들만이 큰아빠와 작은아빠 사이에서 여린 팔에 삼베 띠를 매고 문상객들을 맞아 절을 하고 있었다. 갑자기 가신 터라 입던 옷 그대로 입관할 때까지 입고 있었으며 언제 누가 입혀주었는지 기억도 없는데 흰 치마저고리에 머리엔 흰 리본을 달고 있었다.

남편을 아껴주던 회사 분들, 동창 분들, 내 동창들, 가족들, 가족의 상사 분들 수없이 많은 사람이 오고갔지만 누가 다녀갔는지 내 손을 잡아주던 분이 누구였는지 알지 못했다.

붉은 우단 커버로 뒤덮인 관이 3층에서 내려가 영구차에 실려 마지막 집 앞 거리제를 지낼 때야 정신을 차리고 몸부림치며 울었다. 작년 1년을 밥해 나르며 구석구석 감독하며 지은 새 집에서 1년밖에 못 살고 불귀의 몸이 되어 집을 떠날 땐, 마음껏 울라고 아무도 말리지 않았다.

장례행렬이 장지로 떠날 때 많은 자가용, 대형 운구버스 2대, 아래층 병원의 앰뷸런스까지 줄을 이었다고 한다. 장지에서 많은 시간이 소요되었지만 그땐 너무 지쳐 눈물도 안 나왔다. 같이 무덤 안으로 들어가고 싶을 뿐이었다.

모든 일을 끝내고 내려오는데 남편을 찬 땅속에 혼자 두고 온다는 게 너무 슬퍼서 또 소리 내어 마음껏 울었다. 옆에서 지켜볼 뿐 아무도 말리지 않았다. 누군가 남자 두 분이 내 양팔을 부축하고 끌고 내려왔지만 흰 고무신은 벗겨져 있었고, 치마는 허리끈이 풀린 채 밟히고 밟혀 흙 범벅이 되어 버선발로 차에 실렸다. 누군가 고무신을 차에 넣어주었다.

돌아오는 영구차 안에서도 몸부림치며 울었다. 어떻게 집에 왔는지도 모른다. 허탈상태로 누워 계시던 시어머니와 가족들이 서로를 위로하며 억지로라도 죽을 들게 했다.

그제야 내 자식들이 눈에 보였다. 그사이 무척이나 큰 삼 남매가 내 앞에 우뚝 서 있었다. 장대같이 큰 세 기둥이 버티고 서 있어 눈을 다시 떠보았다. 만 사흘 사이 그렇게 의젓해지고 귀하게 느껴지는지 튼

튼한 세 버팀목을 끌어안았다. 우리는 남편이 떠난 후 처음으로 부둥
켜안고 울었다. 내 슬픔보다 이따금 아이들이 우는 모습을 볼 때가
제일 괴로웠다.

슬픔을 잊으려고 최선을 다했고 자식들에게 좋은 일들만을 기대하
며 살아가고 있다. 남이 울면 같이 울고 즐거워할 땐 같이 웃지만 그
건 겉치레일 뿐 돌아서면 더욱 괴롭고 슬픔이 솟아오르는 것은 어쩔
수가 없다. 아이들 앞에서 마음 놓고 울지도 못한다. 감수성이 강한
나이에 자식들에게 아픔을 줄까 봐 너무 많고 많은 일들을 참고 또 참
으며 살아야 한다.

건강했던 몸인데도 힘이 없어 자주 자리에 눕게 된다. 특별히 아픈
곳은 없는데도 늘 누워 지낸다. 남 앞에 서기 싫어 집에서만 지내게
되고 사람이 아주 무능력해져 본 모습을 잃고 혼을 빼앗긴 병자처럼
살고 있다.

탈진한 상태에서 일어나 보지만 다리가 말을 듣지 않는다. 두 다리
는 멀쩡한데 힘이 빠져 있다. 두 팔을 짚고 일어섰을 땐 왠지 서글퍼
눈물이 자꾸 나온다. 그것도 아이들 오기 전엔 끝내야 된다. 아이들
앞에서 울어서는 안 된다. 아이들에게 불쌍한 아이들에게 지나칠 만
큼 기대를 걸게 된다. 어쩌다 내 곁을 떠나 있을 땐 한없이 슬퍼진다.

지금 10시 사이렌이 불고 있다. 잠깐 고개 숙이고 두 손 모아 영령
들의 명복을 빌고 이 땅에 남은 미망인과 그 가족들에게 용기와 희망
을 주십사 하고 빌어 본다.

미망인들이 나 같은 나약한 여자 되지 않고 굳건히 살았으면 싶다. 홀로된 분들은 그분의 유산인 자식을 훌륭히 키우는 일 뿐이다. 내가 혼자됐을 때 문상 오신 어른들께서 하신 말씀을 지금 실감하고 있다. "지금은 몰라, 살면서 두고두고 그 눈물 다 어찌 할꼬, 쯧쯧." 세월이 가면 잊어지려니 했던 슬픔이 날이 갈수록 더 한다는 것을.

마음은 항상 허전하고, 어린아이 같아지고, 남을 먼저 의식하게 되고, 노여움이 많아지고, 비관을 자주하게 되고, 남의 위로가 비웃음으로 보여지고, 호의를 감사하게 받아들이지 못하고, 아주 엄청나게 변한 소인이 되고 말았다.

홀로되신 미망인들이 나보다는 훨씬 현명한 분들이니 부디 지혜와 사랑으로 아이들 돌보며 먼저 가신 남편의 자랑스러운 부인이 되기를 빌어 본다.

7

큰딸(양국희)이 어린 시절을 그리며 쓴 글

난 울엄마 반이라도 따를 수 있다면 다행이겠지만,
나두 엄마란 사실엔 넘 감사한다.
엄마 흉내라도 내볼 수 있으니까……
—2005. 5 미니 홈피에 썼던 글

　이 글을 쓰고 이 글이 『문학과 의식』이라는 문예지에 올랐던 지도 벌써 10년이 되었습니다. 그 사이 엄마는 60고갯마루 너머에 서셨고, 저희 셋도 마흔을 넘긴 나이가 되었지요. 저희들… 그 시간 동안 더 따뜻하고 건강한 어른으로 10년만큼 더 자랐습니다.

　이 글을 썼을 때쯤… 환갑 즈음이었던 엄마의 남은 시간을 걱정했던 적이 있었습니다. 앞으로 2, 30년을 엄마는 어떻게 보내시려나… 엄마 인생의 최고의 가치이자 목표였던 저희는 다 자라서 각자의 가정과 일을 갖게 되었는데, 엄마는 그냥 할머니로 홀로 나이 들어가신다는 것을 상상할 수도 없었습니다. 그래서 그때쯤 오히려 제가 더 조바심을 냈었어요.

　그런데 이렇게 10년이 지나 돌아보니, 그때 제가 정말 쓸데없는 걱정을 했었다는 생각이 듭니다. 엄만 누구보다 푸르고 활기차게, 아름답고 멋지게 그 10년을 꼭꼭 채워 오셨어요.

　엄마의 시간을 멋지게 살아오시면서도, 또한 저희들이 더 나은 어른이 되는데 큰 힘이자 길이 되어주셨어요. 때로는 엄하게 꾸짖기도 하고, 때로는 격려도 하고, 때로는 같이 울어주시면서…….

　'더도 덜도 말고 지금처럼…….'

　얼마 전 엄마가 책의 제목으로 어떠냐고 물어오셨을 때… 갑자기 제 가슴과 눈이 뜨거워졌어요. 다른 사람들이 보면 아쉬움이 많았을지도 모르는 엄마의 인생이지만, 엄마는 항상 발전을 추구하고, 계속 배우고 자신을 채우면서 열심히 사셨고, 그래서 엄마는 지금 자신의 모습에, 엄마의 아이들인 저희의 모습에 만족하고 계신다는 것을 저 짧은 열 글자를 통해 알 수 있었습니다. 엄마의 그런 마음에… 옆에 있는 저희는 너무나 기쁘고 감사하게 됩니다.

　이젠 10년 전과 같은 걱정은 하지 않습니다. 다만, 엄마가 더 오래 더 많은 꿈을 꾸고 이뤄가실 수 있도록 항상 건강하시길 빕니다.

　울엄마, 언제나 홧팅~!!!

2010년 4월

작가 이순원의 소설 『그대 정동진에 가면』, 독자 양국희(큰딸)의 대담

2000년 7월 11일
어느 독자가 보내온 메일

제목 : 민음사 홈페이지

방금 민음사 홈페이지(www. minumsa.com)에 갔더니 『그대 정동진에 가면』을 읽은 강릉광업소장 딸의 글이 올라와 있군요.

어쩌면 벌써 선생님께 연락이 갔을지도 모르겠지만, 민음사 홈페이지에 가서 직접 읽어 보는 것도 의미 있을 것 같습니다.

홈페이지 〈독자와 함께〉 코너의 '무엇이든 물어보세요' 에 있습니다.

저 역시 온몸이 '오싹한' 기분이 느껴지네요.

2000년 7월 11일

독자의 메일을 받고 가 본 민음사 홈페이지
〈독자와 함께〉 코너 '무엇이든 물어보세요' 에 올라와 있는 양국희
님의 글

제목 : 이순원 님에 대해

작년 8월 14일 남편, 아들과의 뉴욕 여행에서 돌아온 다음날…

저는 신문 기사를 보고는 온몸이 오싹했던 감동을 잊을 수가 없습니다.

『그대 정동진에 가면』

바로, 서점들을 찾아다니면서 그 책을 구해 읽었습니다.

저는 1966년생, 그 작품의 배경과 주인공 인물이 되는 강릉광업소 소장의 딸이었습니다.

마치 저희들을 보고 쓰신 듯한 생생한 글…

또 1년이란 시간이 지났지만, 그냥 그 책을 읽은 느낌과 어릴 적의 이야기에 대한 짧은 글을 보내 드리고 싶습니다.

이 선생님의 주소를 알고 싶습니다(E-mail 주소라도요).

부탁 드립니다.

2000년 7월 11일

민음사 홈페이지에 올라와 있는 양국희 님의 글을 읽고
〈독자와 함께〉 란에 올린 이순원의 글

제목 : 양국희 님께

이순원입니다.

민음사 게시판은 참 빠르군요. 독자들이 즐겨 찾는 게시판이라는 뜻이겠지요. 오후 늦게 어떤 독자분이 이곳에 저와 관련한 글이 있다고 말씀해 주셔서 이렇게 찾아와 양국희 님의 글을 읽었습니다. 그 독자분은 양국희 님 글에 대한 소개 대신 '오싹한 느낌'이 들 거라고 해서 지레 제가 놀랐지요.

가 보지도 않은 곳을 소재로 〈은비령〉이라는 작품을 썼을 때에도 작품 속의 인물과 너무도 똑같은 여자분의 전화를 받은 적이 있고, 그 전에 〈압구정동엔 비상구가 없다〉를 쓰고 난 다음 막가파 사건이 터져 마치 그런 사건을 예견한 작가라는 듯 신문마다 나온 기사를 봤을 때에도 참으로 '오싹한' 느낌이었답니다.

정동진은 사실, 고등학교 때 한 번 가 보고(저는 대관령 산밑 쪽의 우추리라는 마을에서 자랐습니다.), 어른이 된 다음 다시 가 보고 뭔가 아름다운 것이 사라져가고 있다는 안타까움에 『그대 정동진에 가면』을 쓴 것인데…

저는 글을 쓰며 늘 이런 생각을 합니다.

작가의 상상력이 간절해지면 작중 무대도, 작품 속의 인물도 현실보다 더 현실답게 그려낼 수 있다고 믿는 쪽입니다.

〈수색, 그 물빛무늬〉도 수색에 한 번 가 보지 않고 쓴 글이고, 〈은비령〉, 〈말을 찾아서〉의 봉평도 가 보지 않은 상태에서, 〈압구정동엔 비상구가 없다〉도 같은 서울에 살면서도 가 보지 않고 쓴 글입니다.

물론 나중엔 다 둘러보았지요. 가 보지 않는 이유는 일단 내 눈에 넣으면 무대든 인물이든 현실의 것을 모사하는 정도에서 그치겠지만 가 보지 않고 상상력을 발휘하면 현실의 것보다 더 현실답게 그려낼 수 있다는 생각에서입니다.

정말 반갑습니다.

저는 꼭 그런 작은 아이 하나가 정동진에 있을 것 같다고 생각했습니다. 그리고 그 아이가 지금은 어른이 되었겠지요. 마치 작중인물인 그 아이를, 그 아이가 자라 다시 현실 속에서 그대로 만나는 느낌입니다.

내 소설 속의 어린 날처럼 늘 이쁘고 건강하십시오.

2000년 7월 12일

양국희 님이 인터넷 메일로 보내온 글

<이 글은 지금보다 1년 전인 1999년 9월 3일에 쓴 것입니다.>

광업소 앞 흙다리

"이 다리를 건너면 왠지 눈물이 나올 것 같아서…

아버지 생각도 나고…" (『그대 정동진에 가면』 p. 140)

선생님께서도 그 다리를 보셨군요.

지금은 형편없이 낮아진 흙다리…

개울도 낮아지고 좁아져서… 이젠 개울을 건너는 다리라기보다는 그냥 땅 위에 그림처럼 남은 다리…

그 옛날 수많은 트럭들이, 수많은 아저씨들이, 그리고 어린 우리들이 건너다니던 그 다리…

선생님께선 그 트럭, 지프들의 힘찬 엔진 소리와, 아저씨들의 워커

소리와, 그리고 그 밑 개울에서 작은 물고기를 잡던 우리들의 웃음소리를 들으실 수 있었겠지요.

정말로 그 이후 한 번도 그 다리를 걸어서 건넌 적이 없습니다. 막혀 있기도 했지만, 정말로 눈물이 나올 것 같아서… 그렇게 작아져버린 그 다리가 내 기억의 무게를 견디지 못하고 주저앉아 버릴 것만 같아서…

결혼 후에도 적어도 1년에 한 번씩은 그곳에 갔지만, 차에서 내리지 않았습니다. 폐허가 되어버린 합숙 건물, 아빠 사무실, 마당 어딘가에서 휘휘 떠돌고 있을 바쁜 아빠와 아저씨들의 모습을, 우리들의 웃음소리를 만나게 될까 봐… 그동안은 그렇게 차 안에 앉아서 옛날 이야기를 했습니다. 이젠 제 남편조차 마치 거기에 살았던 것처럼 다 이야기할 수 있을 정도로, 그렇게 또 하고 또 하고…

그런데 3년 전까지만 해도 변화가 없던 그곳이 갑자기 얼마나 빨리 변해 가는지요. 회사 마당에는 모텔이 들어서고, 합숙 건물은 주저앉고, 아빠의 사무실은 문도 창문도 책상도 사람도 아무것도 없이 그렇게 남아버렸습니다.

마지막 갔던 지난 1월, 처음으로 차에서 내려 사진을 몇 장 찍었습니다. 정말로 완전히 사라져 버릴까 봐. 이제는 찾아와도 기억마저 찾을 것이 없을까 봐…

그러나 역시 둘러보지는 못했습니다. 다가오면 발포할 수도 있다는 (남파 간첩의 은신처로 사용될 수도 있어) 팻말의 무시한 글도 그렇고, 찢어지고 무너진 기억들과 만나게 될 것이 두려워서…

선생님, 5살배기 착한 제 아들이 크리넥스 한 장을 뽑아와서 제 눈물을 닦아주고 있습니다. 아이에게는 제가 중학교 3학년 때에 돌아가신 아빠가 보고 싶어서라고 말합니다. 착한 제 아이가 같이 울려고 합니다. 그런 제 아들의 외할아버지, 저의 아빠는 강릉광업소의 소장이셨습니다. 그리고 전 1966년생입니다. 어떤 마음으로 선생님의 작품을 읽었을지 생각하실 수 있으시지요?

열흘간의 뉴욕 여행을 마치고 돌아온 다음날인 8월 14일 아침, 신문에서 선생님의 새 소설책에 관한 기사를 읽었습니다.

"정동 한 광업소의 부소장 딸…"

아! 서점 문 여는 시간을 얼마나 기다렸는지를 상상하실 수 있으세요? 아파트 주위의 작은 서점에는 아직 들어오지 않아서 분당에서 제일 큰 서울문고에까지 가서 샀습니다. 바로 안양에 사시는 친정엄마께도 가지고 갔습니다. 그리고 여동생과 친정엄마와 그 책을 읽으면서 얼마나 여러 번 통화한지 선생님은 아실 수 있을까요? 기억의 작은 꼬투리라도 잡히면 서로 전화해서 확인하고… 또 전화해서 확인하고… 그 회사에 부소장이라는 직책은 없었지만, '미연'이란 사람이 그 우리들 속에 같이 놀던 한 친구로 느껴졌습니다. 또한 내 안의 다른 누구라고도 느껴졌습니다.

제 아버지

장성, 황지…

작품 속의 석하의 아버지가 있었던 곳에 제 아빠도 계셨습니다. 엄마 말씀이 장성은 아빠가 서울대 광산과를 졸업하시고 군대 가시기 전에 잠시 계시던 곳이라고 합니다. 황지는 제가 어릴 때 계신 적이

246

있습니다. 1966년 제가 태어날 당시, 아빠는 강릉광업소의 계장이셨습니다. 지금도 회사 옆에 남아 있는 낡은 초록지붕 집에서 두 분이 신혼살림을 시작하셨고, 제가 태어나고 얼마 후에 외갓집에서 가까운 안양으로 이사했습니다.

아빠는 상무님, 과장님 등과 함께 회사 안의 합숙에 계셨고 우리는 안양에 살면서 서울로 학교를 다녔습니다. 한 달에 한 번씩 아빠가 소설에 나오는 것처럼 검은색 지프를 타고 집에 오셨습니다. 한 달에 한 번씩 맞는 축제… 돌아가시기 얼마 전까지 10여 년간을 그렇게, 아빠와는 당연히 떨어져 있어야 하는 것으로 알고 지냈습니다. 방학이 되면 그곳에 갔습니다. 상무님과 과장님의 아이들도 모두 그곳에 모였습니다.

제가 중학생이 되면서 그곳과의 인연은 끝이 났습니다. 아빠는 그 후 한진그룹의 제동흥산 평해광업소—지금의 후포, 영덕. 그곳도 유명해졌지요.—에 계셨고, 서울 대한광업회로 옮기면서 저희와 처음으로 함께 살게 되었지만, 1981년 11월 갑자기 추워진 날 밤, 김태곤 씨가 국제가요제에서 〈아야, 우지마라〉를 마치 상여 메듯 노래한 날 밤에 그렇게 갑자기—주무시다가—돌아가셨습니다.

자주 볼 수 없었기 때문인지도 모르지만, 저희들에게 아빠는 따뜻하고 재미있는 분이셨습니다. 한 번도 혼낸 적이 없었지요. 중학교 2학년 때였어요. 엄마께 매를 맞고 있었는데 아빠가 보시고는 한 대를 때리고 보내주셨지요. "이제 됐어." 그런데 그 한 대가 엄마께 맞은 10대보다도 훨씬 더 서러웠습니다. 아빠에게 맞은 유일한 매였습니다.

저희들

전 1966년생, 제 여동생은 1969년생, 막내는 1971년생으로, 그곳의 기억은 모두 어릴 적 기억뿐입니다.

전 작은 무역회사를 하는 남편, 다섯 살짜리 아들과 분당에 살고 있습니다. 결혼 전에는―아빠가 돌아가시기 이틀 전 다짐하셨던 하늘에의 꿈과 같이―대한항공에서 승무원을 했습니다. 지금은 늦은 나이지만 더 하고 싶은 공부가 있어서 학교에 또 다니고 있습니다. 제여동생은 대학 1학년 때에 만난 안과의사와 일곱 살, 네 살의 두 딸을 데리고 거제도에 살고 있습니다. 동해시의 영동병원에 근무하기도 했지요. 남동생은 연세대를 나와서 기흥의 삼성 반도체에 근무하며 아직 미혼입니다. 저희 엄마는 여행과 무엇이든 배우는 것을 즐기면

서 아직 안양에 사십니다. 자존심도 세시고 자부심도 강하시지요. 자랑스런 분입니다.

이렇게 모두 말씀 드리는 마음을 이해하시는지요… 마치 선생님께서 우리 모두를 너무도 잘 알고 계실 것 같아서 꼭 지금의 저희들을 말씀 드리고 싶어서요. 모두 이렇게 성실하게 잘 지내고 있습니다라고.

그곳에 방학 때마다 모였던 우리들은—저와 제 여동생 혜리, 남동생 택진, 황 상무님 댁의 하룡, 유정, 유선, 박 과장님 댁의 성희, 주완, 식당 아주머님의 딸들 옥경, 간난이였습니다. 황룡산업의 강릉광업소가 와룡산업이 된 뒤로는 전혀 만날 수 없었습니다. 아빠가 안 계셔서 더 그렇게 되었겠지만, 어른들도 우리들의 결혼식에서나 만나는 정도. 저흰 20년 만에 작년 박 과장님의 딸 성희의 결혼식에서 아

주 많이 변한 모습의 우리들을 확인할 수 있었습니다. 그렇지만 그 어색함이란… 믿을 수가 없었습니다. 그때처럼 금방 손잡고 깡충깡충 뛸 수 있을 줄 생각했는데… 그 친구들은 정동에 대한 특별한 기억이 없는 듯했습니다. 다만 상무님의 사모님은 우리가 어릴 적엔 〈누가누가 잘하나〉에서, 지금은 〈육 남매〉 등에서 아이들에게 동요 지도를 해 주고 계신 김방옥 선생님으로 방송으로나마 소식을 알 수 있었지요.

강릉광업소

그때 회사의 주소는 '강원도 명주군 강동면 산성우리… 황룡산업 강릉광업소' 였습니다. 그리고 '소장 양재후' … 전 자주 아빠께 편지를 썼습니다. 내용은 마치 국군 아저씨께 쓰듯 썼지만요. "우리를 잘 키워주시기 위해 고생하시는 아빠, 고맙습니다. 저희도 열심히 공부해서 훌륭한 사람이 되겠습니다…."

저희 아빠의 사무실은 지금 남아 있는 건물 중 앞쪽, 흰 건물의 오른쪽 방입니다. 지금은 PET병이 가득 쌓여 있는… (처음엔 그 건물이 아닌 다른 곳이었는데 나중에 새로 지었습니다.) 정면으로 책상이 있었고, 옷걸이, 철제 서랍장, 오디오… 특이한 건 책상 위에 어울리지 않게도(!) 이승복 상이 있었습니다. 아빠 거기에 모자를 걸어놓으셨었지요.(이건 제 여동생의 기억입니다.)

그리고 기찻길 앞까지 ㄷ자 모양으로 건물들이 있었습니다. 거기엔 여러 사무실들과 목공소, 실험실 등이 있었습니다. 사실은 멀리서의 모양만을 기억할 수 있을 뿐입니다. 엄마가 합숙 앞쪽으로는 못 나가게 하셔서, 목공소에 몇 번 갔던 것 외엔 다른 곳은 들어가 보지 못했기 때문입니다. 그곳 목공소에선 항상 나무 켜는 소리가 시끄러웠습니다. 바닥엔 톱밥이 잔뜩 쌓여 있어서 푹신푹신했지요. 그때 로봇을 설계―우스웠겠지요?―해서 아저씨들에게 몸통을 부탁했었는데 제 생각과 달라서 무척 서운했던 기억도 납니다.

합숙의 오른쪽으로는 갱목들이 쌓여 있었습니다. 동그랗고 긴, 곧은 나무들… 그 나무 위를 넘어 다녔습니다. 작은 산을 넘는 것 같았어요. 우리가 어렸기 때문에 그렇게 높고 커 보였을까요? 거기선 항상 갓 켠 나무의 싱그런 향내가 났습니다. 어느 땐가 토끼가 그 나무들 사이로 들어가 저희들이 잡으려고 애썼던 기억도 있습니다. 합숙의 왼쪽엔 잘 정돈된 정원이 있었습니다. 잔디가 깔려 있고 잘 다듬은 나무들이 있고… 그리고 회사의 맨 뒤쪽에는 저희가 살던 소장 사택과 넓은 채소밭이 있었습니다.

아침마다 구호를 외치던 아저씨들의 함성

아침이면 회사 사람들 모두가 마당에 나와 애국가를 부르고, 국기에 대한 경례를 하고, 국민체조를 했습니다. 사실, 회사에 나오시던 분들은 광부 아저씨들은 아니었지요. 광부 아저씨들은 바로 탄광으로 출근하셨을 테니까…

그곳엔 사무실, 목공소, 실험실 등이 있었습니다. 3교대 시간에 맞춰 마을 전체에 사이렌이 울렸지요. 그 부근 모두 광업소와 관계 있는, 어쩌면 광업소 때문에 존재하는 마을이었을 테니까…

그땐 그저 당연한 줄 알았지만 요즘 TV에서 정동진을 얘기할 때 모두 그렇게 얘기하더군요. 그래요. 그랬습니다. 검은 흙먼지 이는 길에선 무표정한 검은 아저씨들을 태운 검은 트럭들과 검은 광부복에 전등이 달린 모자를 쓴 아저씨들을 쉽게 만날 수 있었습니다.

점심시간엔 회사 전체가 울리도록 라디오를 틀었습니다. 어느 여름인가엔 "아! 조국의 하늘은 멀어도 잊을 수가 없구나. 고향의 흙 냄새" 하는 주제가를 가진 미국 LA의 올림픽 가를 개척한 어느 분의 이야기를 연속극으로 방송했습니다.(저와 제 여동생은 아직도 이 부분을 노래부를 수 있습니다.) 점심시간이 끝나기 직전인 12시 50분 경에는 〈방랑시인 김삿갓〉이라는 짧은 프로가 있었습니다. 그 프로가 끝나면 "애앵—" 하고 다시 사이렌이 울렸지요. 오후 근무의 시작이었고 그때부터 합숙의 홀은 다시 저희들 차지가 되었습니다.

합숙

지금 흰색 건물 뒤에 폐허처럼 남아 있는 건물…

그 건물을 회사에선 합숙이라 불렀습니다. 중앙에 큰 홀이 있고, 양옆으로 두 줄로 몇 개의 방이 있었습니다. 그곳에 근무하는 사람들 중 가족을 서울에 둔 아저씨들이 그곳에서 살았습니다. 실험실 건물을 소장 사택으로 개조하기 전엔 저희 아빠도 그곳에 계셨습니다. 홀에는 식탁이 몇 개 있어서 그곳에서 아저씨들이 식사를 하셨습니다. 아저씨들의 식사와 휴식이 끝나고 사이렌이 울려 모두 사무실로 돌아가시면, 그곳은 우리들 차지였습니다. 탁구대에서 탁구도 치고, 음악을 듣고, 나무와 톱밥을 때는 무쇠난로에 흰떡을 구워 먹었습니다.

그때 가장 즐겨 듣던 노래는 은희 씨의 〈꽃반지 끼고〉였습니다. 그 노래를 들으면서 미래의 사랑에 대해 꿈을 꾸었지요.(어린 나이에도…) 홀 뒤쪽으로 나 있는 문으로 나가면 세면대가 있었고, 오른쪽은 식당, 곧바로는 목욕탕, 왼쪽으로는 옆마당으로 가는 문들이 있었습니다. 엄마는 항상 식당 아주머니들을 도와 함께 일하셨지요.

그곳의 특성상 거의 매일 목욕을 했습니다. 남자 어른들이 먼저 목욕을 하고 나면 여자들과 아이들이 들어갔지요. 탕의 아래쪽에는 여러 개의 흰 도기에 코일이 감긴 네모난 것이 있었습니다. 물을 데우는 데 쓰는 것이라고 했지요. 거기에 가까이 가면 데거나 전기가 오를까 봐 항상 겁이 나서, 탕에 들어갈 때마다 발이 저려오는 것 같았습니다. 빨랫비누, 빨간색의 '이쁜이' 비누, 샴푸와 린스는 마지막에 한 번…

교환실

교환실에서 놀면 재미있었습니다. 피아노처럼 생긴 교환기엔 죽 늘어선 구멍이 있었고, 그 구멍들 위엔 소장실, 과장실, 생산과, 자재과, 1구, 2구… 라고 작게 써 붙인 표가 있었으며, 아래쪽에는 코드들이 죽 늘어서 있었습니다. 전화가 오면 전화를 건 곳의 이름이 붙은 구멍 위의 작은 전구에 불이 켜지고, 코드를 당겨서 그 구멍에 꽂고 전화를 받으면 '어디를 연결해 달라' 고 말했습니다. 그러면 그 코드와 연결된 코드를 연결한 곳의 구멍에 꽂고서 작은 잭을 똑딱똑딱 밀었다 당겼다 하면 그 두 곳이 연결되었습니다. 통화가 끝나면 불이 꺼지고, 코드를 빼면 코드 줄이 당겨져서 다시 제자리로 들어갔습니다. (제 여동생은 코드가 '후루룩' 들어갔다고 표현합니다.) 언니를 졸라서 저희들도 몇 번 해 보았지요. 실수한 적도 있어서—그럴 땐 교환 언니가 혼이 났습니다.

시골 할아버지, 서울 할아버지

그곳엔 두 분의 할아버지가 계셨습니다. 서울 할아버지는 서울 본사와 무슨 관계가 있던 분으로 그곳에 와서 쉬고 계셨습니다. 흰 얼굴에 쌍꺼풀이 있고, 이마가 굉장히 넓으신 분(!)이었습니다. 그분은 저희들을 데리고 이곳저곳 놀러 다니셨어요. 회사 앞의 작은 산—흙다리를 지나 만화방 뒤에 있는—에 오르면 산소와 작은 목화밭이 있었습니다. 흙다리 밑의 개울에서 고기를 잡아 그곳에 같이 묻어주기도 했습니다. 토끼 잡으러 가자고 하셨지만 정말 토끼를 잡은 기억은 없습니다. 또 개울—화비령 터널을 지나 주유소 옆으로 들어와서 지금은 빈 사택들이 늘어서 있는 곳 앞의 개울―에 데리고 가서서 썰매를 태워주셨습니다. 팽이나 연도 만들었습니다.

시골 할아버지는 회사의 잡일을 하시던 분이셨습니다. 장작을 패고 각방마다 불을 때셨고, 화장실의 변을 퍼다가 채소밭에 뿌리는 일도 하셨습니다. 저희들이 말썽을 부리면 큰소리로 겁을 주셨지만, 저희들은 시골 할아버지를 더 좋아했습니다. 마른 몸에 짙은 회색의 낡은 옷을 입고 벙거지 모자를 쓰신 까칠까칠한 수염의 할아버지… 그 할아버지의 모습은 흑백사진처럼 그려집니다. 회사가 없어진 후 어떻게 사셨을까요?

그리고 다른 분들…

황 상무님, 서 차장님, 박 과장님, 조 계장님…

식당 아주머니, 교환 언니들…

한 손이 의수였던 수위아저씨, 정말 예뻤던 전양 언니, 그리고 가장 생각나고 가장 보고 싶은 분―아빠의 지프를 운전하셨던 김봉주 아저씨…

정동 해수욕장

여름방학 때 광업소에 가면, 거의 매일을 정동 해수욕장에 갈 수 있었습니다. 회사 아저씨들과 저희들은 트럭 몇 대에 나누어 타고서 텐트와 솥, 나무, 닭, 쌀 등을 싣고 갔습니다. 그때 다른 트럭―그땐 '츄럭'이라 불렀지요. 그래서 꽤 오랫동안, 비교적 작은 트럭은 트럭이고, 광업소에서 탄이나 갱목을 실어 나르던 큰 트럭은 '츄럭'인 줄로 알았어요.―들은 시커멓고 커다란 데 비해 '에이스'라는 비교적 작

은 새 트럭이 있었습니다.

저희들은 그 에이스에 타기를 좋아했어요. 카퍼레이드를 한다고 트럭 뒤에 주욱 서서, 검은 돌길을 검은 먼지를 일으키며 달렸지요. 회사의 흙다리를 지나 오른쪽으로 가서 분수골을 지나고 산을 따라 조금 달려서 다리를 건너고, 정동국민학교를 오른쪽으로 보면서 지나 철길을 건너고, 갈대밭이었는지 늪이었는지를 지나서 개울이 있고 철길 밑으로 지나면 해수욕장이었습니다.

해수욕장에 도착하면 아저씨들이 텐트를 치시고, 닭을 잡아 닭죽을 끓이셨어요. 메뉴는 항상 그것이었는지, 다른 음식은 기억나지 않아요. 또 물고기를 잡고 굴을 따다가 회를 뜨셨습니다. 창살에 걸린 해파리도 보여주셨고, 복어의 입에 바람을 불어넣어서 둥글게 된 복어를 바다 멀리 던지기도 하셨지요.

우린 커다란 검정 튜브—그땐 '주부'라 불렀어요.—에 여럿이 매달려서 놀았습니다. 발로 바다의 바닥을 훑어서 조개를 잡아선 두 개를 부딪혀서 깨지는 것을 그대로 먹었습니다. 또 잡아서 부딪혀서 깨진 것을 먹고, 또 닭죽이 끓으면 우리 아이들의 숟가락은 홍합 껍질이었습니다. 그것을 끓이던 나무 타는 냄새와 그 구수한 닭죽이 끓는 냄새… 잊을 수가 없습니다.

어느 여름날인가는 정동 해수욕장 모래밭에서 영화를 상영했습니다. 회사의 교환수 언니들과 손을 잡고서 회사에서 정동까지의 어두운 논길을 걸어서 갔었습니다. 커다란 천막을 쳐서 만든 극장… 모래 위에 앉아서 상처가 많이 희미한 화면의 영화를 보았습니다. 〈여로〉였지요. TV로도 많이 보았는데… 누런 천막에 비추던 그 〈여로〉만이 유독 기억에 있습니다.

겨울의 그곳

겨울엔 눈이 많이 내렸습니다. 그곳의 눈을 아시지요? 어른들의 허벅지까지 푹푹 빠지는 눈… 아저씨들이 길을 내느라 치워 쌓아놓은 눈은 얼마나 많았는지 거기에 물을 뿌리면 곧 얼어서 아주 훌륭한 미끄럼틀이 되었습니다. 합숙의 뒷마당에 만들어진 미끄럼틀에서 우리들은 커다란 삽을 타고 내려왔습니다. 어느 겨울엔 이글루를 만들었습니다. 눈으로 벽은 훌륭하게 쌓았지만 지붕을 씌우지는 못했어요. 기술 부족…

작은 기억들

광산엔 금기가 있어서 저흰 갱 안에 들어가 보지 못했습니다. 그렇지만 막내는 '남자'인 덕분에 아저씨들을 따라 들어갔었지요. 4살의 어린 나이에, 하루 종일 찾아 오후 4시쯤 돌아온 동생은 말로 표현할 수가 없습니다.(그때의 사진이 있어서 꺼내 보고 웃습니다.) 탄 덩어리 그 자체였어요. 지독히도 안 먹는 애였는데, 배고프다고 울어서 얼굴은 온통 얼룩덜룩한 채 누룽지를 마구 먹었지요.

아이스크림이 귀하던 그곳에서, 엄마는 주스나 수박물에 이쑤시개를 꽂아서 동그란 모양이 나오는 얼음 틀에 얼려서 주셨습니다. 또 우유 대신이라며 커피크림을 따뜻한 물에 타서 주셨지요. 저는 지금 제 아이에게 이쑤시개를 꽂은 동그란 야쿠르트를 얼려줍니다. 하지만, 크림은 타주지 않아요. 너무 느끼했거든요.

6학년 여름방학엔 아빠를 따라 저만 먼저 정동에 갔었습니다. 밤에 회사에 도착하는 바람에 식당 아주머니는 제가 온 줄을 몰랐지요. 다음날 아빠는 회사에 나가시고, 점심 드시고 다시 사택으로 저를 보러 오실 때까지 쫄쫄 굶으며 울고 있었습니다. 엄마의 엄한 교육 덕분에 먼저 나가서 밥 달라는 말을 못하고서. 덕분에 전양 언니가 저를 데리

고 놀아주었어요. 염소도 먹이고, 그때 유행하던 스킬자수도 사다주고.(아직 친정에 있습니다. 아주 촌스러운 인형의 얼굴 모습이예요.)

회사에서 정동으로 가는 길에 논이 있었습니다. 거기엔 미꾸라지들이 많았어요. 어느 날 엄청나게 큰 미꾸라지를 잡아 병에 넣어서 책상 위에 두었지요. 아침에 일어나 보니 병은 쓰러져 있고 그 미꾸라지는 저희와 같은 이불 속에(!) 살아 있었습니다. 얼마나 놀랐는지…

정문을 나와서 다리—그 흙다리—를 건너면 만화방이 있었습니다. 그때 만화책이 모두 파란색 표지였어서인지, 아님 정말 파란색 집이었는지… 그 만화방은 온통 파란색으로만 기억됩니다. 그중에서도

260

'수미' 란 주인공이 있었던 민애니 님의 만화들과 이두호 님의 작품이었는지 확실치는 않지만 '내일신문' 이라는 무서운 만화를 읽은 기억이 납니다. 한쪽에는 쇠난로가 있었습니다. 만화방 아저씨는 아이들에게 오뎅국물이나 엿, 오징어를 주기도 하셨습니다.

그리고 엄청 컸던 홀의 선풍기, 식당 아주머니 방에 있던 커다란 로케트 밧데리(테이프로 연결한), 화장실의 꼬물이(!)⋯ 그립지 않은 것이 없네요.

그리고 정동진역
그곳에서 기차를 내렸던 기억은 나지 않습니다. 그곳에 갈 때는 보

통 아빠의 지프를 탔고, 기차를 타도 정동진역을 지나 강릉에서 내렸
어요. 침대간 기차였습니다. 아직 있을까? 그 후론 타 본 적이 없네
요. 잠에서 깨면 거의 도착해서, 기차 창문에 저희 셋이 찰싹 붙어서
우리가 바라보던 반대쪽에서 회사를 보면서 지나갔어요. 회사를 다
른 각도에서 보는 것은 또 얼마나 다른 느낌을 주는지… 작은 장난감
마을에 인형들이 움직이는 것 같았어요.

정동진역에는 항상 탄이 산처럼 쌓여 있었습니다. 탄을 가득 실은
기차 그리고 아직도 그 속에 무엇이 들었는지 모르는 검은색 원통형
의 기차가 항상 지나갔지요. 역에 가려면 지금은 잘 보이지도 않는,
역을 향해 곧게 난 작은 골목을 통해서 갈 수 있었습니다. 그 길과 큰
길이 만나는 작은 둔덕에 해물 다라이를 놓고 앉은 아주머니들이 계
셨습니다. 아마도 직접 바다에 들어가 따오신 것이었겠지요.

분수골

광업소에서 정동을 갈 때 지나치게 되던 마을…

그곳에 강동교회가 있었습니다. 그동안 어울리지 않는 색의 페인트
를 칠하고도 그 모습 그대로 서 있었는데, 지난 1월에 보니 허물어지
고 낡은 종탑만이 남아 있었습니다. 성탄절이 되면 그곳에 갔습니다.
학생들이 예수 탄생을 연극하고, 우리는 사탕을 받았습니다. 〈탄일
종〉이란 노래를 불렀지요. 회사를 돌며 난 둑길을 걸어 개울을 건너
서 갔습니다. 개울가엔 버들강아지가 피었어요. 아마도 진짜 버들강
아지 나무는 거기서밖에 보지 못한 것 같습니다. 조화나, 꽃꽂이용으
로밖에는. 제 여동생은 그 교회의 강동유치원에 다니기도 했습니다.

유치원을 다니지 못한 전 '깡통유치원'이라 놀렸었지요.

화비령

'영동1터널'이란 이름이 매우 생소하면서도 생각나지 않던 그 이름…
화비령이었군요. 그래요. 화비령이었어요. 거친 돌길을 먼지를 일
으키며 덜컹덜컹 올라가서 지나게 되던 터널. '츄럭'과 마주치기라
도 하면 한참 동안이나 앞이 보이지 않던 길…

그 예쁜 이름, 화비령이었군요.

안인 화력발전소

광업소에게 화력발전소가 갖는 의미는 그때는 몰랐습니다. 선생님
글을 읽기 전까지도 몰랐어요. 그곳 소장님을 뵙고 인사 드리면서도
사회책에서 배우는 곳이라는 반갑고도 특별한 느낌밖에는 갖지 못했
었지요.

정동초등학교

아빠가 혼자 계신 것이 힘드셨는지, 한때 저희가 정동으로 이사갈
까 생각했던 적이 있던 것 같습니다. 정식 인사는 아니었고, 해수욕
장에서 정동초등학교 교장선생님께 인사 드린 적이 있습니다. 그리
고 아이를 낳고서 정동진이 그렇게 변해 버리기 전 2, 3년간, 아이를
위해 정동초등학교에 보내고 싶다는 생각을 하기도 했습니다. 저 같
은 예쁜 기억을 갖게 해 주고 싶어서요. 하지만…

등명

정말 예뻤던 곳임을 아시나요? 그림책에서나 볼 수 있을 것 같은 곳…

소설 속에서처럼 진달래 흐드러진 산과 해송 우거진 바다 사이에 끼인 작은 마을… 마을 바로 뒤로 외줄 기찻길이 지나고 그 기찻길 끝에는 기차를 빨아들이는 듯 신비한 작은 터널이 있는 작은 마을… 아빠가 노후에 머무르고 싶어서 사두셨다는 곳, 아직도 그곳엔 엄마 소유의 작은 집이 있습니다. 정동보다 먼저 그 마을이 흥청거리더니 정동이 뜨고 나선 그 흥청의 폐허만이 남은 곳… 기억 속의—비눗방울 속의 그림 같던 정동, 등명은 이제 어디에서도 찾을 수 없겠지요?

낙가사

어릴 때 엄마는 그곳에서 떠오신 시큼털털한 물을 마시게 했습니다.
"사이다야 사이다." 하시면서. 결혼 후 저희 신랑이랑 정동진에 갔
을 때 그곳에 가서 남편에게도 똑같은 말을 하면서 마시게 했었습니
다. "사이다야 사이다…"

* * *

그리고…

선생님, 상상하실 수 있으십니까? 제가 지난 주말에 어디에 다녀왔
는지…

거짓말 같게도, 정동에 다녀왔습니다. 선생님께 이 이야기를 쓰면
서 계속 훌쩍이는 절 보더니 사흘 뒤 또 외국에 나가야 하면서도 남편
이 시간을 내주었습니다.

그리고 이스트파크 모텔에서 잤습니다. 20년이 지나서 회사 울타리
안에서 다시 잤습니다. 슬픈 혹은 안타까운 꿈을 꾸게 될까 봐 잠들
기가 겁이 났었지만… 아주 편하게 잘 잤습니다. 그때처럼 기차 기적
소리에 잠을 깨었습니다. 갈 때는 안타까움을 확인하러 가는 듯한 아
픈 마음이었지만, 보고 나니 차라리 마음이 나아졌습니다. 왜 겁을
냈었을까요.

아침 일찍 일어나 그동안은 다가가지 않았던 합숙 건물 바로 앞에
서 한참을 앉아 있었습니다. 또 다른 모텔을 짓느라 합숙 앞까지 바
로 다가갈 수 있게 길이 나 있었습니다. 합숙 홀 앞의 소나무, 뒷마당
의 나무들, 오른쪽 복도로 나오면 바로 부딪힐 듯 있던 두 그루 소나
무… 모두 너무 반가웠습니다. 그 나무들도 절 알아보고 있는 것 같

이, 어릴 적의 친구처럼 느껴졌습니다.

홀의 바닥 단은 참 좁았습니다. 어릴 땐 아주 넓다고 생각했는데… 식탁들이랑 탁구대랑 난로랑… 그리고도 우리가 뛰어다닐 공간이 되었었는데 어쩐 일인지… 바닥이 이만하다면 그리 넓지 않았나 봅니다.

홀과 주방으로 통하는 음식을 나르던 작은 창문이 보였습니다. 높자란 풀들과 건물더미를 헤치고 들어가 보진 못했지만 왼쪽으로 작은 문도 보였습니다. 저 문으로 나가면 세면대, 목욕탕, 주방, 교환실… 마음은 온 건물 속을 돌아다니고 있었습니다.

잊지 않았습니다… 세수하기 위해 주방에서 퍼왔던 그 더운 물의 냄새도, 수도를 켜면 '윙―' 하며 돌아가던 펌프 소리도… 다 기억할 수 있었습니다. 아름답던 정원이랑, 소장 사택으로 가던 길이랑… 사택이 있던 자리까지 모두 잡초와 아카시아 나무가 덮여 있었지만, 모든 것을 기억할 수 있었습니다. 이제 곧… 이마저 허물어지고 새로운 건물이 들어서겠지만… 이제 조금만 슬퍼할 수 있을 것 같습니다.

회사 마당엔 이스트파크에서 가족용 모텔을 새로 짓고 있었고, 그 뒤쪽―제가 태어나서 살았던 초록 지붕의 그 집 바로 앞, 그리고 갱목들이 쌓여 있던 곳―에도 6층 정도의 새 모텔이 올라가고 있었습니다. 그 흙다리도 시멘트다리가 되었더군요. 전엔 건너기 겁이 났던 그 다리가 아주 튼튼해져 있었습니다. 지금은 뼈대밖에 짓지 않았지만 사랑스런 곳으로 완성된다면, 와서 하루를 묵고 가는 사람들이 저희처럼 그곳을 사랑하게 된다면 좋겠습니다.

정동에는 굉장한 것이 생겼더군요. 지난 1월에는 꿈도 꾸지 못했던… 밤에 정동에 나갔다가 깜깜한 하늘에 피터팬의 배가 뜬 것으로 착각했습니다. 그 배를 보고 생각했습니다. 어쩌면 정동이 변하는 것이 슬픈 것은 저희들의 이기심인지 모르겠습니다. 정동도 회사도 오랫동안 사랑을 기다려 오지는 않았는지… 너무 오랜 시간을 버려진 채 있어야 했던 것은 아닌지… 비눗방울의 꿈이 깨져버린 바에야— '발전'이라는 표현을 쓸 수 있을지는 모르겠습니다만—차라리 아주 달라졌으면 좋겠습니다. 이제 다시 광산촌으로, 어촌으로 돌아갈 수는 없는데, 검은 블록을 다시 정동진역에 깔 수는 없는데, 비눗방울 속에 담기에는 너무 커져 버리고 거칠어져 버렸는데…

저희가 사랑했던 곳…

다른 모습으로라도 사람들의 사랑을 받았으면 합니다. 폐광으로 버려졌던 것처럼 지나간 사랑의 폐허로 남지 말고 영원히 사랑받는 곳이 되었으면…

그리고, 김봉주 아저씨를 만났습니다.

인터넷의 114 서비스(hanmir)로 강릉시의 '김봉주' 씨를 찾았을 때 놀라운 일이 벌어졌습니다. 산성우리에 살고 있는 김봉주 씨가 있었던 것입니다. 일요일 아침에 전화를 드렸고, 오리동 주유소를 지나 바로 있는 마을에서, 집은 강릉 시내로 옮기셨지만, 마침 일요일을 맞아서 그곳의 밭에 들르신 아저씨를 뵐 수 있었습니다. 머리는 세었지만…

한눈에 알아볼 수 있었습니다. 아저씨의 낯익은 강릉 사투리…

"그래, 어떻게 지냈나?"

아저씨 집의 마당에서 지난 20년을 이야기했습니다. 통일이, 필승이, 그리고 우리는 알지 못하는 그 밑의 딸 이야기까지 들었습니다. 모두들 건강하고 학교도 잘 다니고…

그것이 고마울 정도로 이제는 제가 어른이 되었음을 느꼈습니다.

이 워드를 치고 있는 중 조금 전(9월 3일 오후 7시) 아저씨의 전화를 받았습니다. 잘 올라갔냐고. 드린 양주랑 포도 잘 드셨다고. 찾아줘서 고맙다고…

전 선생님께 감사 드립니다.

이제… 정리되는 마음…

선생님께서 도와주셨습니다.

이제 기쁜 마음으로 제 마음의 고향을 보렵니다.

그리고 어떤 모습을 갖게 되더라도 영원히 사랑하겠습니다.

2000년 7월 12일
위의 글과 함께 보내온 양국희 님의 *e*메일

제목 : 고맙습니다.

안녕하세요?

이렇게 선생님께서 mail까지 주실 줄은…

정말로 고맙습니다.

첨부 파일로 보내 드리는 글은 작년에 그 책을 읽고서 썼던 글입니다.

이렇게 진짜로 선생님께 보낼 수 있는 기회를 갖게 될 것으로는 생각지도 못했으면서도…

선생님께 제 예쁜 기억을 말씀 드리고 싶었습니다. 지금 읽어 보니까 너무 감상에 젖지 않았나 부끄럽습니다.

그 후엔 정동에 가지 않았습니다. 지지난 주말, 남편과 가 볼까 생각하다가 더 변했을 모습 보기가 조금은 두려워서 반대쪽―안면도에 다녀왔습니다.

그리곤 후회했었지요. 그래도 그리로 가는 건데…

제 남편은 동갑의 친구입니다. 변하기 전의 정동진역과 허물어지기 전의 회사의 모습을 알고 있고, 제 마음을 이해하지요. 저보다 더 안타까워합니다.

저흰 지난 3월 분당에서 민속촌 옆으로 이사했습니다. 집 앞과 옆으로 신갈저수지가 보이는 하얀 나무주택입니다. 저희 세 식구에 비해 조금 크고, 조금 엉성하지만 예쁜 마음으로 살 수 있을 것 같아서요. 우연히 이 집을 보고는, 오지 않을 수 없었습니다. 벌레, 곤충을 좋아하는 저희 꼬마는 이 집에서 어른이 될 때까지 살고 싶다고 합니다.

저희집 주소는 경기도 용인시 기흥읍 공세리이고, 전화번호는 031-***―****입니다. 이쪽에 지나시는 길이 있으셔서 들러주신다면 작은 마당에서 고기를 구워 드리겠습니다. 여섯 포기에서 딴 상추잎도요.

정말 고맙습니다.

선생님 덕분에 가장 아름다웠던, 마음이 따뜻했던 하루였습니다.

건강하세요.

2000년 7월 13일
위의 글을 읽고 양국희 님께 보낸 이순원의 e메일

제목 : '정동진' 을 다시 읽는 밤

저는 지금 이 글을 국희 님께.

그리고 내 작품 속의 미연이에게 쓰고 있는 것인지도 모릅니다.

제가 처음 정동에 갔던 것은 고등학교 1학년 때로, 역 부근에 있는 친구집에 놀러갔을 때였습니다. 그때 보았던 것은 작은 정동진역과 역 앞의 바다, 그리고 역 부근의 작은 마을뿐이었던 것이지요. 탄광촌엔 가 보지 못했습니다.

그러다 지난해 1999년 2월에 다시 오랜만에 정동엘 가 보게 되었습니다. 그때 참으로 큰 충격을 받았습니다. 너무도 달라진 역 앞 마을과 멀쩡한 산을 뭉개고 산 위까지 올려놓은 기차(범선 카페는 그보다 후에 올려놓은 것이고요). 그리고 그런 모습과는 또 다르게 폐허처럼 변해 있는 탄광촌의 사택을 보고, 소설 한 편을 생각했던 것이지요. 처음엔 혼자 둘러보았고, 두 번째는 그 책에도 밝혔듯 방덕균이라는 지금 강릉대학교에 있는 친구가 안내를 해 주었습니다.

저는 대관령 아래쪽 마을에서 태어나고 그곳에서 자랐습니다. 지금도 본가가 그곳에 있는데, 고등학교 졸업 때까지 전기조차 들어오지 않아 탄이나 연탄에 대해서는 정말 아무것도 모릅니다. 처음 그것을 내 손으로 갈아 본 것도 1983년 결혼하고 나서 월계동 산동네에 신혼방을 꾸릴 때였습니다.

그런 제가 폐허처럼 탄광에 대한 이야기를 쓰겠다고, 그 탄광의 빛

나던 한 시절과 그 시절 꽃과도 같은 아이들의 아름다운 사랑에 대해
쓰겠다고 마음먹은 것이지요.

　그러면서 주인공을 누구로 할까를 생각했습니다.
　작중인물 석하는, 실제 내 나이보다는 여덟 살 어리게 잡긴 했지만
지금 나의 또 다른 모습으로 그릴 생각이었습니다. 어린 시절 광부의
아들로 정동에 살다가 서울로 떠났고, 다시 그곳 마을을 둘러보러 온
작가의 모습으로 말이지요.
　그리고 상대역으로 어느 광업소 부소장 딸을 설정했습니다. 그러나
'어느' 광업소가 아니라 바로 강릉광업소 부소장의 딸일 것입니다.
제가 잡은 광업소의 위치나 무대가 바로 강릉광업소였으니까요. 처
음엔 소장의 딸로 하고 싶었지만 두 가지 이유 때문에 중간에 바꾸었
답니다.
　하나는 소장의 딸일 경우, 단지 '소장'과 '부소장'의 차이일 뿐이
긴 하지만 광업소장의 딸과 광부의 아들 간의 사랑은 그 설정이 독자
들에게 너무 상투적으로 보이지 않을까 하는 점과 또 소장이라면 광
업소가 있는 정동보다는 강릉쯤에 집을 두고 출퇴근하거나 아니면
당시 국회 님 댁의 경우처럼 소장만 현장에 있고 가족들은 서울에 있
지 않을까, 하는 점이었습니다. 광업소에 부소장이 있는지 없는지 모
르지만 부소장이라면 광업소 현장에 가족과 함께 있지 않을까 생각
했던 것이지요.
　저는 이상하게도 소설을 쓰고 나면 나중에 제 작품 속의 인물과 똑
같은 현실 속의 인물을 다시 만나는 경험을 여러 번 했습니다.

제 첫 번째 장편소설 『우리들의 석기시대』를 쓰고 나서도 강원도 양양의 독자분 몇이(저는 소설 속의 무대를 '양진' 이라고 표현했습니다.) 제게 전화를 걸어 그곳에 그 소설 속에 나오는 집안과 인물이(양조장을 하며 통일주체국민회의 대의원을 하며 지역 유지로 행세하는) 소설 속에 나오는 것과 똑같은 모습으로 있다고 말하는 것이었습니다.

광주 문제를 다룬 〈얼굴〉에서도 작중인물의 모습과 똑같이 광주 진압군으로 참가했다가 나중에 그 악몽으로 정신병까지 앓는 어떤 사람을 만나게 되어 "당신은 그 소설을 쓸 때 이미 나를 알고 있었던 것 아니냐." 하는 항의를 받기도 하고 〈혜산 가는 길〉에서도 작중 속의 사건과 똑같은 일들이 칠팔 년 후 두만강 강가에서 똑같이 일어나고 있는 것을 텔레비전을 통해 볼 수 있었습니다.

어제 게시판을 통해 짧게 말한 것처럼 〈압구정동엔 비상구가 없다〉를 쓰고 나서 그 연작으로 〈에덴에 그를 보낸다〉를 PC통신 하이텔을 통해 연재할 때는 더 오싹한 경험을 했습니다. 〈에덴에 그를 보낸다〉는 〈압구정동~〉을 읽은 독자가 그 소설을 모방하여 실제로 압구정동에서 테러를 감행하는 이야기로 작품을 연재하던 중에 막가파 사건이 터져 '막가파 사건을 예언한 소설' 이란 말까지 들어야 했습니다. 그 막가파들이 경찰에 붙잡혔을 때 '어떤 소설을 보고' 그런 범죄를 저질렀다고 해서 저로서는 더욱 놀라지 않을 수 없었습니다. 그게 '〈압구정동~〉이라고 하면…' 하고 말이지요. 다행히 범죄 모방은 제 소설을 보고 한 것은 아니었지만 그런 범행 방식 자체가 너무도 제 소설과 똑같았던 것입니다.

그 후에 〈은비령〉을 썼을 때에도 그 소설 속의 상황과 정말 어느 것 하나 틀리지 않은 인물을 만났습니다. 그 소설을 쓸 때 남자 주인공은 소설가로 정하고 여자 주인공 '바람꽃 같은 여자'는 몇 년 전 발생한 어느 해상 사고로 남편을 잃은 다음 다시 어느 사회보장 보험연합회에 다니는 여자로 정했습니다. 실제로 그때 제 친구 하나가 그런 보험연합회의 홍보실에 근무하고 있었고, 저도 몇 년째 그 보험연합회가 매년 공모하는 보험수기 심사를 보았더랬습니다.

그래서 남자 주인공과 여자 주인공이 만나는 것도 그 보험수기 심사를 보러 갔을 때로 이야기를 풀어나갔는데, 〈은비령〉을 발표하고 그것으로 현대문학상을 받고, 문학상 수상작품집이 나온 다음 어느 날 그 친구로부터 전화가 왔습니다. 자기 회사에 〈은비령〉 속에 나오는 여자와 똑같은 여자가 있는데, 그것 때문에 그 여자분도 회사 안에서 작가 이순원과 연애를 하는 것이 아니냐 하는 식의 오해를 받고 있고, 자신도 그 여자분으로부터 당신이 나에 대한 얘기를 작가 이순원에게 해 준 것이 아니냐 하는 오해를 받고 있다는 것이었습니다. 그래서 세 사람이 만나 좋은 이야기를 하며 오해를 푼 적이 있습니다.

그런 경험 때문에, 이번에 국회 님이 민음사 게시판에 쓴 글을 누가 알려줄 때만 해도 정말 다시 '오싹해지는' 느낌이었습니다. 소설에선 모든 것을 아름답게 그렸다 해도 어쨌거나 그 작품 안의 광업소 부소장의 딸 미연은 사촌오빠를 사랑했고, 현재의 삶도 그때의 아픔이 연장되고 있는 모습으로 그린 것이 무엇보다 마음에 걸리고, 또 심한 항의 같은 것을 받게 되는 게 아닌가 하는 걱정부터 앞섰던 것입니다. 마치 자라 보고 놀란 가슴 솥뚜껑 보고 놀란다는 식으로 말이지요.

그러나 민음사 게시판에서 제가 확인한 것은 제가 그린 그 시절 속의 미연이처럼 너무나 아름다운 마음의 국희 님이었습니다. 정말 저는 그런 미연이를 그리고 싶었습니다. 아니, 제가 그린 미연이가 바로 국희 님이었습니다.

광산에 대해서 저는 사실 잘 모릅니다. 그러나 내 머릿속으로 한 번도 경험해 보지 않고, 실제 옆에서 지나가는 모습으로도 본 적이 없는 그 시절의 광산에 대한 밑그림들을 상상 속에 그려내기 시작하자 마치 그 시절, 그곳의 모든 것을 제가 직접 경험한 것처럼 미연과 석하의 모습이 떠오르는 것이었습니다. 국희 님이 바로 그 미연이었던 것입니다. 아마 어떤 텔레파시로 저를 도와주었던 것인지도 모르지요.
화비령도 자주 넘어다녀서가 아니라(고속도로가 뚫린 다음 비로소 넘어 본 곳입니다.) 커다란 지도를 놓고 알아낸 것이었습니다. 작품 안에 나오는 광업소 이름들도 지도에 나타나 있는 것들을 인용했고, 분수골이며 오리골 이런 이름들도 지도로 찾아 위치를 잡았던 것입니다. 저는 지도를 보면 등고선에 따라 산세까지 머릿속에 그려냅니다. 어느 쪽에 바위가 많고 어느 쪽에 어떤 나무들이 어떤 모습으로 군락지어 있을지까지도. 그때도 축적 5만분의 1 지도를 보면서 거기에 이 세상에 가장 아름다운 모습으로, 아름다운 마음으로 미연이가 있지 않을까 생각했는데, 그 미연이가 바로 국희 님이었던 것입니다.

그 다리를 처음 보았을 때, 그리고 그 다리 건너에 있는 이스트파크 모텔을 보았을 때 저는 저도 모르게 그 자리에 주저앉아 눈물을 흘렸습니다. 아, 내 기억 속은 아니지만 내 상상 속의 이곳은 이 세상에서 가장 성실하고도 치열한 삶이 있던 곳인데, 어쩌다 이런 러브호텔이 들어서게 되었을까, 내 상상 속에 그때 그 우렁차던 광부들의 함성과 고무줄 놀이를 하며 폴짝이던 아이들의 웃음소리, 울음소리는 다 어디로 갔을까 싶은 게 말입니다.

그래서 그 다리를 건너는 걸 저도 국희 님처럼 주저하게 되었고, 작품을 쓴 다음에야 그곳에 가서 하루 잠을 자고 돌아왔습니다. 작품은 이미 책으로 묶여 나왔지만, 왠지 그곳에 가서 잠을 자면서 기적 소리를 들어야만 내가 그 작품을 다 완성한 것 같은 느낌이 들어서였습니다. 아마 그래서,

"이 다리를 건너면 왠지 눈물이 나올 것 같아서…
아버지 생각도 나고…."

라고 표현할 수 있었던 것인지도 모릅니다.

작품 속엔 석하의 아버지가 석하의 그 나이에 망덕산(이것도 지도를 보고 알아낸 이름입니다.)에서 평생의 꿈 같던 노두(이 광맥 노다지도 작품을 쓰며 새롭게 석탄 공부를 하면서 알게 된 것입니다. 탄전 지질도 역시. 그러나 실제로 탄전 지질도를 본 적은 없습니다. 백과사전에 나와 있는 것을 참고했지요.)를 찾다가 목숨을 잃는 것으로 이야기하고, 그리고 부소장은 미연이가 대학에 입학하던 해에 그런 식으로 세상을 떠나는 것으로(그래야 사촌오빠에 대해 미연이가 의지하는 마음들이 설득력을 얻을 거라는 생각에) 그랬는데, 국희 님께

서 주신 글에서 국희 님 아버님에 대한 얘기를 읽는 순간 다시 내 상상력에 내가 오싹해지는 기분이었습니다. 정말 나는 왜 이럴까, 내 상상력은 왜 이다지도 무서울까 싶은 게 말이지요…

정말 이 여름 정동에 다시 가게 되면 그땐 작가로서 제가 정동진 바다에 국희 님의 아버님께 올리는 술 한 잔을 그 바다에 대신 바치고 와야겠습니다.

국희 님의 글을 읽고 나니까 제가 마치 국희 님을 오래전부터 알고 있었고, 어릴 때부터 자라는 모습을 지켜보고 있었던 것 같은 느낌이 들었습니다. 아마 국희 님 형제들도 이 글을 쓴 작가가 정말 우리를 알고 있었던 건 아닐까, 우리가 커가는 모습을 지켜보고 있었던 것은 아닐까 하는 생각이 들었을지 모르겠습니다.

그 소설을 발표하고 나서 강릉의 중학교와 고등학교 친구들(정동 친구들)로부터 많은 전화를 받았습니다. 너도 그때 정동에서 학교를 다녔느냐고. 아니라니까, 그런데 어떻게 그렇게 정동에 대해서 거기에 산 것처럼 잘 아느냐고 말이지요. 그 친구들은 기차 통학에 대해 다시 깊은 추억에 젖는 듯했습니다. 저탄장에서 몰래 탄을 가져오는 일, 탄찍개로 탄을 찍는 일에 대해서도 그랬는데, 저는 그런 모습을 본 적도 없고, 아직 탄찍개는 구경도 못해 봤답니다. 그 얘기는 고등학교 때 얼핏 들었던 얘기를 꾸며 본 것입니다.

그리고 선생님의 입을 빌려서 말하는 바다와 농촌과 광산 아이들의 구분 얘기도 들은 얘기가 아니라 제 상상력으로 만들어낸 얘기였는데, 그곳 친구들이 그러더군요. 정말로 그랬다고.

어제는 국희 님이 민음사 홈페이지에 올린 글을 읽은 다음 밤늦게 까지 다시 『정동진』을 읽었고, 오늘은 국희 님께서 주신 글로 저도 이 렇게 답신을 씁니다.

참, 그 무렵 라디오에 나오던 〈방랑시인 김삿갓〉은 저도 참 많이 들 었는데, 그 〈방랑시인 김삿갓〉의 극본을 쓰시던 연용모 선생님은 훗 날 제가 직장을 다니던 때 같은 직장(그것도 방송과는 전혀 상관없는 금융기관)의 직속 상사로 만났던 분이기도 하답니다. 사람 인연이라 는 게 이렇게 참 묘하지요. 그분의 은혜 참 많이 입었습니다. 직장을 다니면서 두 군데 신문 일간 연재를 동시에 할 수 있었던 것도 그분의 배려 덕분이었구요. 직장에 나가서도 회사 일은 않고 하루 종일 집필 실에 틀어박혀 소설만 썼을 정도였으니까요.

그런데 글을 쓰며 개인적으로 하나 꼭 물어보고 싶은 게 있답니다. 원래 글 공부를 하셨던 분이신가요? 보통 사람의 글 같지가 않았습 니다.

저는 국희 님의 글을 읽는 동안 마치 제 소설 『그대 정동진에 가면』 에 대한 속편의 소설을 읽는 기분이었습니다. 어쩌면 문장도 그리 반 듯하신지. 따로 글 공부를 하신 분의 글 같았습니다. 저는 제 독자 중 에 이런 독자분이 있다는 게 너무나 자랑스럽습니다. 전혀 뜻하지 않 은 작중의 인물을 현실 속의 독자로 다시 그대로 만난다는 것이, 정말 대한민국에 이런 독자를 가진 작가가 과연 얼마나 될까요? 그런 점에 서도 저는 거듭 행복합니다.

제 작품 속의 어린 시절 미연이처럼, 그리고 지금 국희 님의 현재 모습처럼 아름답고 건강하시길 바랍니다.

2000년 7월 13일

오늘은 작가가 아닌, 국희 님이 주신 글에 대한 독자 입장에서

이순원 드림

2000년 7월 18일

양국희 님이 보내온 메일

선생님께서 우리가 자란 '정동' 의 이야기를 처음으로 소설로 써주신 것도, 민음사 홈페이지에서 제 글을 읽어주신 것도, 제게 연락을 주신 것도, 제 두서 없는 글을 읽어주신 것도…

제겐 너무나 영광이고, 또 깊이 감사 드립니다.

이번 연휴에 다시 정동에 다녀왔습니다.

작년 선생님의 글을 읽고 다녀온 후 가지 않았으니까, 그곳에 다녀온 지 벌써 1년 가까이 되었습니다. 요즘 선생님과 그곳의 이야기를 하면서, 왠지 다시 한 번 꼭 가 봐야 할 것 같았습니다.

그런데 다 사라졌어요, 선생님.

합숙도 사라지고, 전양 언니의 교환실도 사라지고, 우리가 뛰놀고 아저씨들이 함성을 지르던 마당 위에도 모텔 건물들이 다 들어서고. 그 다리만 아주 더러운 물 위에 남아 있었습니다. '모텔 비쥬' 와 '모텔 이스트파크' 의 진입로가 되어서.

이번엔 저도 자동차에서 내리지 않았습니다. 아니, 내릴 수가 없었습니다. 10시간이나 걸려 도착한 정동은 어느 때보다도 붐볐습니다.

제가 "이곳을 사람들이 정말 영원히 사랑하게 될까?"라고 묻자 남편이 대답했습니다.

"봐. 아주 많은 사람들이 여기에 와 있잖아. 좋아하는 거야."

그러나 정말로 그럴까요?

정말로 그럴까요? 선생님…

2000년 7월 19일
양국희 님께 이순원이 보낸 메일

이 세상 사람 다 아니어도, 오직 한 사람 국희 님의 사랑만으로도 정동진은 오래전부터 늘 그곳에, 그리고 국희 님 마음 안에 영원히 아름답게 남아 있을 것입니다.

저는 단지 그 이야기를 소설로 썼던 것입니다.

그대 정동진에 가면…

＊이순원(소설가)
1988년 『문학사상』으로 등단.
동인문학상, 현대문학상 등 수상.
소설 『우리들의 석기시대』, 『수색, 그 물빛무늬』, 『19세』 등.